FRANZISKA STALMANN

Helenas Männer

ROMAN

Diana Verlag

MIX
Papier aus verantwortungsvollen Quellen
FSC® C014496
www.fsc.org

Verlagsgruppe Random House FSC®N001967
Das für dieses Buch verwendete
FSC®-zertifizierte Papier *Holmen Book Cream*
liefert Holmen Paper Hallstavik, Schweden

Originalausgabe 10/2015

Redaktion | Lisa Scheiber
Umschlaggestaltung | t.mutzenbach design, München
Umschlagmotiv | © Susan Fox / Arcangel Images
Satz | Christine Roithner Verlagsservice, Breitenaich
Druck und Bindung | GGP Media GmbH, Pößneck

Printed in Germany
ISBN: 978-3-453-35861-4

www.diana-verlag.de

I

Das Haus.

Meine Großeltern haben es gekauft, in dem Jahr, in dem mein Vater zur Welt kam. Als mein Großvater starb und meine Großmutter ins Altersheim ging, zogen meine Eltern mit uns hierher. Meine Schwester war acht, ich sechs, und das Haus war wie ein Zauberschloss: die hohen Räume mit den Stuckblumengirlanden an den Decken, die Fenster mit den vielen kleinen Scheiben, das weite Treppenhaus, die Kammern und Abstellräume, der nach Holz duftende Dachboden, der Keller mit den Einmachgläsern meiner Großmutter und dem Geruch nach Äpfeln, der Garten mit seinen alten Bäumen und dichten Büschen, den Birnenspalieren und Erdbeerbeeten und den vielen Verstecken.

Das war vor achtunddreißig Jahren.

Jetzt bin ich wieder eingezogen. Es ging nicht anders. Jemand muss bei meinem Vater sein.

Als meine Mutter starb, wollte er unbedingt dort bleiben. Er wollte nicht zu meiner Schwester nach Merlingen, in die geräumige Dachwohnung ihrer hübschen Villa. Er wollte nicht, dass ich ihm eine schöne Wohnung hier in der Stadt suchte. Er blieb im Haus und trauerte, und wir kümmerten uns um ihn und hofften, dass die Trauer, die ihn umgab wie ein schwerer dunkler Mantel, allmählich heller und leichter würde.

Aber sie wurde nicht heller, im Gegenteil, sie verwandelte sich in etwas, das noch viel dunkler und schwerer war.

Wir merkten es erst nicht, obwohl er immer dicker und teilnahmsloser wurde und der Blick, mit dem er uns ansah, immer ferner. Eines Abends kam ich zufällig vorbei und klingelte, weil ich das Buch holen wollte, das ich beim letzten Mal vergessen hatte. Das Küchenfenster neben der Haustür war erleuchtet, aber niemand öffnete. Ich ging in den Garten. Im Wohnzimmer brannte auch Licht, hinter zugezogenen Vorhängen. Ich ging wieder nach vorne, klingelte noch mal, suchte den Schlüssel aus meiner Tasche und schloss auf.

Fernsehstimmen dröhnten mir entgegen. Die Tür zum Wohnzimmer stand offen. Papa lehnte im Sessel und schlief. Auf dem Couchtisch standen leere Bierflaschen, ein Glas und eine große Schüssel mit Kartoffelchips.

Hinter mir wurde geschrien und geschossen. Ich drückte auf die Stummtaste und strich Papa über die Wange.

»Papa.«

Er rührte sich nicht.

»Papa! Wach auf.«

Ich schüttelte ihn. Sein Kopf neigte sich zur Seite.

Angst überfiel mich. Ich wählte den Notruf, sagte, dass

mein Vater noch lebte und atmete, aber nicht mehr reagierte, und nannte die Adresse.

Der Notarzt war so schnell da, wie ich es nie erwartet hätte. Zwei Sanitäter kamen hinter ihm her. Sie legten Papa auf den Boden, der Arzt hob seine Lider, fühlte seinen Puls, fragte: »Alter? Erkrankungen?«

»Fünfundsiebzig. Keine Krankheiten. Ich weiß jedenfalls von keinen.«

»Name?«

»Kant. Herbert Kant.«

Er schlug Papa leicht auf die Wangen: »Herr Kant! Herbert!«

Papa seufzte.

Der Arzt holte eine Ampulle aus dem Notkoffer, brach sie auf und hielt sie Papa unter die Nase. Papa schnappte nach Luft, nieste, hustete und öffnete die Augen.

»Da ist er wieder«, sagte der Arzt. »Er hatte nur zu viel davon.«

Er machte eine Kopfbewegung in Richtung der Bierflaschen.

»Wenn Sie den Herren zeigen, wo sein Bett ist, bringen sie ihn hin. Dann muss er seinen Rausch nicht auf dem Boden ausschlafen.«

Ich zeigte den Sanitätern das Schlafzimmer und lief wieder hinunter. Der Arzt war schon auf dem Weg hinaus.

»Es tut mir leid, dass ich Sie …«

»Kein Problem. Sie kriegen die Rechnung. Das heißt, er.«

»Aber wieso ist er denn nicht wach geworden, als ich …«

»Sie haben es nicht rabiat genug probiert. Er ist ziemlich blau. Tiefblau, um genau zu sein.«

»Er trinkt sonst nie. Schon gar kein Bier. Höchstens mal ein Glas Wein.«

Er hob die Schultern.

»Meine Mutter ist vor einem Jahr gestorben.«

Der Ausdruck in seinen Augen veränderte sich.

»Ach so. Sagen Sie ihm, er soll zu seinem Hausarzt gehen. Gibt sicher noch einen anderen Weg damit umzugehen als so.«

»Mache ich. Danke.«

Er wandte sich wieder zur Tür. Die Sanitäter kamen die Treppe hinunter, nickten mir zu und folgten ihm.

Ich ging hinauf. Sie hatten ihn aufs Bett gelegt, die Decke über ihn gebreitet und ihm sogar die Schuhe ausgezogen. Sein Gesicht war rosig, er atmete entspannt und schnarchte ein bisschen. Die Erleichterung, dass er lebte und gesund war, war so groß, dass ich anfing zu weinen. Ich saß auf dem Bettrand und weinte, bis mir einfiel, dass es vielleicht nicht nur Bier war, womit er sich betrunken hatte. Dass er vielleicht nur knapp an einer Alkoholvergiftung vorbeigeschrammt war. Dass er demnächst eine haben würde, wenn ich nicht sofort nachsah, ob es hier noch etwas Stärkeres gab als Bier.

Ich durchsuchte die Küchenschränke. In der Speisekammer standen zwei Kästen mit leeren Bierflaschen und einer, der halb voll war. Im Regal Dosen mit Fertiggerichten, Tütensuppen, Kartoffelchips, Schokolade und, hinten in der Ecke, eine Flasche Orangenlikör und eine mit Kirschwasser.

Die Kirschwasserflasche war ungeöffnet, die Likörflasche fast leer, ihr Schraubverschluss verkrustet und kaum aufzukriegen. Im Kühlschrank Bier, außerdem Butter, Eier, Frühstücksspeck und ein Teller mit Frikadellen vom Metzger, auf denen eine zarte Schicht Schimmel wuchs. Ich leerte den Teller in den Mülleimer.

Er trank nicht nur zu viel, er ernährte sich auch wie ein Idiot. Fertiges, Fettes, Süßes. Und Alkohol.

Komisch. Ich hatte mich nie gefragt, was er aß. Ich dachte, das könne er alleine. In jedem Supermarkt gab es eine Menge tolle Tiefkühlgerichte. Aber das Tiefkühlfach war leer. Stattdessen machte er sich Tütensuppen und Pichelsteiner aus der Dose.

Ich rief zu Hause an.

»Jakob Seeger?«

»Jakob …«

»Hallo, Mama.«

»… ich bin gerade bei Opa. Ihm geht's nicht so gut …«

»Was hat er denn?«

»Ach, es ist – der Kreislauf. Der Arzt war da, es ist schon besser. Jetzt schläft er. Ich will ihn nicht allein lassen. Bis morgen.«

»Okay. Grüß ihn. Gute Besserung. Tschüss.«

Ich machte den Fernseher aus, räumte den Tisch ab und setzte mich in Papas Sessel. Ich sah auf die Bilder an den Wänden, die Sitzgarnitur, die Tische und Lampen, den Teppich, die Vorhänge. Alles in hellen Naturtönen, dazu die Bilder in den kräftigen Farben. Das Wohnzimmer, wie es immer gewesen war.

Es wunderte mich nicht, dass er sich betrank. Wenn ich ihn am Wochenende besuchte, musste ich oft an Mama denken, doch wenn man abends allein hier saß, hatte man das geisterhafte Gefühl, sie würde jeden Moment hereinkommen. Es war beinahe, als könne ich ihre Schritte im Flur hören, ihre energische Art die Tür zu öffnen und ihre Stimme: »Helena! Wie schön, dass du da bist.«

Wenn es mir schon so ging, wie war das erst für ihn?

Ich durchsuchte das ganze Erdgeschoss nach Hochprozentigem, fand nichts und war erleichtert. Oben sah ich noch mal nach Papa, der nun mit offenem Mund laut schnarchte. Eine Haarsträhne fiel ihm ins Gesicht, und er hatte Bartstoppeln. Er sah aus wie ein alter Säufer, und wenn er sich selbst so hätte sehen können, hätte er gesagt: »Was für ein widerlicher alter Kerl.«

Ich strich ihm die Strähne aus dem Gesicht. Im Zimmer roch es sonderbar, vielleicht nach dem Alkohol, den er ausdünstete, und ich kippte das Fenster und ließ die Tür einen Spalt offen.

Das Gästezimmer war unten, aber ich wollte in seiner Nähe bleiben und legte mich in das Bett in meinem Mädchenzimmer, das immer noch so war, wie ich es vor vierundzwanzig Jahren verlassen hatte. Die Bücher, das Bettzeug, im Regal das Cover von Madonnas »La Isla Bonita« und über meinem Schülerinnenschreibtisch das Plakat von Black, der »It's a Wonderful Life« sang, mein Lieblingslied, als ich achtzehn war.

Ich lag noch eine Weile wach, obwohl ich sehr müde war. Der Refrain von »It's a Wonderful Life« ging mir im

Kopf herum: *No need to run and hide, it's a wonderful, wonderful life, no need to hide and cry, it's a wonderful, wonderful life.* Es war das schönste Lied, das es gab.

Papa geht sonst nur widerwillig zum Arzt, aber als er am anderen Morgen zu sich kam, war er verkatert und beschämt und praktisch willenlos, und es war ein Kinderspiel, einen Termin für ihn auszumachen. Gleich für den nächsten Morgen. Papa ist Privatpatient, und ich sagte, es wäre dringend.

Ich schob ihm den Zettel rüber, auf den ich Tag und Uhrzeit geschrieben hatte.

»Du gehst hin, Papa, sonst rede ich nie wieder ein Wort mit dir.«

»Mache ich ja«, sagte er mühsam.

»Und versprich mir, dass du nicht mehr so viel trinkst. Am besten trinkst du gar nichts mehr.«

»Ich trinke nicht, Helena. Höchstens mal ein Glas. Ich weiß überhaupt nicht, wie das passieren konnte. Kommt bestimmt nicht wieder vor. Du brauchst dir keine Sorgen zu machen.«

Er sah mich mit seinen roten, verschwollenen Augen beschwörend an.

Ich wollte ihm so gerne glauben, aber ich traute ihm nicht. Ab jetzt rief ich ihn abends an, um an seiner Stimme zu hören, ob er nüchtern war. Oder jedenfalls nicht betrunken.

»Warst du schon wieder beim Arzt? Was ist mit den Blutwerten? Und den anderen Untersuchungen?«, fragte ich nach ein paar Tagen.

»Alles in Ordnung.«

»Wirklich?«

»Ja. Alles in bester Ordnung, Herzlein.«

Ich hörte, dass er nicht betrunken war, aber auch, dass er log. Am Ton seiner Stimme. Und wenn er Herzlein zu mir sagt, liebt er mich entweder gerade sehr, oder er hat ein schlechtes Gewissen.

»Papa. Stimmt das?«

»Wenn ich's dir sage.«

Ich glaubte ihm nicht, aber ich wusste, dass ich die Wahrheit nicht aus ihm rausbringen würde. Ich ging zu seinem Arzt und bat ihn, mir Auskunft zu geben.

Er sah mich über seine Lesebrille hinweg abweisend an.

»Das darf ich nicht, Frau Seeger. Das ist völlig ausgeschlossen. Ihr Vater müsste zustimmen.«

»Ich habe meinen Vater kürzlich sturzbesoffen in seinem Wohnzimmer gefunden. Ich konnte ihn nicht wachkriegen und habe den Notarzt gerufen. Er hat noch nie getrunken. Jetzt behauptet er, die Untersuchung hätte nichts ergeben, alles wäre in Ordnung, aber ich weiß, dass er schwindelt. Ich höre es an seiner Stimme. Meine Mutter ist vor einem Jahr gestorben, und er wird nicht damit fertig. Jemand muss ihm helfen. Bitte reden Sie mit mir. Bitte!«

Er sah mich immer noch so an. Ich starrte zurück. Schließlich seufzte er, senkte den Blick, tippte etwas in den Computer und sah auf den Bildschirm.

»Depressive Reaktion. Das kann passieren, wenn man sich aus der Trauer nicht löst und den Tod des geliebten Menschen nicht akzeptiert. Ich hätte ihm was verschrieben, zur befristeten Einnahme, aber er nimmt keine Psychopharmaka, sagt er. Ich habe ihm auch eine Trauerarbeitsgruppe bei einer Psychologin empfohlen, aber das wollte er schon gar nicht. Vielleicht hört er ja auf Sie. Darüber zu reden würde helfen. Nimmt er das Medikament zur Cholesterinsenkung? Sein LDL-Wert ist stark erhöht. Das muss er nehmen, ob er will oder nicht. Und die Ernährung umstellen. Sie sagen, er trinkt zu viel?«

»Nicht mehr. Er hat es mir versprochen. Ich rufe ihn jeden Abend an, und er ist immer klar. Er ist ja kein Trinker.«

»Das kann man werden. Achten Sie darauf.«

Abends fuhr ich zu Papa und sagte ihm, was der Arzt mir gesagt hatte, aber er sah mich nur mit diesem verdammt fernen Blick an.

»Psychopillen, Psychogruppen«, sagte er herablassend. »Das ist doch alles Nonsens. Mir geht es gut.«

»Willst du es nicht wenigstens versuchen?«

Sein Gesicht verschloss sich, und er schüttelte mit kurzen knappen Bewegungen den Kopf.

»Denk noch mal darüber nach, Papa, bitte.«

Kopfschütteln. Kurz, knapp. Wenn er so aussah, kam man nicht weiter. Auf stur schalten, nannte meine Mutter das. Nur sie würde jetzt mit ihm fertig. Bloß, dass sie nicht mehr da war. Das war ja das Problem.

Eine ekelhafte Mischung aus Wut, Trauer und Hilflosigkeit stieg in mir hoch und drückte mir die Kehle zu.

Ich holte tief Luft: »Nimmst du deine Cholesterintabletten, Papa?«

»Aber ja. Natürlich.«

»Wo sind die überhaupt?«

Er sah sich um: »Irgendwo hier.«

Ich suchte und fand sie schließlich in einer der Küchenschubladen. Die Schachtel war unberührt. Er hatte sie nicht mal geöffnet. Ich sah trotzdem hinein. Keine Tablette fehlte.

Ich riss die Küchentür auf und stürmte durch den Flur.

Er saß im Wohnzimmer und hatte den Fernseher angemacht. Fernsehstimmen plapperten, Musik plärrte, und ich sah nur seinen Hinterkopf über der Sessellehne. Sein Haar war fettig und viel zu lang. Er ging auch nicht mehr regelmäßig zum Friseur.

Nein. Ich wollte ihn jetzt nicht von vorne sehen. Den fernen Blick. Das leere Gesicht. Die Arroganz, hinter der er seine Verzweiflung versteckte. Ich wollte ihn nie wieder sehen. Sollte er doch in alle Ewigkeit da sitzen bleiben, mit steigendem Cholesterinspiegel und ganz ohne Trauerarbeitsgruppe.

Ich warf die Tablettenschachtel auf die Flurkommode, fuhr nach Hause und versuchte nicht mehr daran zu denken. Es funktionierte natürlich nicht. Als ich im Bett lag, rief ich meine Schwester an.

»Irene? Schläfst du schon?«

Sie murmelte etwas von Noch-am-Schreibtisch-sitzen-und-Korrigieren.

»Es ist wegen Papa. Er will nicht. Psychopillen und Psychogruppen sind Nonsens, sagt er. Die Cholesterintabletten nimmt er auch nicht.«

»Unser Vater. Einsichtig, reif, verantwortungsbewusst. Was machen wir jetzt?«

»Er muss zu dir. Und du passt auf, dass er nicht trinkt, was er isst, und dass er seine Tabletten nimmt. Unbedingt. Der Arzt sagt …«

»Geht nicht mehr.«

»Wieso?«

»Ich habe die Stelle bekommen, um die ich mich beworben habe.«

Sie hatte eine Stelle. Sie war Lehrerin am Gymnasium, für Latein und Griechisch. Und Mitarbeiterin im Direktorat.

»Was für eine Stelle?«

»Was für eine Stelle! Rate mal.«

»Irene! Du wirst …«

»Schulleiterin.«

»Oberstudiendirektorin! An welcher Schule? Deiner?«

»Nein. Am Andreas-Asam. Tausenddreihundert Schüler. Größtes altsprachliches Gymnasium Süddeutschlands.«

»Toll!«

»Absolut super. Genau das, was ich immer wollte. Aber es ist ein totaler Stressjob. Jedenfalls am Anfang. Ich kann mich nicht auch noch um Papa kümmern.«

»Ich könnte jeden Tag zu ihm rüberfahren. Aber das kostet viel Zeit und bringt nichts. Es muss immer jemand da sein.«

»Er kann nicht zu mir, Helena. Nicht jetzt. In einem Jahr, wenn ich den Job im Griff habe. Dann ist es kein Problem.«

»Wenn er so weitermacht, ist es dann nicht mehr nötig. Dann ist er auch …«

»Hör auf! Jemand könnte bei ihm wohnen. Mietfrei. Sind ja genug Zimmer da. Ein Au-pair-Mädchen zum Beispiel. Die macht Frühstück und kocht und gibt ihm seine Tablette und passt auf, dass er nicht so viel trinkt.«

»Klar. Die stapft abends in sein Zimmer und kontrolliert, ob er säuft, und nimmt ihm die Bierflasche weg …«

»Ein kräftiger Student vielleicht? Eine Krankenschwester?«

»Eine private Heilanstalt für nur einen Trinker? Wie soll das gehen? Da macht Papa doch auch nicht mit.«

»Wenn er zu mir kommt, kann ich den Job vergessen. Beides schaffe ich nicht.«

Ich dachte, dass sie erst sechsundvierzig war und dass es noch andere Schulleiterstellen für sie geben würde. Viele. Dass wir nur einen Vater hatten, den es nicht noch mal gab. Wenn er weg war, war er weg. Aber wenn sie so denken würde, hätte sie nicht Karriere gemacht. Sie hatte immer alles dafür zurückgestellt. Sich selbst, ihren Mann. Die Kinder, die sie nicht bekommen hatte. Warum sollte sie bei Papa eine Ausnahme machen?

Sie wartete, ob ich noch etwas sagte. Dass ich mich schon irgendwie um ihn kümmern würde, zum Beispiel.

Schließlich tat sie einen tiefen Seufzer, in dem ein Hauch von Vorwurf lag.

»Ich überlege mir was. Ich rufe dich an. Morgen.«

Sie rief nicht an, sie kam selber, in die Buchhandlung, in der ich arbeite. Es war Samstag, kurz nach drei, ich hatte gerade zugemacht und räumte auf. Sie stand vor der Ladentür und schlug mit der flachen Hand gegen den Rahmen. Ich lief hin und öffnete.

»Irene! Was ist?«

»Ich war bei Papa. Ich weiß jetzt, was wir machen. Ich habe eine Lösung. Eine gute!«

Natürlich. Sie hatte immer gute Lösungen, obwohl ich manchmal ein bisschen brauchte, um zu verstehen, wie gut sie waren. Aber sie hatte mir schon die Welt erklärt, als wir Kinder waren, und sie war immer noch ziemlich gut darin.

Sie ließ ihre Tasche zu Boden fallen und warf sich auf die Bank in der Leseecke. Ihre Wangen waren gerötet, ihr Haar lockte sich in der feuchten Luft. Sie hat all die schönen Locken geerbt, die in unserer Familie zu haben waren, ich alle glatten struppigen Haare. Sie hat braune Augen und eine Haut, die schnell braun wird, ich habe grüne Augen und schnell eine rote Nase und Sonnenbrand.

»Und?«

»Es ist die ideale Lösung. Du ziehst zu ihm.«

»Bist du verrückt?«

»Warte. Lass es mich erklären, Helena. Du würdest ins Erdgeschoss ziehen. Nur mal angenommen, ja? Es hat hundertzwanzig Quadratmeter. Hundertzwanzig! Du willst doch schon lange eine große Wohnung. Und der große Garten! Du wolltest doch schon immer einen Garten. Du hast ja auch einen Sohn, der erwachsen wird und mehr Platz braucht.«

»Meine Wohnung ist sehr schön. Und wir sind da sehr glücklich, Jakob und ich.«

»Was wäre Papa glücklich, wenn du … Als ich gesagt habe, du würdest – vielleicht, eventuell – im Erdgeschoss wohnen, hättest du sein Gesicht sehen sollen. Er hat gestrahlt. Er würde sich so freuen. Er zieht gern in den ersten Stock. Das wollte er schon immer.«

»Da hat er keine Küche.«

»Er soll ja erst mal sowieso bei dir essen. Oben richten wir eine kleine Küche ein. Im Abstellraum neben dem Badezimmer.«

»Im Erdgeschoss gibt's kein Bad.«

»Die Speisekammer ist doch so groß. Da bauen wir ein Bad ein. Papa wollte schon immer ein Bad im Erdgeschoss, sagt er.«

Sie holte kurz Luft.

»Papa sagt, du siehst und hörst nichts von ihm. Außer beim Essen natürlich. Er bleibt oben. Er geht auch nicht in den Garten. Er hat ja den Balkon. Du wirst kaum merken, dass er überhaupt da ist.«

Es klang, als wäre Papa ein Geist, der sich nur zur Nahrungsaufnahme materialisiert.

»Und übrigens, Helena: keine Miete. Von dir nimmt er keine Miete, sagt Papa. Du zahlst nur die Nebenkosten.«

Oh, verdammt. Keine Miete.

»Ich will aber nicht. Ich will in meiner Wohnung bleiben. Ich will nicht zurück ins Haus. Es ist immer noch Mamas Haus. Manchmal kommt es mir vor, als ob sie jeden Moment …«

»Wenn ich damit fertig bin, ist es nicht mehr Mamas Haus. Die Möbel kommen rauf zu Papa. Oder auf den Dachboden.

Unten lasse ich von Grund auf renovieren, und du kriegst eine herrliche Wohnung, wie neu. Diese weiten hohen Räume, voller Licht und Luft. Helena! Die schönen Fenster. Der Blick in den Garten. Das neue Bad. Die große Küche – die machen wir auch neu, wenn du willst.«

»Und wer soll das bezahlen?«

»Na, ich natürlich. Und Papa. Das zahlt er gerne, sagt er.«

Sie beugte sich vor und sah mich konzentriert an. Ihr Gesicht war rot, auf ihrer Nase standen kleine Schweißtropfen, und ihre braunen Augen waren ganz rund, wie immer, wenn ihr etwas wichtig ist.

»Was willst du mehr? Schönes Haus, große Wohnung, großer Garten. Stille grüne Gegend. Kostenfrei. Überleg's dir, Helena!«

»Ich will nicht. Es ist unser Elternhaus. Dahin will ich nicht zurück. Ich liebe Papa, aber ich will nicht bei ihm wohnen. Ich habe mein eigenes Leben. Wir müssen uns was anderes überlegen.«

Sie sackte in sich zusammen und seufzte schwer: »Na gut. Okay.«

Sie stand auf und nahm ihre Tasche vom Boden.

»Tust du mir einen Gefallen?«

»Was für einen?«

»Denk noch mal darüber nach. Schlaf drüber. Es wäre so eine tolle Lösung. Wenn du morgen immer noch Nein sagst, sag ich kein Wort mehr, das verspreche ich dir.«

»Bestimmt?«

Sie hob die flache Hand zum Indianerschwur: »Großes Ehrenwort.«

»Okay.«

Sie küsste mich und war draußen, bevor ich noch etwas sagen konnte, und ich hörte, wie sie losfuhr, auf ihre typische Art mit viel Gas und aufheulendem Motor.

Ich verschob das Aufräumen und ging auch. Es war Ende April, und wir hatten Aprilwetter. Bis eben hatte es geregnet, nun kam die Sonne heraus und schien auf die nassen Straßen des Viertels. Ganz früher war es ein Armeleuteviertel gewesen, später lebten brave Kleinbürger hier, schließlich zogen Studenten her und Leute wie ich. Getrennt, mit Kind und wenig Geld. Inzwischen waren die Wohnungen renoviert und die Mieten gestiegen, doch weil alles eher eng und schlicht war, kamen die Reichen und Schönen nicht, und es gab immer noch türkische Läden und Änderungsschneidereien und komische kleine Cafés und viel echte Freundlichkeit.

Zu Hause lief im Wohnzimmer der Fernseher, Jakob war da, aber ich ging in die Küche und auf den Balkon.

Auch hier war es eng, die Höfe waren klein, die Küchenbalkone nah beieinander. Doch in unserem Hof gab es außer Fahrradständern und Tonnenhäuschen die große alte Birke, und der nächste Balkon gehörte zu Kerstins Wohnung. Sie war ein Jahr nach uns eingezogen, mit ihren Kindern Lisa und Max und auch frisch getrennt, und wir hatten uns die Handwerker geteilt, die Sonderangebote im Supermarkt, viele Flaschen Wein und einsame Fernsehabende, wenn wir gerade mal wieder beide keinen Mann hatten.

Drüben wurde die Balkontür aufgerissen, Qualm drang

heraus, und es roch süßlich und verbrannt. Kerstin tauchte auf, wedelte mit den Händen, zog eine Grimasse der Verzweiflung in meine Richtung und verschwand wieder.

Ich will nicht weg, dachte ich. Es ist unser Zuhause, Jakobs und meines. Hier haben wir die schlimme Zeit nach der Trennung erlebt. Wie es allmählich besser wurde. Wie wir es schließlich geschafft haben. Hier hat er neue Freunde gefunden. Hier kennen wir so viele, die Nachbarn, die Ladenbesitzer, die Kunden der Buchhandlung, die um die Ecke ist.

Und was wird aus deinem Vater, fragte meine innere Stimme. Der säuft wieder und bekommt eine Schrumpfleber oder fällt im Suff die Treppe runter. Sein schädliches Cholesterin steigt, und er kriegt einen Schlaganfall. Oder einen Herzinfarkt. Ihm ist es egal, was mit ihm passiert, und Irene kann sich nicht um ihn kümmern. Nicht jetzt. Aber irgendjemand muss es tun. Wer sonst außer dir? Du kümmerst dich schon die ganze Zeit um ihn. Irene hat recht. Das mit dir wäre die ideale Lösung.

Ich will aber nicht.

»Hallo, Mama«, sagte Jakob hinter mir.

Seine schwarzen Locken waren schön geföhnt, er war frisch rasiert, trug saubere Jeans und ein gebügeltes Shirt. Er musste es selbst gebügelt haben. Er duftete nach dem teuren Eau de Toilette für Männer, das neuerdings im Bad stand, und hatte ein kleines, nicht zu unterdrückendes Lächeln des Glücks im Gesicht.

»Annika kommt«, stellte ich fest. »Esst ihr mit uns? Es gibt Spargel.«

»Mhm!«

»Schälst du die Kartoffeln?«

Er schüttelte den Kopf: »Ich muss noch aufräumen.«

Ach ja. Annika war seine erste große Liebe. Sie hatten sich in einem Erstsemesterkurs zum Bürgerlichen Gesetzbuch kennengelernt. Sie war wunderhübsch und sehr intelligent, er hatte sich sofort in sie verliebt und konnte es manchmal immer noch nicht fassen, dass sie ihn auch liebte. Für sie wurden Shirts gebügelt. Haare geföhnt. Zimmer aufgeräumt. Für sie wurden Dinge getan, die er für mich nicht mal täte, wenn ich ihn auf dem Sterbebett darum anflehen würde.

»Ich muss was mit dir besprechen. Dabei kannst du deine Hände bewegen.«

Ich holte ein Messer aus der Schublade.

»Es ist wegen Opa. Er sollte nicht mehr alleine wohnen. Jemand muss aufpassen, was er isst. Dass er seine Cholesterintabletten nimmt. Dass er sich nicht so verkriecht.«

Das Trinken und die Depression ließ ich weg. Sie waren sicher bald kein Problem mehr, und wenn Papa wieder zu seinem alten Selbst zurückgekehrt war, würde es ihm peinlich sein, wenn sein Enkel davon wusste.

»Zu Irene kann er nicht. Die hat gerade gar keine Zeit, weil sie Oberstudiendirektorin wird, stell dir vor. Aber wir könnten vielleicht zu ihm ziehen. Ins Erdgeschoss. Wir hätten viel mehr Platz. Und die Terrasse und den Garten …«

Er sah mich mit großen Augen an: »Also, Mama …«

»Du bist auch nicht so dafür, nicht?«

»Doch. Und wie! Das wäre toll. Supertoll.«

»Wirklich? Wieso?«

Er zögerte.

»Hier ist es ja schön. Es ist bloß zu eng für Annika und mich. Ihre Wohnung ist auch ziemlich klein. Wir haben schon überlegt, ob wir uns was suchen. Aber drüben bei Opa ist jede Menge Platz. Und der Garten. Annika mag Gärten. Es wäre super. Total super.«

Es klingelte, er rannte hinaus um zu öffnen, aber es war Burkhard, nicht Annika, und ich hörte, wie er ihm davon erzählte.

Burkhard kam herein, stellte eine Tüte mit Wein und Spargel auf den Küchentisch und umarmte mich von hinten.

»Was sagt Jakob da? Ihr wollt zu deinem Vater ziehen?«

Ich drehte mich in seinen Armen um. Sein schönes Gesicht war gerötet, weil er die Treppen hinaufgerannt war, selbst die Kopfhaut schimmerte rot durch die kurzen blonden Haare. Seine grauen Augen, die die Farbe wechseln konnten, leuchteten grünlich, weil er ein grünes Shirt trug.

»Es ist nur eine Idee. Wir müssen uns mehr um Papa kümmern. Aber das heißt noch nicht …«

»Ich fände es großartig. Ich wäre viel schneller bei dir.«

»Wieso?«

»Na, mit dem Rad. Auf dem Radweg durch den Park. Da brauche ich nur fünf Minuten von mir bis zu deinem Vater. Höchstens.«

Sein Körper war warm und feucht, und er roch so gut. Nach Burkhard. Nach Mann. Wir waren seit vier Jahren zusammen, aber wenn ich ihn spürte und roch, war ich immer noch so schnell entzündet wie am Anfang.

Ich legte das Messer weg und nahm seine Hand.

»Wir können auch später essen. Komm.«

Mein Bett war noch ungemacht, das Fenster geöffnet und das Zimmer angefüllt mit frischer Frühlingsluft.

Wir zogen uns schnell aus und fielen ins Bett. Wir hatten uns seit Montag nicht mehr gesehen, weil er auf Fortbildung gewesen war und beim Zahnärztetag. Es gab diesen Moment des Aufatmens, als wir uns endlich wieder berührten, und dann eine schöne schnelle Nummer, wie Burkhard es nennt. Nicht lange genießen, schnell satt werden.

Als ich kam, klingelte es. Ich hörte Jakobs Schritte im Flur und dämpfte meine Seufzer der Erlösung. Jakob riss die Wohnungstür auf. Das Klack-Klack von Annikas hohen Absätzen klang auf der Treppe. Sie begrüßten sich, die Tür schlug zu, ihre Schritte entfernten sich.

Die Welle in mir ebbte langsam ab.

Wenn wir ins Haus zögen, brauchte ich mir keine Sorgen mehr zu machen, ob Jakob mich hören konnte. Oder ich ihn, seit er auch ein Liebesleben hatte. Laut zu lieben ist ein Menschenrecht, finde ich, egal, wer es hört. Aber nicht bei Eltern und Kindern. Drüben waren die Wände dick und die Türen stabil, Jakobs Zimmer wäre weit von den anderen entfernt, und ich könnte endlich wieder den Mund aufmachen und so laut sein, wie ich wollte.

Burkhard legte den Arm um mich und zog die Decke über uns.

»Fünf Minuten?«, fragte ich.

Ich spürte, wie er nickte.

»Auch im Winter?«

»Natürlich.«

Er liebt sein Rennrad und fährt zu jeder Jahreszeit damit. Ich weiß nicht, wie er es macht, aber er friert nie auf diesem Rad und wird auch nicht nass. Er sagt, er ist so schnell, dass der Regen ihn nicht nässt und die Kälte ihn nicht kühlt.

»Wären wir dann öfter zusammen?«

»Klar.«

Richtig zusammenleben ist nichts für Burkhard. Er weiß es, seit er verheiratet war. Es wird ihm zu eng, er kriegt keine Luft mehr und wird destruktiv. Er hat es mir gleich gesagt, als wir uns verliebt haben.

Er hatte die Praxis meines alten Zahnarztes übernommen, und als ich zum ersten Mal im Behandlungsstuhl lag und in seine Augen blickte, die an diesem Tag blau waren, weil er ein blaues Hemd trug, und sein Lächeln sah, dachte ich: Ist der schön! Den will ich.

Der läuft doch nicht frei rum, höhnte meine innere Stimme, der hat eine Frau, auch so schön, und ein paar Kinder, noch schöner.

Sie hatte natürlich recht. Wie meistens. Ich gab den Gedanken auf, aber ich sah ihn weiter an. Er untersuchte meine Zähne auf Karies und mein Zahnfleisch auf Parodontose. Er ließ sich viel Zeit dabei, und wenn er nicht in meinen Mund schaute, sah er mich auch an. Es dauerte ein bisschen, bis ich begriff, wie er mich ansah. Nicht wie ein Zahnarzt. Wie ein Mann.

Manchmal irrt sich meine innere Stimme.

Er legte das Instrument beiseite und sagte, ich müsse noch mal kommen, zur Parodontosebehandlung. Bald. Morgen? Er könne mich einschieben, um halb zwei, in seiner Mittagspause. Konnte ich da?

»O ja«, sagte ich.

Am anderen Tag um halb zwei lag ich wieder in seinem Behandlungsstuhl. Die Sprechstundenhilfe schaute herein: »Brauchen Sie mich noch, Herr Doktor?«

Er sah mich fragend an: »Ist es Ihnen recht, wenn Sie hier mit mir allein sind?«

Ich nickte. Die Tür schloss sich.

»Sehr recht«, sagte ich.

Er zögerte kurz, rollte mit dem Stuhl dicht heran, beugte sich über mich und küsste mich. So war ich noch nie geküsst worden. Man kann es nicht generell empfehlen, es hängt natürlich sehr vom Zahnarzt ab, aber in einem Zahnarztstuhl geküsst zu werden, ist etwas Besonderes.

Seither sind wir zusammen. Wir lieben uns. Nur das mit dem Zusammenleben geht nicht.

»Ich kann's nicht, und ich tu's nie wieder. Das musst du wissen, damit du dich frei entscheiden kannst.«

Frei entscheiden?

Ich war vierzig und hatte seit der Trennung von Jakobs Vater keinen Mann mehr gefunden. Keinen, der blieb. Ein schöner, aufregender Zahnarzt hatte sich in mich verliebt und wollte mich. Nicht nur mal so im Bett. Ernsthaft. Für immer. Da gab es nichts zu entscheiden. Hätte ich Nein sagen sollen, nur weil Zusammenleben nicht sein Ding war?

Aber ein bisschen mehr Zusammenleben wäre wunderbar.

Ich ging in die Küche und rief Papa an.

»Ja?«

Er klang dumpf, als wäre er unter Wasser.

»Hallo, Papa. Hier ist Helena.«

»Ja?«

»Irene sagt, du würdest dich freuen, wenn ich bei dir wohnen …«

Seine Stimme belebte sich.

»Helena, Herzlein! Das wäre wunderbar. Und Jakob? Wohnt der dann auch hier?«

»Natürlich. Der findet die Idee toll.«

»Herrlich, herrlich. Einfach wunderbar. Aber hast du dir das auch gut überlegt? Du sollst dich ja wohlfühlen. Tu es nur, wenn du es wirklich willst.«

Ach, Papa. Wenn ich täte, was ich wirklich will …

»Ich komme morgen Nachmittag vorbei, und wir reden drüber, ja? Mit Jakob und Burkhard. Ich bringe Kuchen mit.«

»Nein, nein, dafür sorge ich schon. Kommt einfach. Ich freue mich auf euch.«

Ich legte auf und wandte mich den Kartoffeln zu. Ich dachte an das, was Papa gesagt hatte: Tu es nur, wenn du es wirklich willst.

Was würde ich tun, wenn ich täte, was ich wirklich will?

Gute Frage. Schwer zu beantworten.

Papa war am anderen Tag kaum wiederzuerkennen. Er hatte es, obwohl Sonntag war, zu einem Friseur geschafft, trug ein weißes Hemd und ein Jackett und beinahe so etwas wie einen frohen Ausdruck im Gesicht. Er hatte große Mengen Kuchen gekauft und einen üppigen Kaffeetisch gedeckt, den er mir zeigte, während Jakob und Burkhard noch im Garten waren.

»Sieh mal, Helena. Ist das gut so?«

Mamas bestes Geschirr, das gute Silber, ein Strauß rosa Rosen, rosa Kerzen und Papierservietten mit lila Rosenmuster, die er zu Dreiecken gefaltet zwischen die Zinken der Kuchengabeln geschoben hatte.

»Passen die Servietten? Ihr trinkt doch Kaffee, oder? In der Küche ist noch mehr Kuchen, falls der nicht reicht.«

»Ist alles wunderbar, Papa.«

Er hatte Sekt besorgt, den er gegen Abend brachte und einschenkte. Er reichte uns die Gläser, stand auf, hob seines und wirkte so feierlich, dass wir auch aufstanden.

»Ihr Lieben. Ihr könnt euch gar nicht vorstellen, wie sehr ich mich freue. Auf ein gutes Zusammenleben!«

Er stieß mit uns an und küsste uns. Auch Burkhard. Papa küsst sonst keine Männer. Schon gar nicht Burkhard. Dass er plötzlich anfing, Burkhard zu küssen, überzeugte mich mehr als alles andere.

Ich trank nichts, weil ich fuhr, und saß nur da und sah zu, wie die drei immer fröhlicher und redseliger wurden.

Na also, dachte ich. Es fällt verdammt schwer, aber es ist richtig. Du wohnst noch nicht mal hier, und Papa geht es schon besser. Und Jakob und Burkhard sind auch glücklich. Was willst du mehr?

Britta stand da, die Bücher, die sie einräumen wollte, gegen die Brust gepresst, und starrte durchs Schaufenster in den Regen.

»Ich bin schrecklich traurig, dass du wegziehst, Helena.«

»Das sagst du doch schon die ganze Zeit. Ich bin auch schrecklich traurig. Aber was soll ich tun? Es ist das Beste für alle. Vor allem für meinen Vater. Jetzt möchte ich es für eine Weile vergessen. Kannst du bitte nicht mehr davon reden?«

»Jakob kommt schon kaum noch vorbei, seit er studiert. Und nun gehst du auch noch.«

»Aber ich bin doch weiter jeden Tag da. Ich arbeite hier.«

Sie drehte sich seufzend um und fing an, die Bücher einzuordnen.

Sie hatte ihre Buchhandlung am Franziskanerplatz eröffnet, als Jakob und ich gerade dorthin hingezogen waren. Eine Schule war in der Nähe, und ich hatte in einer Seitenstraße eine bezahlbare Wohnung gefunden, von der aus der Schulweg sicher war.

Anfangs fiel es mir schwer, ihn alleine gehen zu lassen. An den ersten beiden Tagen lief ich, sobald er unten aus der Haustür getreten war, schnell die Treppen hinunter und folgte ihm vorsichtig, bis er den Schulhof erreicht hatte.

Ich ging über den Franziskanerplatz zurück. Vor dem Schaufenster eines frisch renovierten und mit Regalen ausgestatteten Ladens hockte ein Mann auf einer Leiter und befestigte Buchstabenfolien mit Tesafilm an der Fensterscheibe. Auf der einen Folie stand *Buchhandlung* und darunter *Britta von Langen*, auf der anderen *Goethe & Co*, darunter *Buchhandlung.*

»Was meinen Sie? Wie soll ich sie nennen?«, fragte jemand hinter mir.

Ich drehte mich um.

Eine große hübsche Frau mit hellen Locken stand neben einem grauhaarigen Mann, der ein dezent kariertes Jackett trug, einen edlen Schlips und das passende Einstecktuch.

»Goethe & Co ist toll, oder?«, sagte sie. »In Paris gab es eine Buchhandlung, die hieß Shakespeare and Company und …«

»… gehörte Sylvia Beach. Hemingway, T. S. Eliot, Scott Fitzgerald waren ihre Kunden. Und natürlich James Joyce.«

Ihre großen blauen Augen wurden vor Erstaunen noch größer.

»Sie sind Literaturwissenschaftlerin.«

»Nein. Buchhändlerin.«

Der Mann reichte mir die Hand: »Gernot von Langen.«

»Helena Seeger«, sagte ich. »Brauchen Sie vielleicht eine Mitarbeiterin? Ich suche eine Halbtagsstelle. Ich wohne um die Ecke, mein Sohn geht drüben zur Schule, und es wäre ideal, wenn ich in der Nähe arbeiten könnte …«

»Warum nicht, Britta«, sagte er. »Eine Fachfrau, halbtags …«

Ihr Gesicht wurde kalt und abweisend.

»Nein, Gernot. Das will ich nicht. Es ist auch im Budget nicht drin.«

»Ich lege ihr Gehalt oben drauf. Für den Anfang sicher eine gute Investition.«

Sie schüttelte heftig den Kopf.

Er seufzte: »Wenn du meinst. Aber dann sagen Sie uns wenigstens noch Ihre Meinung zur Namensgebung.«

Ich sagte, ich würde die Buchhandlung lieber nicht Goethe & Co nennen, weil viele Kunden glauben würden, dass es ihr Name sei und sie ihnen würde erklären müssen, wie sie wirklich hieß und manchen womöglich auch, wer Goethe gewesen war.

Jetzt sah sie mich eisig an. Das konnte sie richtig gut.

»Das kann ich mir nicht vorstellen. Goethe kennt doch jeder.«

»Ist das Ihre erste Buchhandlung?«

Sie nickte.

Du wirst dich noch wundern, Schätzchen.

Im nächsten halben Jahr hieß die Buchhandlung Goethe & Co. Dann wurde sie umgetauft und bekam den Namen ihrer Besitzerin. Als Jakob und ich ein paar Tage später auf dem Weg zum Supermarkt waren, öffnete sich die Ladentür, und die blonde Frau lächelte mich an: »Hallo! Kommen Sie doch kurz rein, wenn Sie Zeit haben. Mögen Sie einen Kaffee?«

Ich schüttelte den Kopf und wollte weitergehen.

Sie wandte sich an Jakob: »Ich heiße Britta. Und du? Magst du eine Limo? Ich habe auch eine Kinderbuchecke.«

»O ja. Komm, Mama.«

Ich hatte den Kaffee noch nicht probiert und Jakob drüben in der Kinderbuchecke eben das erste Buch geöffnet, da wusste ich schon alles. Sie hatte mit achtzehn geheiratet, ihre vier Kinder waren erwachsen, zur Silberhochzeit hatte ihr Mann ihr die Buchhandlung geschenkt. Sie hatte einen Buchhaltungskurs und ein Existenzgründerseminar absolviert und geglaubt, das und ihre Begeisterung würden genügen. Ihr Mann war Anwalt mit einer ertragreichen Kanzlei und konnte das Geschäft eine Zeitlang finanzieren. Allerdings nicht mehr lange, wenn es weiter so schlecht lief wie bisher.

»Ich verstehe nur gar nicht, warum. Ich mache doch alles richtig, finden Sie nicht?«

Als sie Kaffee und Limo geholt hatte, war mir einiges aufgefallen, was sie falsch machte. Aber sie bekam jetzt keine kostenlose Beratung von mir, um ihr Budget zu schonen. Ich trank von meinem Kaffee und sagte nichts.

»Ich muss mich noch bei Ihnen entschuldigen«, sagte sie. »Ich war so unfreundlich beim letzten Mal. Das ging nicht gegen Sie. Ich habe mich über meinen Mann geärgert. Über seine Ratschläge. Er meint es gut, und ohne ihn hätte ich die Buchhandlung ja gar nicht, aber es ist mein Geschäft, und darüber will ich allein entscheiden. Verstehen Sie?«

Wenn du alles allein entscheiden musst, weil sonst keiner da ist, verstehst du das nicht wirklich. Aber ihr Mann war viel älter als sie, und sie hatte vermutlich zu Hause nicht viel zu sagen.

»Sie haben sicher inzwischen eine Stelle gefunden, nicht wahr?«

Ich nickte.

»Und wo?«

»In der Buchhandlung im Südbahnhof.«

Sie verzog das Gesicht. Die Buchhandlung im Südbahnhof war eng, laut, zugig. Scheußlich. Die Arbeit dort auch. Und Jakob musste, wenn er zu früh aus der Schule kam, bei der alten Frau im Schreibwarengeschäft an der Ecke warten, bis ich ihn abholte.

»Hätten Sie nicht Lust, bei mir anzufangen? Ganztags? Jakob könnte nach der Schule herkommen. Mit uns zu Mittag essen. Schularbeiten machen, spielen, schlafen. Bis Sie abends fertig sind.«

Ich wusste nicht, was ich sagen sollte. Weil ich schwieg, setzte sie noch eines drauf.

»Gute Bezahlung. Großzügige Urlaubsregelung. Und wenn Sie wegen Jakob mal weg müssen oder frei haben wollen, ist das kein Problem. Ich habe ja selber Kinder.«

O mein Gott. Das war traumhaft.

»Könnten Sie sich das vorstellen?«, drängte sie.

Ich nickte.

»Und wann könnten Sie anfangen?«

»In fünf Wochen. Zum übernächsten Ersten.«

Sie lachte, laut und erleichtert.

»Wunderbar! Sie sind meine Rettung.«

Eine Kundin kam herein, die sie eifrig begrüßte. Uns brachte sie noch schnell zur Tür und gab mir ihre Geschäftskarte: »Sie rufen mich an, ja? Dann besprechen wir alles.«

Jakob und ich gingen weiter zum Supermarkt. Als wir an der Fleischtheke warteten, berührte er meine Hand.

»Britta ist eine sehr nette Frau. Findest du nicht auch?«

»Ja.«

»Da sind wir jetzt bald öfter, oder?«

»Meistens. Fast immer. Jeden Tag, außer Sonntag.«

»Das ist dann so, als ob wir zwei Wohnungen haben.«

»So ungefähr.«

»Und zwei Zuhause. Eins bei uns und eins bei Britta mit den Büchern.«

Er dachte nach. Dann sagte er auf seine altkluge Art: »Weißt du was, Mama? Das ist gut. Das ist sehr gut.«

»Stimmt«, sagte ich und wandte mich der Frau hinter der Fleischtheke zu, die wissen wollte, ob die Putenschnitzel so recht wären.

Er hatte sofort begriffen, was Britta und ihre Buchhandlung für uns bedeuteten. Ich fing erst an es zu verstehen, als sein Vater zum ersten Mal dort vorbeikam, um ihn fürs Wochenende abzuholen. Jakob hatte es so eingerichtet. Ich hatte am Abend zuvor gehört, wie er am Telefon sagte: »Nein, heute kann ich noch nicht, Papa. Morgen. Ja … Erst morgen. Vormittag. In der Buchhandlung. Ja. Franziskanerplatz 8.«

Ich war froh, dass ich hinter dem Tresen stand und mit einer Kundin sprach und niemand auf mich achtete, als Jakobs Vater die Ladentür öffnete. Er war meine große Liebe gewesen – gewesen? Geht das so schnell vorbei? – und hatte mir die größte Verletzung meines Lebens zugefügt. Ihn zu sehen, ließ mein Herz rasen und das Blut in meinen Ohren rauschen und in mein Gesicht steigen. Er kam lässig herein, groß, sehr schlank, wie er damals noch war, in Stiefeln, Jeans und Lederjacke. Die üppigen schwarzen Locken umgaben sein blasses Gesicht mit den dunklen Augen, das nicht schön war, aber sehr anziehend.

Er blieb am Tresen stehen: »Hallo, Helena.«

Britta hatte sich umgedreht, als die Türglocke ging. Jakob lief ihm entgegen.

»Hallo, Papa.«

»Hallo, Jakob.«

Er wollte in die Knie gehen und ihn umarmen, aber Jakob griff nach seiner Hand und führte ihn zu Britta.

»Das ist mein Papa. Er heißt Armin.«

Er wies mit einer ausladend altmodischen Geste auf Britta. Er hatte es sich offenbar im Fernsehen abgeschaut, wie man Menschen formvollendet miteinander bekannt macht.

»Das ist Britta.«

Er breitete weit die Arme aus: »Und das ist unsere Buchhandlung.«

Mir war sofort klar, was er damit sagen wollte, und es traf mich wie ein Schlag. Du hast uns verlassen, Papa, wir hatten kein großes schönes Haus mehr und waren ganz alleine. Aber sieh her, wir sind nicht mehr allein und verlassen, und wir haben auch wieder ein Zuhause, denn wir haben Britta und diese großartige, wunderschöne Buchhandlung.

Britta konnte nicht wissen, was in ihm vorging, aber sie war der Situation mehr als gewachsen. Sie legte Jakob die eine Hand auf die Schulter und reichte Armin mit einem majestätischen Lächeln und einer ebensolchen Bewegung die andere. Ältere Herren unter unseren Kunden fühlen sich dann getrieben, sie ihr zu küssen. Armin schüttelte sie nur, aber er war beeindruckt. Jakob sah von einem zum anderen und strahlte.

Ich schluckte runter, was in mir hochstieg, packte das Buch der Kundin in Geschenkpapier und beriet sie bei der Auswahl einer Glückwunschkarte.

Jakob und Armin kamen zum Tresen.

»Bis morgen, Mama.«

»Gegen Abend«, sagte Armin. »Ich rufe vorher an. Tschüss, Helena.«

Ich nickte ihm flüchtig zu und küsste Jakob: »Bis morgen.«

Die Kundin zahlte, ich öffnete ihr die Ladentür und hielt sie auf, damit ein Ehepaar hereinkommen konnte. Dann ging es nicht mehr. Ich lief ins Büro, ganz nach hinten ans Fenster zum Hof, und die Tränen brachen aus mir heraus.

Ich hatte all die Zeit nicht geweint. Seit unser Traumschloss von der großen Liebe und der glücklichen Familie wackelig und zugig wurde und seine Wände bröckelten.

Armin wollte weg aus dem grünen Vorort, wieder in die Stadt, seine Karriere als Fotograf vorantreiben, Werbefilme machen, eine eigene Produktionsfirma gründen. Ich wollte draußen bleiben, unser zweites Kind kriegen, erst wieder arbeiten, wenn es in den Kindergarten kam. Er sagte, kreative Karriere machen und eine eigene Firma gründen könne man nicht mit halber Kraft, weil man kleine Kinder hat und eine Frau, die im Häuschen im Grünen sitzt und die Hausmutter gibt.

Wir stritten und kämpften, bis wir ganz verstrickt waren

und uns nicht mehr bewegen konnten. Er zerschlug den Knoten, indem er eine Affäre mit der Kollegin anfing, mit der er seinen ersten Werbefilm drehte.

Ich dachte an die Nacht, in der mir klar wurde, dass er gerade bei dieser Frau war und mit ihr schlief. Daran zu denken zerriss mich immer noch. Damals hatte ich die ganze Nacht gekotzt und versucht, dabei leise zu sein, damit Jakob nicht aufwachte.

Wir trennten uns und verließen das hübsche Haus im Grünen. Ich zog mit Jakob hierher, wo es billig war, er in das schicke teure Viertel, wo die Kreativen und Erfolgreichen wohnten. Kreativ war er schon. Es war klar, dass er auch erfolgreich sein würde.

Ich weinte nie. Ich war immer nur verzweifelt oder wütend. Zu weinen hätte bedeutet einzugestehen, dass ich alles verloren hatte. Armin, meinen Mann, meine große Liebe. Die zehn Jahre Leben mit ihm. Meine Zukunft, die ich mir nur mit ihm vorstellen konnte. Unsere Freunde, Paare mit kleinen Kindern, die ihr gemeinsames Leben planten und mit einem angestrengten Karrieremacher und einer noch angestrengteren Alleinerziehenden nichts mehr anfangen konnten.

Ich spürte eine Hand auf meiner Schulter.

»Was ist denn, Frau Seeger?«

Ich drehte mich um.

»Es tut mir leid. Es ist wegen – Jakobs Vater. Es ist plötzlich hochgekommen, zum ersten Mal seit …«

Der nächste Schwall Tränen kam. Sie legte den Arm um mich und zog meinen Kopf an ihre Schulter.

Als ich den Kopf wieder hob, war ich leer geweint, und auf ihrer Schulter breitete sich ein riesiger nasser Fleck aus.

»Ich habe Ihre Bluse ruiniert. Die ist aus Seide. Das gibt Ränder. Die gehen nie wieder raus«, jammerte ich wie eine verzweifelte Reinigungsfachfrau.

»Seien Sie nicht albern. Dann kommt sie in die Kleidersammlung. Aber wollen wir nicht allmählich Du zueinander sagen?«

Ich nickte und schluckte und wollte sofort noch mal weinen, aber es war nichts mehr da.

Brittas Buchhandlung war unser zweites Zuhause geworden. Eine Zeitlang sogar unser erstes. Der Schmerz der Trennung war schneller verheilt, bei Jakob und bei mir, und wir hatten wieder so etwas wie eine Familie bekommen. Zwei Menschen sind keine Familie. Dafür braucht man mindestens drei.

Bücher fielen polternd aus dem Regal, vor dem Britta stand. Sie fluchte. Die Bewegungen, mit denen sie die Bücher aufhob und einsortierte, waren kurz und abrupt, nicht locker und gelassen wie sonst.

Ich legte den Arm um sie.

»Liebe Britta. Ich will ja nicht weg. Es ist wegen meinem Vater. Wenn wir ihn jetzt allein lassen, geht er kaputt. Es ist auch wegen Jakob. Dann bleibt er noch ein bisschen bei mir. So lange, bis er erwachsen ist. Und Burkhard käme öfter. Was soll ich machen?«

Sie drehte sich um und nahm mich in die Arme.

»Was du tust. Es ist ja richtig. Ich bin trotzdem schrecklich traurig. Es war so etwas Besonderes mit Jakob und dir.«

Sie seufzte.

»Ich dachte, man gewöhnt sich dran, Menschen gehen zu lassen. Ich habe doch mit meinen Kindern genug Übung. Aber es wird immer schwerer.«

Sie ließ mich los.

»Wann ziehst du um?«

»Samstag. Da bin ich hier, und du hast frei. Können wir tauschen?«

Sie ging ins Büro und kam mit meiner Jacke und meiner Tasche zurück.

»Geh nach Hause. Und komm erst wieder, wenn du umgezogen bist.«

Sie schob mich Richtung Tür: »Geh schon.«

2

Rosen und Jasmin blühten, als wir umzogen, und die Sonne schien in die frisch geweißten Zimmer und machte sie beinahe unerträglich hell. Irene hatte ein Wunder vollbracht, wie immer, wenn ihr etwas wirklich wichtig ist: in fünf Wochen ein neues Bad, eine neue Küche, die Renovierung, der Umzug mit Papa. Allein. Ich war nur manchmal zum Besichtigen und Besprechen vorbeigekommen und hatte mein Zimmer ausgeräumt.

Am Umzugstag war sie früh da, brachte Mineralwasser, belegte Brote und eine Thermoskanne Kaffee mit und ließ sich erklären, wo meine Möbel stehen sollten.

»Okay. Alles klar. Ich mache das hier. Ich kaufe auch ein, damit du was zu essen hast. Wann fangen die Möbelpacker bei dir an?«

»Um neun.«

»Lass dir Zeit. Bis du mit allem fertig bist. Ich bleibe so lange.«

Es dauerte fast den ganzen Tag, bis ich mit allem fertig und die alte Wohnung leer und sauber war. Die Spätnachmittagssonne fiel durch die Bäume am Straßenrand, als ich wieder vor dem Haus parkte. Am Steinpfosten des Gartentors hatte jemand das Messingschild angebracht, das Papa mit unseren Namen hatte gravieren lassen: Herbert Kant, Helena Seeger, Jakob Seeger.

Aus Jakobs Fenster klang Musik. Er war mit den Möbelpackern gefahren und hatte als Erstes seine Anlage aufgebaut.

Ich stieg die Stufen zur Haustür hinauf, die offen stand. Im Flur waren die Umzugskartons gestapelt, und in den Zimmern zum Garten standen meine Möbel an den richtigen Stellen und sahen in den großen Räumen nicht klein und billig, sondern viel schöner aus, als ich erwartet hatte.

Irene kam aus der Küche.

»Da bist du ja. Alles geschafft?«

Ich nickte.

»Hier auch. Papa war müde und hat sich hingelegt. Jakob ist in seinem Zimmer. Mit seiner Freundin – wie heißt die noch mal? Annika? Burkhard war da. Hat das Namensschild angebracht. Kommt wieder. Dein Kühlschrank ist voll. Diätkost habe ich besorgt, du kannst morgen mit der Ernährungsumstellung anfangen. Die Cholesterintabletten sind bei dir in der Küche. Sonst noch was?«

Sie sah sich um, schüttelte den Kopf, nahm ihre Tasche und küsste mich.

»Ich bin fertig. Du übernimmst. Ich muss gleich fahren, Helena. Wir telefonieren.«

Sie war schon draußen, bevor ich etwas sagen konnte,

und ich hörte, wie sie mit aufheulendem Motor davonfuhr.

Ich suchte Shampoo, Handtücher und etwas zum Anziehen aus den Kartons und duschte in dem neuen Bad.

Die Küche war noch die alte. Mamas Küche. Auf dem Tisch stand ein Teller mit Irenes belegten Broten. Ich setzte mich damit auf die Fensterbank, wie ich es als Kind getan hatte, lehnte den Kopf an den Rahmen, sah hinunter auf die Straße und atmete auf.

Der Abschied war vorbei. Gott sei Dank. Vor allem der schreckliche Moment der Heimatlosigkeit, wenn dein Zuhause sich aufgelöst hat in eine leere Wohnung und einen Möbelwagen voller Sachen, der von fremden Männern in eine andere leere Wohnung gefahren wird.

Ich zog die Plastikfolie vom Teller und aß.

Ein Wagen röhrte heran und füllte die Straße mit Lärm. Ein roter Sportwagen. Der Fahrer verlangsamte unwesentlich, bremste scharf, öffnete die Wagentür und schraubte sich aus dem engen niedrigen Sportwagensitz. Armin.

Er sah mich und winkte.

Ich wollte nicht mit ihm reden. Am liebsten hätte ich das Fenster zugemacht und so getan, als wäre ich nicht da. Aber er war nun mal Jakobs Vater. Ich stellte den Teller ab und ging hinaus.

Er trug Jeans und Lederjacke. Wie immer, seit ich ihn kannte. Mittlerweile kaufte er sie in teuren Männerboutiquen, aber sie waren *used style* und sahen aus, als hätte er sie bei der Kleidersammlung geklaut. Nur das weiße Shirt mit dem Logo des Pariser Stardesigners gab zu, dass es teuer gewesen war. Seine schwarzen Locken, in denen noch kaum Grau war, standen wirr um seinen Kopf und wirkten ungekämmt.

»Hallo, Helena.«

»Was machst du denn hier?«

»Ich war zufällig in der Gegend und dachte, ich schaue mal vorbei.«

Er war nicht zufällig da. Er ist ein liebender Vater und wollte sehen, wie Jakob jetzt wohnte.

Er trat zurück und betrachtete das Haus: »Schön. So hatte ich es in Erinnerung.«

»Jakob ist wunschlos glücklich, sagt er. Weil er jetzt so viel Platz hat, einen Studienplatz in Jura und Annika, die Liebe seines Lebens.«

Er lachte, und sein Gesicht leuchtete vor Freude, weil es seinem Sohn gut ging.

Ich zeigte auf den Wagen. Für einen roten Sportwagen war er ziemlich geschmackvoll mit seinen dezenten Formen und dem gedämpften Rot.

»Seit wann fährst du so was?«

»Ich musste ihn einfach haben«, sagte er mit einem Anflug von Verlegenheit. »Nur mal gehabt haben, weißt du. Es wird allmählich Zeit. Bevor ich nicht mehr rein- und rauskomme.«

»Du bist erst neunundvierzig.«

»Du hast keine Ahnung, was das bedeutet. Du bist erst vierundvierzig.«

Er sah zu Jakobs Fenster hin, als hoffe er, dass Jakob herausschaute.

»Annika ist da«, sagte ich.

Jetzt hat kein anderer eine Chance bei ihm, auch du nicht, sein Vater. Nicht mal ich, seine Mutter.

»Ich muss sowieso weiter. Also dann. Bis bald.«

Ich kehrte zu meinem Fensterplatz zurück.

Freudiges Fahrradklingeln. Burkhard bog in die Einfahrt, sprang vom Rad und winkte mir zu. Er warf einen flüchtigen Blick auf das rote Auto, hielt inne und erstarrte. Er drehte sich um und sah durch das offene Fenster der Fahrertür.

»Armin? Bist du das? Ist das etwa deiner?«

Armin, der es gerade geschafft hatte einzusteigen, schraubte sich wieder heraus und nickte bescheiden.

»Aber das ist eine … O Mann! Über dreihundert Spitze. Was kostet die noch mal? Grundpreis ungefähr zweihundertsiebzigtau…«

»Lass uns nicht darüber reden«, sagte Armin bescheiden.

»O Mann!«

Sie betrachteten den Wagen von allen Seiten, strichen über seinen Lack, sahen in sein Inneres, öffneten die Motorhaube und den Kofferraum. Ihre Gesichter hatten einen entrückten Ausdruck, und sie besprachen alles, was sie ansahen, mit leisen konzentrierten Stimmen.

Mich gab es nicht mehr. Ich hätte auch tot sein können.

Nach einer Weile kehrte Burkhard in diese Welt zurück, blickte sich um und kam zum Küchenfenster.

»Das ist eine Berlinetta, Helena. Armin lässt mich eine Runde fahren. Okay?«

Ich wusste nicht, was eine Berlinetta ist, ich wusste nur, dass ich nicht Nein sagen konnte.

»Okay«, sagte ich widerstrebend.

Er setzte sich hinters Lenkrad, zog sanft die Tür zu und fuhr – auch mit viel Lärm, der aber nicht so scheußlich war wie vorhin bei Armin. Bei Burkhard ist alles unaufdringlicher. Die Art, wie er liebt, isst, sich die Nase putzt, Auto fährt. Er bohrt sogar unaufdringlich. Auch darum ist er so ein wunderbarer Zahnarzt.

Ich aß die Brote auf und verließ die Küche. In Jakobs Zimmer war die Musik sanft und leise geworden. Wahrscheinlich schliefen sie miteinander, die beiden. Oben schlief Papa. Burkhard fuhr in einem roten Auto auf irgendeiner Straße und war glücklich, und neben ihm saß ein ebenso glücklicher Armin.

Und was ist mit mir, dachte ich.

Der Flur war auch Treppenhaus, die Treppe machte auf halber Höhe eine Biegung und mündete oben in eine Galerie, an der die Zimmer lagen. Als Kinder hatte uns dieser weite hohe Raum begeistert, wir waren die Treppe hinaufgerannt und auf dem Geländer wieder hinuntergerutscht, und Papa, der Lehrer war und nachmittags in seinem Arbeitszimmer korrigierte, war herausgekommen und hatte so getan, als wolle er uns verhauen, und wir waren jubelnd davongelaufen.

Die beiden Zimmer zum Garten hatten Türen zur Terrasse. Sie war halbrund und erhöht und umgeben von Beeten mit Rosen und Lavendel. Ein paar Stufen führten hinunter zum Rasen. Am Zaun wuchsen Flieder, Jasmin und andere blühende Sträucher, auf der anderen Seite waren die Blumenbeete und ganz hinten der Gemüsegarten mit dem Gartenhäuschen.

Mamas Garten. Der Garten meiner Großmutter. Jetzt war es meiner.

Wo der Rasen aufhörte und der Gemüsegarten begann, stand der Mirabellenbaum mit seiner ausladenden Krone. Seine Früchte waren noch klein und grün und saßen wie Trauben an den Zweigen.

Als ich zum ersten Mal hier einzog, vor achtunddreißig Jahren, waren sie groß und goldgelb gewesen, zwischen gelben Blättern, die in der Sonne auch wie Gold ausgesehen hatten, und ich hatte darunter gestanden und kaum glauben können, dass es etwas so Wunderbares gab.

Ich hatte mich auf die Zehenspitzen gestellt, einen tiefhängenden Zweig erreicht, eine Frucht gepflückt und hineingebissen. Ihr Geschmack war süß und lieblich und so wundersam wie der ganze Baum. Ich lutschte den Kern sorgfältig sauber, trocknete ihn an meiner Bluse und schob ihn in die Hosentasche. Ich wollte ihn behalten, denn er schien mir eine Art Schatz zu sein. Es war vielleicht auch besser, wenn meine Eltern ihn nicht fanden, womöglich war es verboten, von dem goldenen Baum zu essen.

Ich hatte den Kern lange mit mir herumgetragen und ihn schließlich in eine Schachtel zu anderen Schätzen getan, und wenn ich nach der Schachtel suchte, würde ich ihn darin wahrscheinlich noch finden.

Der Mirabellenbaum war schon nicht mehr jung gewesen, als ich zum ersten Mal hier einzog. Jetzt war er alt.

Ich strich über seinen borkigen Stamm, und er ließ seine Zweige wehen und raschelte mit den Blättern.

Ich ging wieder hinein und fing an die Bücherkartons auszupacken.

Nach fünf Kartons klingelte es. Burkhard.

Ich rannte hin und riss die Tür auf. Es war nicht Burkhard. Es waren Britta und Kerstin. Britta in einem zart geblümten Kleid, die hellen Locken hochgesteckt. Kerstin in Jeans und neonpinkfarbenem Trägertop, das Haar frisch gesträhnt im Farbton Bernstein.

Sie sind verschieden wie Tag und Nacht, und ich konnte mich nicht erinnern, sie je zusammen gesehen zu haben.

Ich war so überrascht, dass ich nur sagen konnte: »Ihr beide?«

»Wir wollten mal nach dir sehen«, sagte Kerstin.

»Ich habe den ganzen Tag an dich gedacht und mich gefragt, wie es dir geht«, sagte Britta.

»Ich auch«, sagte Kerstin.

Die Heimat, die ich verlassen hatte und ohne die ich mich gerade so verloren fühlte, hatte sich ins Auto gesetzt und war hinter mir hergefahren. Heimat, das sind Länder, Häuser, Landschaften. Aber vor allem sind es Menschen. Diese beiden waren besonders viel Heimat für mich.

Sie sahen sich um.

»Bist du allein?«, fragte Britta. »Wo sind deine Männer?«

»Mein Vater schläft oben, Jakob schläft vermutlich mit seiner Freundin, und Burkhard ist mit Armin unterwegs.«

»Burkhard mit Armin?«, fragte Britta.

»Was machen die denn zusammen?«, fragte Kerstin.

Ich erzählte ihnen von dem roten Wagen.

»Also, wirklich«, sagte Kerstin, »wegen den Kerlen ziehst du her, und keiner ist da, wenn du kommst? Dann hättest du auch drüben bleiben können, wo du hingehörst.«

Britta nickte heftig.

»Vergesst die Jungs«, sagte ich, »ihr seid ja jetzt da. Gott, bin ich froh.«

Britta hatte eine große Tüte mit Croissants aus der Bäckerei nebenan mitgebracht, Kerstin zwei Flaschen von dem guten Ex-DDR-Sekt, den wir oft bei ihr getrunken hatten, und eine Schüssel Hummermayonnaise. Sie leitete bei Karstadt die Lebensmittelabteilung und hatte samstags immer etwas Gutes dabei, das sich bis Montag nicht mehr hielt.

Wir saßen im hellen Licht des Frühsommerabends auf der Terrasse und aßen und tranken.

Jakob kam heraus, küsste die beiden, prüfte das Nahrungsangebot und fing an, Croissants auf einen Teller zu stapeln.

Ich hielt seine Hand fest: »Halt. Eines für dich, eines für Annika.«

»Aber das sind meine Lieblingscroissants.«

»Meine auch. Britta hat sie mir mitgebracht. Mir!«

»Und was sollen wir essen?«

»Geh in die Küche. Der Kühlschrank ist voll.«

Papa kam: »Es tut mir leid, Herzlein, dass ich nicht da war, als du gekommen bist. Aber ich war so müde.«

Er begrüßte die beiden und verzog sich sofort wieder nach oben, weil er uns auf keinen Fall stören wollte.

Burkhard rief an. Ich wusste, was er sagen würde, und stellte das Handy laut.

»Hallo, Helena. Armin und ich sind auf der Autobahn. Bei Nürnberg. Es dauert noch ein bisschen, okay? Ich komme so gegen …«

»Komm einfach, wann du willst. Du kannst auch morgen kommen. Oder übermorgen.«

Stille. Er war sprachlos. Kerstin und Britta grinsten. Ich drückte auf die Austaste.

»Kerle«, sagte Kerstin.

Britta nickte heftig.

»Ist doch egal«, sagte ich. »Ihr seid ja da.«

Ich deckte den Tisch auf der Terrasse, ging hinauf und klopfte an die angelehnte Schlafzimmertür: »Frühstück, Papa!«

»Komme«, antwortete er gedämpft.

Er kam ums Haus herum und über den Rasen, trotz des warmen Sommertages in dunkelblauen Hosen und einem dunkelblauen Pullover über einem dunkelblauen Hemd. Seit ich hier wohnte, fiel mir auf, dass alle seine Sachen diese Farbe hatten. Nach Mamas Tod hatte er sich geweigert, Schwarz zu tragen, selbst bei der Beerdigung. Das waren leere Formalitäten und sinnlose Rituale. Ein vernünftiger Mensch brauchte so etwas nicht. Doch auch wenn seine Vernunft dagegen war, sein Herz schaffte es, Trauer zu tragen. Das Blau, das er jetzt immer trug, war ein tiefes Tintenblau, das wie Schwarz aussah. Selbst sein Auto hatte diesen Farbton. Er hieß Dark Midnight Blue und sah auch wie Schwarz aus.

Er nickte in meine Richtung: »Guten Morgen.«

Ich schenkte ihm Kaffee ein und zeigte auf die Tablette auf seinem Teller: »Nimm sie, bitte.«

»Nachher.«

»Jetzt. Nachher vergisst du sie.«

Er griff nach der Kaffeetasse, aber ich reichte ihm das Glas Apfelsaft, das vor seinem Teller stand, und er trank einen kleinen Schluck und spülte sie damit runter.

»Trink aus, Papa. Bitte!«

Äpfel sind Cholesterinkiller, das stand in der Broschüre, die mir der Apotheker mitgegeben hatte.

Er leerte das Glas und verzog angewidert den Mund, goss Sahne in den Kaffee und zog wieder eine Grimasse, weil es auf dem Tisch nur Süßstoff gab. Dann frühstückte er ausgiebig, den Blick vor sich auf den Teller oder auf einen fernen Punkt im Garten gerichtet.

Morgens war er besonders düster. Das typische Morgentief der Depressiven, sagte der Arzt, das ändert sich im Tagesverlauf, denken Sie sich nichts dabei. Ich dachte, dass ich irgendwann auch ein Morgentief haben würde, wenn es mit Papas nicht bald besser wurde. Ich war jetzt drei Wochen hier und spürte schon, wie es in mir wuchs. Aber jemand musste mit ihm frühstücken. Sonst nahm er seine Cholesterintablette nicht.

Ich sah ihn genauer an. Sein Gesicht war bleich und pausbäckig, aber es kam mir vor, als wäre es schon ein bisschen schmaler. Auch Hose und Pullover schienen lockerer zu sitzen. Hoffentlich. Wenn er wenigstens abnahm und sein schädliches Cholesterin sank. Wenn wenigstens etwas besser wurde und nicht alles schlechter.

Wir waren so sicher gewesen, dass er sich schnell erholen würde, sobald ich da war. Aber es schien, als habe er nur darauf gewartet, dass ich kam, um sich wieder fallen zu lassen. Tiefer als vorher. Er war noch ferner und teilnahmsloser, lag den ganzen Vormittag auf dem Sofa und verbrachte den Rest des Tages vor dem Fernseher. Früher hatte er viel gelesen und war oft mit Mama ins Kino gegangen. Jetzt liefen ab mittags die Soaps, unten hörte man ihre Musik und die Stimmen ihrer Darsteller, mal lauter, mal leiser, je nach Grad der Dramatik. Nach dem Abendessen waren es Krimis und Actionfilme. Wenn ich nachts ins Bad ging, klangen immer noch Schüsse, Schreie und das Reifenquietschen der Autoverfolgungsjagden herunter.

Er trank wieder. Vielleicht hatte er ja auch nie damit aufgehört. Ich zählte morgens die Bierflaschen. Jeden Abend drei. Manchmal vier.

»Was soll ich noch tun? Ich kontrolliere sein Essen und zähle die Flaschen. Ich schaue in seine Schränke, ob er was von draußen reinschleppt, was er nicht essen soll. Aber ich glaube, er geht gar nicht mehr raus, seit ich hier bin. Er hockt immer oben. Ich bringe Blumen rauf, rede mit ihm, frage, ob er runterkommt oder mit mir durch den Garten geht. Nein. Entweder ist er müde und muss sich hinlegen, oder er sitzt da und glotzt. Wenigstens nimmt er jeden Tag seine Cholesterintablette.«

»Das ist doch großartig«, sagte Irene. »Cholesterin okay, Essen okay, Alkohol unter Kontrolle. Alles andere wird bestimmt auch bald besser.«

»Ich weiß nicht. Ich habe kein gutes …«

»Seelische Prozesse brauchen ihre Zeit. Man kann nicht von heute auf morgen aus einer depressiven Trauerreaktion aussteigen wie aus einem Aufzug. Das muss sich langsam abbauen. So wie es sich aufgebaut hat.«

»Meinst du?«

»Ich bin ganz sicher«, hatte sie gesagt, als wären seelische Prozesse ihr täglich Brot.

Papa war fertig, legte das Messer über den Teller, leerte seine Tasse und fragte, wie jeden Morgen: »Was steht an?«

»Jakob fährt weg. Mit Annika.«

»Ah ja? Wohin?«

»Nach La Palma. Eine Kanarische Insel.«

»Ah ja. Schön.«

Er stand auf und schob den Stuhl sorgfältig unter den Tisch: »Danke für das Frühstück, Helena.«

Auch das sagte er jeden Morgen. Und jeden Morgen antwortete ich »Gerne, Papa« oder »Nichts zu danken« und kam mir vor wie in einer kleinen privaten Klapsmühle.

Ich brachte den Diätkram in die Küche, holte Normalkost aus dem Kühlschrank und kochte Eier. Papa durfte nur drei pro Woche essen, und es schien ihm nicht aufzufallen, dass er an den anderen vier Tagen keines bekam. Draußen fuhr der Postbote auf seinem gelben Rad vor und warf die Post ein, und die Briefkastenklappe machte ein lautes Geräusch.

Es klingelte. Laut, drängend. Ich ging öffnen.

Es war Armin, die Locken diesmal wirklich ungekämmt, das Gesicht unausgeschlafen und angestrengt.

»Wieso bist du schon da?«

»Ich hole Jakob ab.«

»Aber jetzt noch nicht.«

»Doch. Wir müssen los. Der Flieger geht um elf.«

»Er schläft noch. Ich dachte …«

Jakob kam aus seinem Zimmer: »Sorry, Papa. Wir sind gleich fertig.«

»Wollt ihr Kaffee? Soll ich euch Brote machen?«

»Keinen Kaffee, keine Brote«, sagte Armin. »Die kriegen was am Flughafen oder im Flieger.«

»Willst du einen?«

Er schüttelte den Kopf, ging auf die Straße und öffnete die Heckklappe eines großen schwarzen Geländewagens der teuersten Marke.

»Was für ein blödes Auto«, sagte ich. »So angeberisch. Schwarz und hässlich. Von dieser widerlichen Firma. Seit wann kaufst du so was?«

»Der ist geleast. Was ist denn mit dir los? Passt dir was nicht?«

Stimmt, dachte ich. Mir passt was nicht. Dass Jakob auf die Insel fliegt. Auf unsere Insel. Nicht mit mir, mit Annika.

Beim ersten Mal war er sieben gewesen. Es waren unsere ersten Ferien ohne Armin, und ich wusste nicht, wie wir sie überstehen sollten. Aber dann fuhren wir einfach zum Flughafen und nahmen den nächsten Last-Minute-Flug, der uns gefiel. Nach vier Stunden stiegen wir aus der Maschine, die Sonne schien, die Luft war klar und prickelnd und das Leben leicht und schön. Wir waren auf La Palma, wo der Strand unten am Meer schwarz ist, weiter oben auf roter Erde Pfirsichbäume und Geranienbüsche wachsen, und ganz oben üppiges Grün wuchert und der Ginster blüht. Wir verliebten uns in die Insel, flogen jedes Jahr hin und waren glücklich dort. Bis Jakob fünfzehn wurde und zu alt, um mit seiner Mutter Urlaub zu machen. Ab da fuhr er in den Ferien mit seinen Freunden weg.

Jetzt flog er wieder hin. Mit Annika. Er liebte sie und wollte ihr alles zeigen, was er liebte. Ich verstand es. Ich wünschte ihm, dass es schön wurde. Es brachte mich bloß um.

Außerdem machte ich mir Sorgen. Er fuhr das erste Mal so weit weg. Ganz allein. Ohne mich.

»Was ist, Helena?«, fragte Armin.

»Ich mache mir Sorgen. Wegen Jakob. Er war noch nie allein so weit weg.«

»Das ist albern. Er ist intelligent, erwachsen und kennt die Insel. Was soll sein?«

»Weiß ich nicht. Alles Mögliche kann sein. Deswegen mache ich mir ja Sorgen.«

»Alles Mögliche kann immer passieren. Hier. Jeden Tag. Dann müsstest du dir immer Sorgen machen.«

»Eben nicht. Wenn es hier passiert, bin ich ja da.«

»Du spinnst.«

Er machte sich auch Sorgen. Er macht sich immer Sorgen um Jakob. Er liebt ihn so. Er gibt es bloß nicht zu. Er ist lässig, und ich bin albern und spinne.

Er langte durchs Autofenster und hupte ungeduldig.

Jakob brachte seinen Rucksack und seine Reisetasche und dann Annikas großen smaragdfarbenen Schalenkoffer. Annika kam erst nach dem vierten Hupen die Treppe heruntergelaufen, mit wehendem Haar und einem Entschuldigungslächeln im lieblichen Elfengesicht. Ich küsste Jakob: »Pass gut auf dich auf.« Armin fuhr und hupte noch mal, ich sah dem schwarzen Wagen nach, bis er nicht mehr zu sehen war, wandte mich zum Haus und nahm die Post aus dem Briefkasten.

Im ersten Stock stand Papa am Fenster. Ich lächelte ihm zu, doch er sah mich nicht. Er stand nur da, mit hängenden Schultern und gebeugtem Kopf, und wirkte schrecklich einsam.

Ich ging hinauf.

Im vorderen Zimmer war er nicht mehr. Auch das Wohnzimmer war leer. Er hatte alles genauso eingerichtet, wie es unten gewesen war. Selbst die Bilder hingen an den gleichen Stellen.

»Warum hast du ihn nicht dazu gebracht, die Möbel anders zu stellen?«, hatte ich Irene gefragt. »Das ist ja wie im Museum. Fehlt nur, dass Mama reinkommt. Mamas Geist. Das kann nicht gut für ihn sein.«

»Ich hab's versucht, weiß Gott«, hatte sie geantwortet, »aber da war nichts zu machen. Du weißt doch, wie er manchmal ist.«

Ich klopfte an die Schlafzimmertür. Keine Antwort. Ich schaute ins Bad, in die Küche, auf den Balkon, ging zurück zum Schlafzimmer und öffnete die Tür.

Papa lag mit geschlossenen Augen auf dem Bett. Neben ihm, das Kissen aufgeklopft, die Decke aufgeschlagen, das Bettzeug meiner Mutter.

»Was ist, Papa?«

Er öffnete die Augen: »Nichts. Ich habe mich nur hingelegt.«

»Komm doch runter. Alle sind weg. Es ist so schönes Wetter!«

»Ja, Helena. Aber ich bin müde. Ich muss mich ausruhen.«

Er machte die Augen wieder zu. Ich schloss die Tür. Am liebsten hätte ich sie zugeknallt, aber ich riss mich zusammen und ließ sie leise ins Schloss schnappen.

Unten holte ich das Tablett mit den Frühstückseiern und der Normalkost aus der Küche und trug es hinaus auf die Terrasse.

Aus dem Garten winkte Frau Behrens, die achtzigjährige Nachbarin, die sich um Mamas Blumen und den Gemüsegarten kümmerte.

Ich ging hinüber. Sie harkte, über ein Beet gebeugt, zwischen kräftig grünen Pflanzen.

»Schießt alles wie verrückt bei dem Wetter.«

»Jakob fliegt bald ab. Nach La Palma. Eine Kanarische Insel. Vier Stunden Flug. Von elf bis drei.«

Sie richtete sich auf und sah mich an.

»Gott behüte ihn«, sagte sie ernsthaft.

»Es kann nicht viel passieren. Fliegen ist das Sicherste.«

»Alles ist gefährlich. Und dann so weit. Und übers Meer.«

»Er war noch nie alleine so weit weg. Ohne mich oder seinen Vater. Ich weiß, er ist alt genug, aber …«

»Ist doch klar, dass man sich Sorgen macht. Ich denke mit dran. Sagen Sie Bescheid, wenn er da ist.«

»Mache ich. Danke.«

Sie beugte sich wieder übers Beet.

Ich aß mein Frühstücksei und war froh, dass Papa nicht mit heruntergekommen war, weil ich dann das Gefühl gehabt hätte, neben einer schwarzen Wolke zu sitzen. Die Schlagzeile der Zeitung berichtete von einem Flugzeug, das über dem Indischen Ozean von den Radarschirmen verschwunden war. Ich drehte sie schnell um und ging die Post durch. Für Papa Werbung und die Art von Gewinnspielen, an denen man besser nicht teilnahm. Ein Brief von der Uni für Jakob. Ein Brief an Helena Kant. An wen? Ach so, mein Mädchenname. Einen Moment lang hatte ich gedacht, hier wohnte noch jemand.

Mein Mädchenname und die Adresse waren mit der Hand geschrieben. Ein Absender fehlte. Vielleicht kam er von meiner alten Schule. Dort hatten sie nur diesen Namen und diese Adresse.

Der Umschlag war seidengefüttert und aus feinem Papier. Solche Umschläge verschickte meine alte Schule nicht. Er enthielt zwei sauber zusammengelegte Briefbögen, beschrieben in der großen klaren Schrift, mit der auch die Adresse geschrieben war.

Liebe Helena,

ich habe in meinem Leben viel an Dich gedacht, aber seit ich Dich wiedergefunden habe, denke ich ständig an Dich, immer, in jeder Minute. Als ob Du mich begleitest, als ob Du bei mir bist.

So wie damals an der Ostsee. Da waren wir auch immer zu-

sammen, jede Stunde des Tages, nur nachts nicht, denn Du hast im Mädchenzelt geschlafen, ich im Jungenzelt.
Da haben wir uns das erste Mal berührt, wir haben uns nur an der Hand genommen, wir waren so schüchtern, ich besonders. Wir sind am Meer entlanggegangen und durch die Dünen und haben unsere Hände jedes Mal losgelassen, wenn jemand kam. Und dann schnell wieder genommen! Deine Finger zu spüren, Deine Haut, Deine Wärme. Ich war so aufgeregt. Mein ganzer Körper kribbelte. Mein Herz klopfte so laut, dass ich dachte, Du müsstest es hören. Es war wie der Himmel auf Erden für mich, jede Sekunde, jede Minute mit Dir, jeder Schritt, den Du an meiner Seite getan hast, jedes Lächeln, das Du mir geschenkt hast, jedes Wort, das Du gesagt hast. Dein Schweigen, Dein Atmen.
Und der Wind, die Sonne, das Rauschen des Meeres, das Kreischen der Möwen, die Muscheln, die wir gesammelt haben, der Sand zwischen den Zehen. Eine der Muscheln (eigentlich ist es ein Schneckengehäuse, weiß ich heute) habe ich noch, die große, die wir ans Ohr gehalten haben und glaubten, das Meer darin zu hören. Es klingt immer noch so, als ob das Meer darin rauscht, wenn ich sie ans Ohr halte, und es kommt mir auch so vor, als ob ich Deine Stimme hören könnte. Nur ganz fern, aber doch.
Dann fing es an zu regnen und hörte nicht mehr auf. Kälte, Dauerregen, alles war nass, die Ersten wurden krank. Das Zeltlager musste abgebrochen werden, und wir fuhren früher nach Hause. Immerhin fuhren wir ja zurück in dieselbe Stadt, an dieselbe Schule. Ich habe Dich nach Hause gebracht, damit ich noch mit Dir zusammen sein konnte. Wir haben uns die Hand

gegeben zum Abschied. Ich hätte Dich so gerne geküsst. Nur ein kurzer Kuss auf die Wange. Ich habe die ganze Zeit daran gedacht, ich habe mir Mut zugesprochen, aber dann habe ich mich doch nicht getraut.

Ich habe noch lange hinter einem Baum gestanden und zum Haus geschaut, auf den ersten Stock, wo Du wohntest, ob Du ans Fenster kommst und ich Dich noch mal sehe. Ich bin erst nach Hause gegangen, als es dunkel wurde, und mir war gar nicht kalt, mir war ganz warm, weil ich wusste, dass es Dich gibt und dass ich Dich bald wiedersehen würde, spätestens wenn die Schule anfing, mir wurde ganz heiß vor Freude, wenn ich daran dachte. Als ich endlich zu Hause war, sagte meine Mutter, ich wäre so rot im Gesicht, ich würde ja glühen, und dann stellte sich heraus, dass ich Fieber hatte und ins Bett musste, aber das war mir egal, ich hatte genug Zeit, gesund zu werden, bevor die Schule wieder anfing. Dass es Dich gab und dass ich Dich wiedersehen würde, war das einzig Wichtige.

So war es auch später, und so ist es noch: Dass es Dich gibt und dass ich Dich wiedersehen werde, ist das Einzige, was zählt.

Dein Roberto

Ich wusste nicht, wer Roberto war. Ich war nur ganz sicher, dass ich nicht die Helena Kant war, die er meinte. Aber ich wünschte mir einen Moment lang heftig, ich wäre es. Ich wünschte mir, dass auch mir jemand so etwas schrieb: Dass es dich gibt und dass ich dich wiedersehe, ist das Einzige, was zählt.

Es kam mir vor wie eine schöne Melodie, die ich lange

nicht mehr gehört und fast vergessen hatte. Die Erinnerung an etwas, wovon ich mal geträumt und das sich nicht erfüllt hatte.

Aber wenn der Brief schon nicht für mich war, konnte ich wenigstens dafür sorgen, dass die richtige Helena Kant ihn bekam.

Ich drehte den Umschlag um. Kein Absender. Auf dem Poststempel stand Briefzentrum 18, was auch immer das bedeutete. Doch es gab bestimmt eine oder mehrere Helena Kants in der Stadt, und ich konnte sie anrufen und fragen, ob sie einen Roberto kannten.

Ich sah im Telefonbuch nach. Keine Helena Kant. Jedenfalls keine, die ihren Namen im Telefonbuch finden wollte.

Ich ging leise ins Schlafzimmer, stellte für Burkhard einen Becher Kaffee auf den Nachttisch und fuhr zur Post. Nur zwei Schalter waren besetzt, und hinter dem freien stand ein ärgerlich blickender Mann. Ich legte den Brief auf den Tresen.

»Den habe ich bekommen, aber er ist nicht für mich.«

Er zeigte auf den geöffneten Umschlag: »Wieso haben Sie ihn dann gelesen?«

»Weil das mein Name ist und meine Adresse.«

»Wieso ist er dann nicht für Sie?«

»Es ist mein Mädchenname. Er ist nicht für mich, bestimmt nicht. Aber ich will unbedingt, dass diese Helena Kant ihn kriegt. Können Sie vielleicht rausfinden, wo er herkommt?«

Er sah auf den Poststempel: »Briefzentrum 18. Rostock.

Muss nicht aus Rostock sein. Kann aus jedem kleinen Kaff in Mecklenburg-Vorpommern kommen. Die haben da jede Menge kleine Käffer.«

»Aber hier in der Stadt muss es doch eine Helena Kant geben. Im Telefonbuch habe ich keine gefunden. Soll ich beim Einwohnermeldeamt fragen?«

Er schnaubte verächtlich.

»Da kriegen Sie keine Auskunft. Datenschutz.«

»Es ist ein Liebesbrief. Ein besonderer. Wirklich! Sie muss ihn unbedingt bekommen.«

Das berührte ihn. Um es zu verbergen, sah er mich streng an und kniff die Augen zusammen.

»Ich sehe mal nach. Wir haben die Meldeamtsdaten ja auch hier.«

Er ging nach hinten und war bald wieder da.

»Nichts. Gar nichts. Keine, die so heißt.«

»Was kann ich noch machen?«

»Behalten. Warten. Der kommt doch irgendwann vorbei. Oder schreibt noch mal, mit Absender. Der will doch eine Antwort auf den Brief. Ist doch klar. Also, ich würde das wollen, wenn ich so einen Brief geschrieben hätte.«

Er hatte ihn offenbar gelesen.

»Idiot. Wie kann einer so blöd sein und den Absender vergessen. So was Blödes aber auch. Saublöd.«

Zu Hause lag eine Nachricht von Burkhard auf dem Frühstückstisch: *Bin in der Praxis wg. Abrechnungen und Durchsicht Heil-&Kostenpläne. Bin nachmittags wieder da. Rufe dich an. Love, B.*

Wir würden öfter zusammen sein, wenn ich hier wohnte,

hatte er gesagt. Er kam wirklich öfter, denn er brauchte nur noch fünf Minuten mit dem Rad. Gestern hatte er es in vier geschafft. Aber er ging auch eher. Er kam und ging und kam und ging. Wir waren in den letzten Wochen nie richtig lange zusammen gewesen.

Der Zettel mit seiner Nachricht lag zwischen einer leer gegessenen Müslischüssel und einem Teller mit Obstschalen, einem geleerten Joghurtbecher und einer benutzten Kaffeetasse.

Aber gefrühstückt hast du noch, bevor du dich davongemacht hast, dachte ich. Was bin ich eigentlich? Ein Stundenhotel mit Halbpension?

Ich drückte den Zettel zu einer festen Kugel zusammen und schleuderte sie auf den Rasen.

Um halb zwölf rief Armin an und sagte, die beiden wären um elf geflogen und Jakob würde sich gleich melden, wenn sie da waren. Gleich wie sofort. In dem Moment, in dem er das Flugzeug verließ.

»Hast du ihn dazu gebracht?«

»Kann man so sagen.«

»Muss ich mich jetzt bei dir bedanken?«

»Brich dir bloß keinen ab.«

»Ach, Armin. Danke.«

Ab halb zwei lief oben bei Papa die erste Soap, im Treppenhaus waren die Stimmen von Elena und Markus aus *Freunde, Feinde, Liebende* zu hören, und die musikalische Untermalung ließ vermuten, dass die Verwicklungen aus Liebe und Hass heute besonders heftig waren.

Ich machte sein Mittagessen, brachte es mit einem Glas

Apfelsaft hinauf, griff nach der Fernbedienung und schaltete auf stumm.

Er streckte die Hand danach aus.

»Es reicht, wenn du es siehst. Trink den Saft, dann mache ich es wieder laut.«

Er blickte auf den Bildschirm und trank den Saft langsam und mit widerwilligem Ächzen. Mittags hasste er ihn.

Er stellte das Glas aufs Tablett. Es war noch halb voll.

»Trink aus, Papa. Apfelpektin.«

»Apfelpektin?«

»Apfelpektin bindet Gallensäure. Um neue Gallensäure zu bilden, muss sich die Leber aus dem Cholesterinpool des Körpers bedienen. Viel Pektin kann den LDL-Wert, also das schädliche Cholesterin, in sechs Wochen um dreißig Prozent verringern. Das haben wissenschaftliche Studien ergeben.«

Stand in der Broschüre aus der Apotheke. Ich kann es auswendig, denn ich sage es fast jeden Tag. Ich weiß nicht, ob er es immer wieder vergisst oder nur so gerne hört. Er liebt solche Erklärungen. Und die Ergebnisse von wissenschaftlichen Studien.

Er nickte zufrieden und trank. Ich legte den Brief vor ihn hin und zeigte auf die Adresse.

»Das bist du«, sagte er.

»Das war ich mal. Vor zwanzig Jahren. Aber der ist heute gekommen und nicht für mich. Für wen könnte der sonst sein? Gab's hier irgendwann noch eine andere Helena?«

Er schüttelte den Kopf, wandte den Blick wieder zum Fernseher und streckte die Hand nach der Fernbedienung aus.

Um zehn nach drei sah ich auf der Website des Flughafens von Santa Cruz de la Palma unter »Ankünfte« nach. Flugnummer 4638. Gelandet. Nicht verschwunden, verschollen oder ins Meer gefallen. Ich warf dem Bildschirm eine Kusshand zu, machte frischen Kaffee und brachte Frau Behrens einen Becher in den Garten.

»Alles gut?«

Ich nickte.

Drinnen blinkte der Anrufbeantworter. Es war Jakob, die Stimme hell, aufgeregt, glücklich: »Hallo, Mama. Wir sind da. Schön ist es hier. Bis bald.«

Alles gut.

Neben dem Telefon lag der Brief von Roberto. Ich legte ihn in die Schreibtischschublade, in der meine wichtigen Papiere liegen. Vielleicht kam er, wenn er keine Antwort kriegte. Oder er merkte, dass dies die falsche Adresse war, und schrieb an die richtige. Hoffentlich. Hoffentlich!

Es erschien mir so wichtig, dass sie seinen Brief bekam, dass er sie fand, dass sie sich wiedersahen. Sie hatten sich so geliebt, sie mussten sich wiederfinden. Unbedingt.

3

Der Tod meiner Mutter war leicht und schnell. Sie hatte einen Schlaganfall. In der Universitätsklinik, die mit Blaulicht und Martinshorn in zehn Minuten zu erreichen ist, gibt es eine Spezialstation für Schlaganfälle, aber auch dort hätte man ihr nicht mehr helfen können. Sie war schon tot, als der Krankenwagen kam.

Es war der Tod, den sie sich gewünscht hätte. Ohne Umstände, ohne Leiden. Einfach weg sein. Auch dass er so früh kam, hätte sie nicht gestört. Siebzig Jahre sind eine gute Zeit, hatte sie an ihrem runden Geburtstag gesagt, ich hatte ein schönes Leben, ab jetzt ist es in Ordnung, wenn ich sterbe.

Ich hasste den Tod meiner Mutter und dass er so schnell gekommen war. Ich hätte nicht gewollt, dass sie litt, aber ich hätte mir gewünscht, dass ich es gewusst hätte. Dass wir Zeit gehabt hätten. Dass ich bei ihr hätte sitzen können, mit ihr reden, ihre Hand halten. Das sie nicht einfach weg war. Nichts ist schrecklicher, als wenn ein Mensch, den du liebst, einfach weg ist.

Am Morgen ihres Todes hatten wir telefoniert, wegen

des Smartphones, das sie Jakob zum achtzehnten Geburtstag schenken wollten.

»Gehst du mit mir dieses Ding für Jakob besorgen, Helena? Ich verstehe ja nichts davon und dein Vater noch weniger als nichts. Der hat doch glatt Angst vor so was.«

»Klar, Mama.«

»Herb?«, hörte ich sie rufen. »Helena kauft dieses Ding mit mir. Du weißt schon, dieses Gerät. Das Geschenk für Jakob … Jetzt solltest du sein Gesicht sehen. Er ist so erleichtert! Also dann, Lenchen. Du musst arbeiten gehen. Ich melde mich wieder.«

Danach war ich in die Buchhandlung gefahren, und sie hatte den Frühstückstisch abgedeckt, aufgeräumt, eine Maschine Wäsche gewaschen, die wir später in der Trommel fanden. Zwei Stunden später war sie tot. Hätte ich es doch gewusst, ich wäre zu ihr gefahren, nicht in die blöde Buchhandlung.

Um elf rief Irene an.

»Mama ist tot.«

»Das kann nicht sein. Ich habe heute Morgen mit ihr telefoniert.«

»Ich auch. Es ist trotzdem so.«

»Hör auf! Das ist nicht witzig!«

Kunden drehten sich um, Britta sah mich besorgt an.

»Es ist kein Witz. Sie hatte einen Schlaganfall. Sie ist tot.«

»Nein, nein, nein!«

Britta nahm mir das Telefon aus der Hand und sprach mit Irene. Dann legte sie den Arm um mich.

»Es tut mir schrecklich leid, Helena. Irene sagt, es ist zu Hause passiert. Da ist sie noch. Dein Vater ist bei ihr und eine Nachbarin. Irene fährt jetzt los. Du auch. Soll ich mitkommen?«

Ich schüttelte den Kopf.

»Ich rufe dir ein Taxi.«

Mama lag auf dem Bett im Gästezimmer und sah sehr schön aus. Weich und entspannt. Nur ihre Haut war sonderbar glatt und ihre Haltung starr, und ihr Gesicht wirkte, als sei sie weit weg. In einem anderen Universum.

Papa hielt ihre Hand, sah sie an und reagierte nicht, als ich ihn auf die Wange küsste und sagte: »Papa. Ich bin's.«

Die Nachbarin zog mich aus dem Zimmer. Es war Frau Brucheisen, die schon im Nebenhaus wohnte, als wir einzogen.

»Mein Beileid, Helena.«

Sie senkte die Stimme und sprach in scharfem Flüsterton: »Er will nicht, dass sie weggebracht wird, sagt er. Er müsste auch ihre Hand mal loslassen. Damit man ihr die Hände falten kann, bevor sie – na, du weißt ja …«

»Das machen wir schon«, sagte ich mechanisch und ging schnell mit ihr Richtung Haustür, »danke, Frau Brucheisen, vielen Dank.«

»Ach, nichts zu danken, Helena. Gott, ist das furchtbar. Und komm immer rüber, wenn du was brauchst.«

Ich setzte mich an Mamas andere Seite und nahm ihre andere Hand. Ich wusste nicht, wie lange es dauerte, bis wir ihre Hände nicht mehr falten konnten. Es war sowieso egal.

Sie wollte bestimmt nicht mit gefalteten Händen begraben werden.

Ich sah sie an und fühlte nichts. Mein Inneres war so glatt und kühl wie ihre Hand. Als wäre ich auch tot.

Ein Schlüssel wurde im Türschloss gedreht, die Tür geöffnet und geschlossen. Schluchzen und Schniefen im Flur, Schritte hinter uns, Aufstöhnen, ein Jammerlaut.

Irenes Augen waren rot und verquollen, ihr Gesicht nass geweint. Sie beugte sich über Mama, küsste sie auf die Wangen, streichelte ihr Gesicht und ihre Haare, flüsterte Worte, die ich nicht verstand. Nach einer Weile trat sie vom Bett zurück, putzte sich die Nase und ging auf leisen Sohlen hinaus.

Es klingelte. Türöffnen und Flüstern im Flur. Irene holte Papa.

Dann wurde es laut.

»Nein! Das kommt gar nicht in Frage! Sie bleibt hier.«

»Das geht nicht, Herr Kant«, erwiderte eine sonore Stimme, »das ist leider völlig unmöglich. Es entspricht nicht den Vorschriften.«

»Doch, das geht. Sechsundneunzig Stunden. Nach sechsundneunzig Stunden muss ich sie beerdigen. Bis dahin bleibt sie. Sechsundneunzig Stunden und keine Sekunde weniger!«

Ich lief hinüber. Von Papa sah ich nur den Rücken, Irene hatte ganz runde Augen, und neben dem Couchtisch stand ein adrett gekleideter Mann mit grauem Haar und beleidigtem Gesichtsausdruck, eine Ledermappe an die Brust gepresst, auf der in goldenen Buchstaben *Frieden* stand.

»Wie kommst du darauf, Papa?«, fragte Irene.

»Ich habe den Arzt gefragt, der da war, als – als ...«

»Herr Kant«, sagte der Mann. »Ich versichere Ihnen, dass die Verstorbene bei uns bestens aufgehoben ist. Ich gebe Ihnen mein Wort darauf als Inhaber des Instituts *Frieden.*«

»Sie können sich Ihr Wort sonst wohin stecken. Meine Frau bleibt hier.«

Irene seufzte, und es klang irgendwie zufrieden.

»Okay. Na gut. Sie haben es gehört, Herr Grimm. Aber du suchst jetzt den Sarg mit uns aus, Papa, ja?«

Sie gruppierten sich um den Couchtisch, Herr Grimm öffnete seine Ledermappe, und ich ging zurück zu Mama. Ich setzte mich vorsichtig aufs Bett und strich über ihr Haar. Es war tiefbraun. Sie färbte es, seit sie die ersten grauen Haare entdeckt hatte.

Gut, dass du noch bleibst, Mama, dachte ich.

Ich hörte ihre Stimme und ihr Lachen: Lenchen, Lenchen. Dein Vater! Alle Achtung. Das hätte ich ihm nicht zugetraut.

Lenchen. Sie war die einzige, die mich Lenchen nannte. Es war der schönste Name, den ich hatte, und ich würde ihn nie wieder hören.

Der Schmerz kam wie eine Riesenwelle und überflutete mich. Ich hatte endlich anfangen können zu weinen und lange nicht mehr aufgehört.

Ab jetzt ist es in Ordnung, wenn ich sterbe – dass sie das gesagt hat, hilft manchmal, wenn sie mir so fehlt, dass ich es kaum aushalte. Wenigstens sie ist damit einverstanden, dass sie tot ist. Wenigstens eine von uns. Ich werde es nie sein.

Irene hatte versprochen, dass nichts im Haus noch an Mama erinnern würde, wenn sie damit fertig war – außer natürlich, ich ging in den ersten Stock, wo Papa sein Mama-Museum eingerichtet hatte. Doch es war klar, dass sie es auch sonst nicht schaffen würde. Du kannst Erinnerung nicht ausräumen, überstreichen, vom Parkett schleifen. Ich hatte Angst, dass ich noch mehr an sie denken und der Schmerz um sie noch schlimmer werden würde.

Aber es war nicht so. Im Gegenteil.

Jetzt hatte ich oft das Gefühl, dass sie noch da war, hier in dem Haus, in dem sie achtunddreißig Jahre lang gelebt hatte. In jedem Zimmer. In jedem Eckchen des Gartens. Überall war die Erinnerung an sie. Erinnerung schmerzt nicht nur, merkte ich jetzt. Sie tröstet auch. Und lässt dich nicht so alleine sein.

Nach der Beerdigung hatten wir noch eine Weile in ihrem Zimmer gesessen, Papa, Irene, ich. Es war ein kleiner Raum im Erdgeschoss, nur möbliert mit ihrem Schreibschrank aus hellem Holz, einem grün bezogenen Sofa, einem Korbsessel und einem runden Tisch. Ich war danach nie mehr darin gewesen. Es war das einzige Zimmer, das Papa oben nicht wieder eingerichtet hatte, und Irene hatte die Möbel auf den Dachboden bringen lassen. Ich ging manchmal hinauf, klappte ihren Schreibschrank auf, nahm die Schutzhülle vom grünen Sofa, setzte mich darauf und strich über den glatten Seidenstoff. Hier war sie ganz nah.

Ihr müsst allerdings auf euren Vater aufpassen, wenn ich mal nicht mehr da sein sollte, hatte sie gesagt, der kann ganz schlecht allein sein.

Er ist nicht allein, Mama. Wir sind alle da, ich, Jakob, Burkhard. Irene ruft ihn dauernd an. Nein, er kann ohne dich nicht sein. Ohne dich nicht leben. Er existiert nur noch, isst, trinkt, schläft, glotzt. Wie ein Automat. Und mit uns will er nicht sein. Wenn ich es schaffe, dass er zu uns runterkommt, bleibt er fern und fremd, sieht an uns vorbei, macht ein paar sparsame Bemerkungen und verschwindet wieder nach oben. Weil er so müde ist und sich unbedingt hinlegen muss.

Ich sprach mit seinem Arzt darüber.

»Das ist typisch für die Depression«, sagte er, »erhöhte Ermüdbarkeit, Kontaktverarmung, Interessenverlust. Gehört zum Krankheitsbild und wird wieder besser. Sie dürfen es nicht persönlich nehmen.«

Tat ich auch nicht. Es machte einen nur ziemlich fertig, wenn der eigene Vater als *dead man walking* unterwegs war.

Und das mit dem Aufpassen schaffte ich auch nicht. Er trank jetzt vier bis fünf Bier am Abend. Als es öfter fünf als vier waren, verschwand ich nach dem morgendlichen Zählen nicht wieder nach unten, sondern blieb in seiner Küche stehen und wartete, bis er aus dem Bad kam.

Er sah mich erstaunt an: »Wir frühstücken doch bei dir, oder?«

»Ja, Papa. Ich muss nur erst mit dir reden. Du trinkst wieder zu viel. Du bist jetzt bei vier bis fünf Flaschen pro Abend. Eher fünf.«

»Aber nein, Helena. Wie kommst du darauf?«

»Ich zähle sie jeden Morgen.«

Er war verblüfft, fasste sich aber schnell: »Das ist völlig

ausgeschlossen. Höchstens eine. Oder mal zwei. Du musst dich verzählt haben.«

Was hätte ich darauf sagen sollen? Ich kann schon bis drei zählen, zur Not auch bis vier oder fünf?

Ich fragte den Arzt deswegen.

Er seufzte: »Zitieren Sie mich bitte nicht, Frau Seeger, aber ich habe hier schon Leute sitzen gehabt, die jahrelang mindestens das Doppelte getrunken haben. Täglich. Und gute Leberwerte hatten. Die von Ihrem Vater sind zum Einrahmen schön. Also, das geht schon mal. Und sein LDL-Wert ist erheblich besser. Sie machen das sehr gut mit der cholesterinarmen Ernährung. Geben Sie ihm noch ein bisschen Zeit. Sorgen Sie dafür, dass er zur nächsten Kontrolle kommt. Ich spreche ihn dann darauf an. Und wenn sich danach nichts ändert …«

Ich klappte den Schreibschrank wieder zu und zog die Schutzhülle übers Sofa. Bei Papa lief eine Realitysoap. Ich wusste auch, welche. Ich sollte mich für die Fernsehshow mit den unmöglichen Wetten bewerben, dachte ich. Gibt's die noch? Wetten, dass ich alle Soaps im deutschen Fernsehen nur am Klang von Stimmen und Musik unterscheiden kann?

Im Garten lag Burkhard auf einer Decke und sonnte sich. Ich ging leise über den Rasen, legte mich neben ihn und küsste ihn.

Er zog mich an sich. Seine Haut war feucht und warm, und er roch so gut.

»Wo warst du?«, fragte er. »Ich habe dich gesucht.«

»Oben. Schön, dass du schon da bist. Was willst du essen?«

»Ich kann nicht bleiben. Ich habe nachher noch eine

Besprechung mit dem Zahntechniker. Wird wahrscheinlich spät. Ich schlafe dann bei mir.«

Ich setzte mich auf: »Burkhard!«

Er schirmte die Augen mit der Hand ab: »Was ist?«

»Rein, raus, rein, raus! Das hier ist kein Stundenhotel, verflucht noch mal.«

»Was meinst du damit?«

»Du bist nie mehr lange bei mir, seit ich hier wohne. Immer nur stückweise.«

»Was meinst du mit stückweise? Ich bin insgesamt gesehen viel länger bei dir als früher. Ich bin praktisch ständig da.«

»Und ständig wieder weg. Weil du nur noch fünf Minuten brauchst.«

»Eben. Deswegen kann ich ja so oft da sein.«

Sich mit Burkhard zu streiten ist wie Fischefangen mit der bloßen Hand. Dafür ist jahrelange Übung nötig, sonst hast du keine Chance. Sonst stehst du nur doof da, mit leeren Händen und nass bis zum Hals. Wie ich meistens.

Ich stapfte ins Haus und blieb auch nicht stehen, als er hinter mir herrief.

»Burkhard ist ein Schmetterling«, sagt Irene. »Der typische Schmetterling.«

Sie ist mit einem Schwan verheiratet, mit Georg. Treu fürs Leben. Verlässlich, fürsorglich, bindungsfreudig. Lehrer für Deutsch und Geschichte. Großartiger Koch, Gärtner, Handwerker. Kaum zum Aushalten, der Mann.

»Burkhard ist kein Schmetterling! Er fliegt nicht von Blüte zu Blüte!«

»Das sage ich ja nicht. Er fliegt immer nur zu deiner

Blüte. Aber er will sich nicht niederlassen. Ihr müsstet längst zusammenwohnen, so lange, wie ihr euch kennt.«

»Das ist nicht sein Ding, das weißt du doch. Er braucht Luft. Raum. Freiraum. Er muss sich frei bewegen können.«

»Eben. Sage ich ja. Ein Schmetterling.«

In der Küche hingen Jakobs Postkarten von La Palma. Etwas musste dort mit ihm passiert sein, denn normalerweise schreibt er keine Postkarten. Wenn ich viel Glück habe, kriege ich eine pro Urlaub, mit immer denselben fünf Worten – Hallo Mama, bis bald, Jakob –, erst hier in der Stadt eingesteckt, sodass er früher da ist als die Karte.

Jetzt kam jeden Tag eine, mit Datum, einem ausführlichen Text und der Unterschrift »Love, Jakob«. Ich klebte sie an die Schränke und betrachtete sie immer wieder, voll Freude, mit ein bisschen Traurigkeit und viel Sehnsucht nach der Insel und dem Meer.

Ich strich über die glänzende Oberfläche der Karten. Morgen kam er zurück.

Ich freue mich auf dich, dachte ich. Dann ist wieder einer da, der immer da ist. Kein Schmetterling. Keiner, der müde, interesselos und kontaktverarmt in seinem Zimmer sitzt und glotzt und säuft. Einer, der glücklich ist.

Als ich am anderen Abend vor dem Haus parkte, war alles still und Jakobs Fenster geschlossen. Das Flugzeug war um vier gelandet. Jetzt war es sieben.

Ich brachte Papa sein Abendbrot, machte mir ein Sandwich und setzte mich auf die Terrasse. Es hatte geregnet, die Luft war schwer von Feuchtigkeit, auf den Rosen glitzerten Tropfen, Amseln hüpften über den Rasen und suchten nach Würmern.

Ich starrte auf das Brot, den Schinken, den Käse, die Tomaten. Ich hatte keinen Hunger.

Wo waren sie? Bestimmt nicht bei Annika. Da gab es nur Staub und abgestandene Luft und nichts zu essen. Hier warteten ein frisch bezogenes Bett, ein blühender Garten, ein gefüllter Kühlschrank und eine Mutter, die zu allem bereit war.

Ich rief ihn an. Besetzt. Das hieß immerhin, dass er am Leben war und telefonierte.

Ich wählte immer wieder, bis das Freizeichen kam. Ich drückte das Telefon ans Ohr und wartete begierig darauf, seine Stimme zu hören. Irgendwo in der Wohnung klingelte auch ein Telefon. Die Klingeltöne kamen im selben Abstand wie die an meinem Ohr.

Ich lief durch den Flur und riss seine Tür auf. Der Rucksack und die Reisetasche lagen auf dem Boden, ungeöffnet, fallen gelassen. Er saß auf dem Bett und starrte auf das Display des Handys, das immer noch klingelte, genau wie das in meiner Hand.

»Jakob! Was ist? Du sitzt hier drin und rührst dich nicht, ich habe keine Ahnung, dass du da bist! Ich habe gedacht, dir wäre was passiert. Warum gehst du nicht ans Telefon?«

Er sah hoch. Seine Augen waren glanzlos und leer, das Gesicht straff gespannt, und seine Sonnenbräune hatte einen grauen Ton. Sogar die schwarzen Locken wirkten irgendwie grau.

»Was ist mit dir? Wo ist Annika?«

»Wir haben uns … Nein: Sie hat sich von mir getrennt.«

»Wann?«

»Vorhin im Flugzeug.«

»Warum?«

»Kann ich dir das morgen erklären?«

Er sah auf das Display: »Legst du mal auf?«

Ich drückte auf die Taste.

»Kann ich was für dich tun?«

Er schüttelte den Kopf.

»Ich bin da, Jakob. Jederzeit. Komm einfach. Ja?«

Er sah mich ungeduldig an. Ich sollte ihn allein lassen. Er hoffte, dass sie anrief.

»Kann ich denn gar …«

Er schüttelte heftig den Kopf.

Bis jetzt hatte ich immer etwas tun können, wenn er Kummer hatte. Nun konnte ich nur noch gehen. Ich ging hinaus und machte die Tür leise hinter mir zu.

Von ihm erfuhr ich nicht, warum sie sich getrennt hatte. Am anderen Morgen fragte ich noch mal, aber er hob nur mit so gequältem Gesichtsausdruck die Schultern, dass ich nicht mehr fragen mochte.

Doch als ich abends das Tablett auf Papas Couchtisch stellte, passierte etwas Unerwartetes. Er drückte auf die Austaste der Fernbedienung und sah mich an. Mit wachen, interessierten Augen. So hatte er mich schon lange nicht mehr angesehen.

»Wie geht's Jakob?«

»Schlecht. Seine Freundin hat ihn verlassen.«

»Ich weiß.«

»Woher?«

»Er hat es mir gesagt.«

»Dir? Hat er dir vielleicht auch gesagt, warum?«

»Ja. Sie haben gemerkt, dass sie völlig verschieden sind. Dass ihnen das nicht vorher schon mal aufgefallen ist, verstehe ich nicht, aber in dem Alter und wenn man so verliebt ist … Sie wollte am Swimmingpool liegen und an der Bar was trinken und abends fein gemacht in einen Klub gehen. Er wollte im Nationalpark wandern und abends am Meer entlanglaufen. Das Hotel hat ihr nicht gefallen, zu klein, zu billig, sie wollte Luxus und Highlife. Aber ein richtiges Luxushotel gibt es auf dieser Insel offenbar gar nicht. Und den schwarzen Strand mochte sie nicht. Sie fand ihn gruselig.«

Oje. Den liebt er so.

»Wann hat er dir das gesagt?«

»Heute Vormittag.«

»Warum?«

»Warum nicht? Er wollte es wohl jemandem sagen.«

Aber warum nicht mir? Oder Armin?

Hör auf zu zicken, sagte meine innere Stimme. Du bist bloß eifersüchtig. Sei froh, dass er einen Großvater hat, zu dem er gehen kann, wenn er Kummer hat, und der …

»Und was hast du gesagt?«

»Dass ich weiß, wie weh das tut. Dass es vergeht, sogar ziemlich schnell, auch wenn er sich das jetzt nicht vorstellen kann. Dass es nächstes Jahr um diese Zeit nur noch eine ferne Erinnerung sein wird. Dass er zu mir kommen soll, damit ich ihm all das noch mal sage, falls er es vergisst.«

Das war gut. So etwas Gutes hätte ich Jakob nicht sagen können. Armin auch nicht.

Ich küsste ihn auf die Wange.

»Danke, Papa.«

Er lächelte, sein Gesicht wurde weich, und für einen Moment sah er wieder aus wie früher, als Mama noch lebte.

»Es war mir eine Ehre und eine Freude. Er ist schließlich mein Enkel.«

Unten in der Küche traf ich Jakob.

»Hast du schon gegessen?«

Er schüttelte den Kopf: »Keinen Hunger.«

Er hatte abgenommen in diesen verfluchten Ferien, war mager und braun gebrannt wie ein Vagabund und trug ein fleckiges Shirt und ausgewaschene Jogginghosen, die mal Armin gehört hatten.

»Doch, du hast Hunger. Es gibt Spaghetti mit Öl und Knoblauch. Und frisch geriebenen Parmesan.«

Das war sein Lieblingsessen.

Er schüttelte wieder den Kopf und schlurfte Richtung Tür.

»Ich hole dich, wenn es fertig ist.«

Und du wirst mitkommen, ob du willst oder nicht.

Der August ist mein einsamer Monat, seit Jakob nicht mehr mit mir Urlaub macht. Denn alle anderen fahren weg. Burkhard war mit seiner Tochter in den Dolomiten, Kerstin an der türkischen Riviera, Britta mit Gernot in ihrem Haus in der Toskana, wo Kinder und Enkel sie besuchten, und Irene und Georg wanderten in Irland.

Eigentlich mag ich den einsamen August mit seiner Hochsommerhitze und den vielen Touristen. Die Franziskanerkirche auf der anderen Seite des Platzes ist Weltkulturerbe und steht in allen Reiseführern. Jeder Tourist besichtigt sie und kommt danach in die Buchhandlung, und wir verdienen mit Ansichtskarten, Urlaubsmitbringseln, DVDs und Bildbänden beinahe so viel wie im Weihnachtsgeschäft.

In diesem Jahr war der August schrecklich.

Es regnete und regnete, und die Nachrichten wurden immer dramatischer: Dammbrüche, Überschwemmungen, Ertrunkene. Es war der regenreichste, kälteste August seit Beginn der Wetteraufzeichnung. Die Klimakatastrophe war schuld daran, und alles würde ein schlimmes Ende nehmen.

Weltuntergangsstimmung herrschte, und der einzige Trost war, dass es drinnen warm und trocken war. Aber bei mir waren auch Jakob und Papa drin. Regen und Kälte draußen und Jakob und Papa drin, das war Weltuntergang draußen und Weltuntergang drinnen.

Mit Papa ging es. Ich sah ihn nur beim Frühstück und wenn ich ihm abends das Essen brachte, und an sein Dead-man-walking-Programm war ich inzwischen gewöhnt.

Jakob war immer da. Mit Kummerschatten im Gesicht, den schleppenden Bewegungen eines alten Mannes und der Ist-sowieso-alles-sinnlos-Aura eines unheilbar Kranken.

Ich ging mit ihm ins Steakhaus und ins Kino, kochte seine Lieblingsgerichte und besorgte seine Lieblingsfilme. Es half nicht. Es heiterte ihn nicht auf, es tröstete nicht, es machte ihn nicht froh. Nicht eine Sekunde lang. Er blieb dunkel und behielt seinen Kummer. Es kam mir vor, als wolle er ihn behalten.

Er stand in der Küche und betrachtete die Postkarten, die er mir geschickt hatte. Sie hingen immer noch an den Schränken.

»Ich nehme sie weg«, sagte ich.

»Nein, lass sie da«, sagte er sehnsüchtig, »es war so schön. Vor allem am Anfang.«

Ach verdammt, dachte ich, löse dich von ihr, vergiss sie. Hör auf, die Erinnerung zu pflegen.

»Was war denn los? Du schickst doch sonst keine Postkarten. Schon gar nicht so viele.«

»Das war wegen Papa.«

»Wegen Papa?«

»Er hat gesagt, ich soll mich regelmäßig melden, weil du dir Sorgen machst.«

»Jeden Tag, mit Datum?«

»Das hat er nicht gesagt, aber das ist regelmäßig melden, oder? Damit du immer weißt, was Sache ist.«

Danke, Armin, dachte ich und umarmte Jakob.

Er ließ den Kopf an meine Schulter sinken und wurde schwer in meinen Armen. Hätte ich ihn trösten dürfen, wäre es ihm bald besser gegangen. Aber er riss sich zusammen, setzte die Trauermiene wieder auf, hängte den Mantel der Hoffnungslosigkeit wieder um und schlurfte hinaus.

Irgendwann fing er an, die Abende mit Papa vor dem Fernseher zu verbringen, und ich fing an, die leeren Bierflaschen am anderen Morgen besonders sorgfältig zu zählen. Es wurden zwei mehr, manchmal drei. Ich dachte an das, was der Arzt gesagt hatte, und dass Jakobs Leberwerte sicher noch viel schöner waren als Papas, und sagte nichts.

Erst als ich ihn mit XXL-Tüten Kartoffelchips und Erdnussflips die Treppe hinaufgehen sah, sagte ich etwas.

»Moment mal, Jakob.«

»Was?«, fragte er widerspenstig. Wenn er nicht gerade litt, war er neuerdings ziemlich rotzig.

»Gib das her. Damit gehst du nicht zu Opa.«

»Wieso?«

»Weil das Cholesterinfutter ist. Opas schädliches Cholesterin ist zu hoch, das weißt du doch.«

»Das ist wieder in Ordnung.«

»Nein. Es ist nur besser. Hat Opa solche Sachen oben? Chips, Nüsse und so was?«

»Nein.«

»Dann bring auch nichts rauf. Wenn du das noch mal machst, gibt's richtig Stress, ist das klar?«

»Ist ja gut, warum regst du dich so auf«, hatte er gemault und war die Treppe hinaufgetrampelt, und ich hatte die Tüten im Zorn in den Mülleimer gestopft und war erleichtert gewesen, dass ich abends allein sein konnte.

Morgens war ich auch allein, wenn Papa wieder hinaufgegangen war, denn Jakob schlief lange.

Ich saß am Frühstückstisch und schrieb einen Einkaufszettel. Ich hatte ihn verpflichtet, für Papa und sich Mittagessen zu machen, damit er nicht nur Computerspiele spielte und schon nachmittags anfing, mit Papa fernzusehen. Außerdem eine Notiz, die ihn daran erinnerte, das gemähte Gras auf den Komposthaufen zu karren, damit es auf dem Rasen nicht verfaulte.

Draußen prasselte der Regen. Ich spannte den Schirm auf und lief zum Auto. Als ich es erreicht hatte, hörte ich jemanden rufen. Papa stand in der offenen Haustür und winkte mit einem Briefumschlag. Ich rannte zurück.

»Sieh mal, was ich in meiner Schreibtischschublade gefunden habe. Noch so ein Brief an dich. Der ist schon vor einiger Zeit gekommen.«

Dieselbe Schrift, dasselbe Papier. An Helena Kant.

In der Buchhandlung war es feucht und kühl und roch muffig. Aber ich war froh, hier zu sein. Kein Vater, kein Sohn.

Kunden kamen, vor allem japanische Touristen in durchsichtigen Regencapes, und es wurde Mittag, bis ich Zeit hatte, den Brief zu öffnen. Diesmal war es nur ein Briefbogen aus dem feinen Papier, beschrieben mit der großen klaren Schrift.

Liebste Helena,
hast Du meinen Brief bekommen? Du hast nicht geantwortet – nein, ich habe keine Antwort erwartet, jedenfalls keine auf Papier. Ich höre Deine Stimme in meinem Inneren, da sprichst Du mit mir und antwortest.

Und ich sehe Dein Gesicht vor mir. Als ich es das erste Mal sah, war es rot vor Wut, wegen einem Jungen auf dem Schulhof, der gemein zu Deiner Freundin gewesen war. Als ich es zuletzt sah, war es blass und zart.

Ich habe Dich selten so blass gesehen. Du wurdest doch so schnell rot. Wenn Du Dich geärgert hast, gefreut, unsicher

warst, erschrocken. Wenn etwas besonders schön war. Dann warst auch Du besonders schön. Ich habe es geliebt, wenn Du rot wurdest.
Als wir uns das erste Mal geküsst haben, im Schuppen auf der Wiese am Bahndamm, und wieder rauskamen ins Helle und ich Dich wieder richtig sehen konnte, warst Du ganz rosig im Gesicht, wie aufgeblüht, mit weichen roten Lippen von unseren Küssen, und wenn ich Dich noch mehr hätte lieben können als ich es schon tat, hätte ich es sofort getan, als ich Dich so sah, aber mehr ging nicht.
Als Du Dir heimlich die Zöpfe hast abschneiden lassen und Deine Mutter so wütend war und Du zu mir kamst und gefragt hast: »Wie sehe ich aus, wie findest Du mich?«, und ich gesagt habe: »Schön, wunderschön!«, fing Dein Gesicht an zu glühen und strahlte vor Erleichterung.
Helena, Dein Gesicht, Deine Stimme und Deine Berührung, das ist mir alles so lebendig und gegenwärtig, als wäre es gestern gewesen. Vorhin. Eben noch. Als wärst Du gerade rausgegangen. Dein Duft, Deine Wärme. Unsere langen Gespräche. Unsere Pläne und Hoffnungen. Dein Lachen. Es klang, als käme es aus einem Zauberwald.
Dein Roberto

Ich hatte kaum noch an Roberto gedacht. Nur manchmal, vor dem Einschlafen oder nach dem Aufwachen, wenn man zwischen zwei Welten unterwegs ist und einem alles Mögliche einfällt, ging mir wie eine ferne Melodie durch den Kopf, was er geschrieben hatte: Dass es dich gibt und dass ich dich wiedersehen werde, ist das Einzige, was zählt.

Auf dem Poststempel stand wieder Briefzentrum 18 und als Datum der vierte März. Dies war anscheinend der zweite Brief, davor hatte es noch einen gegeben, und der, den ich im Juni bekommen hatte, war der dritte.

Jetzt war klar, warum es auch hier keinen Absender gab. Er erwartete keine Antwort. Aber warum schreibt einer Briefe, wenn er keine Antwort erwartet, jedenfalls keine auf Papier? Was meint er bloß damit?

Draußen fiel mit immer dem gleichen eintönigen Geräusch der Regen. Hier drinnen kam es mir vor, als würde Helena jeden Moment hereinkommen und ich könnte ihre Stimme hören, ihre Wärme spüren, ihr Lachen hören. Ihr Lachen aus dem Zauberwald.

Ein Schirm wurde heftig geschüttelt und geschlossen, und jemand rauschte herein, mit wehendem Haar und Schal und Regenmantel. Es war Brittas Schwester Caroline. Sie betreibt in einem Nobelvorort ein Coaching Center und schaut vorbei, wenn sie in der Stadt ist.

»Hallo, Helena!«

Sie blieb vor dem Tresen stehen und sah sich um.

»Wo ist Britta?«

»Noch in der Toskana«, sagte ich.

»Ach! Das habe ich vergessen. Kriege ich trotzdem einen Kaffee?«

»Natürlich.«

Ich brachte ihr den Kaffee in die Leseecke und war froh, dass Kunden kamen. Caroline ist ganz anders als Britta: laut, dynamisch, erfolgreich. Ich mag sie nicht. Erst als wir allein im Laden waren, setzte ich mich zu ihr.

Sie musterte mich kritisch.

»Du siehst beschissen aus, Helena. Blass und abgefressen. Wie das kleine Gespenst.«

»Ich sehe nicht aus wie das kleine Gespenst!«

»Wie eine ausgequetschte Zitrone, wenn dir das lieber ist. Was hast du?«

»Nichts.«

»Das kannst du mir nicht erzählen. Was ist?«

»Nichts«, wiederholte ich.

»Wohnst du jetzt nicht bei deinem Vater?«

»Nur im selben Haus.«

»Der ist depressiv, oder? Hat Britta nicht so was gesagt?«

»Er hat eine reaktive Depression, weil er …«

»Und du kümmerst dich um ihn?«

»Ich sorge nur dafür, dass er …«

»Und? Geht's ihm besser?«

»Sein Cholesterinwert ist schon viel …«

»Ich meine die Depression.«

Ich schüttelte den Kopf.

»Nimmt er was dagegen? Tut er was dagegen?«

»Er will keine …«

»Ja, klar«, sagte sie, als hätte sie die Antwort erwartet. »Und wo ist dein Sohn? Wohnt der auch da?«

Ich nickte.

»Geht's dem gut?«

»Er hat Liebeskummer. Seine erste große Liebe hat ihn verlassen.«

Sie sah mich nachdenklich an. Sie hat auch blonde lockige Haare und blaue Augen. Aber nicht große, dunkelblaue, freundliche wie Britta, sondern schmale, hellblaue, unfreundliche.

Nach einer Weile seufzte sie.

»Hast du schon mal was von Co-Abhängigkeit gehört? Eher nicht, nehme ich an. Das Konzept der Co-Abhängigkeit gilt nicht nur für die Sucht, sondern auch für andere psychische Störungen. Das ist jedenfalls meine Auffassung. Für die Depression zum Beispiel. Da gibt es dann Co-Depressive. Solche wie dich. Du stabilisierst durch deine Fürsorge die Symptomatik deines Vaters und erhältst sie mit aufrecht. Mit deiner Unterstützung kann er wunderbar weiter depressiv bleiben. Gleichzeitig saugt er dich aus. Das Zusammenleben mit Depressiven frisst einem die Energie nur so weg. Und nun hast du noch einen Sohn mit Liebeskummer. Das ist ja auch eine Art depressive Reaktion. Du kriegst also die volle Dröhnung. Kein Wunder, dass du aussiehst wie eine Leiche.«

Ich verstand nicht mal die Hälfte von dem, was sie sagte. Und wie konnte sie so über meinen Vater reden!

»Also, Caroline …«

Sie hob die Hand.

»Ich gebe dir jetzt einen guten Rat. Meine Ratschläge sind teuer, aber du kriegst einen umsonst. Hau mal für ein paar Tage ab. Raus aus dem Haus und aus dieser Nummer mit deinem Vater. Damit du wieder Luft kriegst. Das wird dir guttun. Ihm auch, übrigens.«

»Das geht nicht. Ich kann nicht …«

»Dein Sohn ist da.«

»Ich kann aus der Buchhandlung nicht weg. Britta kommt erst nächste Woche zurück.«

Sie hob die Schulter.

»Ich wüsste auch gar nicht, wohin.«

Sie holte einen Schlüssel aus ihrer Tasche und eine Visitenkarte, auf deren Rückseite sie etwas schrieb.

»Ich habe eine Wohnung im Flussviertel. Die brauche ich im Moment nicht. Du kannst so lange bleiben, wie du willst.«

Sie legte den Schlüssel auf die Karte und schob sie in meine Richtung.

»Mach es, oder lass es. Ich kann sehen, dass du es brauchst. Es ist mein Job, so was zu sehen. Aber du musst ja nicht.«

Sie zog ihren Mantel an, griff nach Tasche und Schal und tätschelte im Vorbeigehen meine Schulter.

»Take care, dear. Danke für den Kaffee.«

So ist Caroline. Große Vorstellung, große Worte, großer Abgang. Schreckliche Sachen sagen ohne Rücksicht auf Verluste. Das Letzte, was ich von ihr hörte, war das Aufspannen des Regenschirms und das sich entfernende Klack-Klack ihrer hohen Absätze auf dem Gehsteigpflaster.

Ich sah auf die Karte. *Flussviertel, Fanny-Mandelbaum-Str. 13,* hatte sie in ihrer ausladenden Schrift darauf geschrieben. Ich drehte sie um. Es war ihre Geschäftskarte: *Dr. Caroline Distelkamp, Diplom-Psychologin*, darunter *COACHING, Arbeit & Leben – Erfolg & Glück.*

Das Flussviertel liegt zwischen Schloss, Stadtpark und Fluss. Es gibt dort viele alte Häuser, gemütliche Lokale, bunte Läden. Fanny-Mandelbaum-Straße. Ein schöner Name. Die Wohnung ist sicher auch schön.

Ach ja. Einfach abhauen ins Flussviertel. So was kann auch nur Caroline einfallen.

Ich legte den Schlüssel in eine der Schreibtischschubladen, damit sie ihn nächstes Mal wieder mitnehmen konnte.

Die Fanny-Mandelbaum-Straße war eine schmale Straße mit Bäumen und zwei Reihen alter Mietshäuser, und die Nr. 13 ein ockergelbes Haus mit bescheidenem Stuck. Carolines Name stand auf dem Klingelbrett ganz oben, und ich trug meine Reisetasche fünf Stockwerke hinauf.

Die Wohnung hatte zwei Zimmer nach vorne, Küche und Bad nach hinten, und vor dem Wohnzimmer einen kleinen Balkon. Hier oben sah man in die Baumwipfel. Über den Dächern gegenüber färbte sich der Himmel rot, weil es Abend wurde.

Ich hatte etwas Exklusives, Teures erwartet, wie Carolines Haus, wo schon Türklinken und Wasserhähne italienisches Design sind und ein Vermögen gekostet haben. Aber hier gab es nur Dielenböden und Ikearegale, alte Holzmöbel, Baumwollvorhänge und ein altmodisches Polstersofa.

Ich ging wieder hinunter und die Straße entlang zu einem baumbestandenen Platz mit einem Café, vor dem Tische und Stühle standen. Ich holte mir an der Theke ein Glas Wein und setzte mich nach draußen. Es hatte aufgehört zu regnen, und der Platz war voller Menschen. Kinder stiegen auf den Klettergeräten herum, ihre Eltern saßen auf den Bänken, alte Männer spielten Straßenschach.

Es wurde dunkel, ich holte mir ein zweites Glas Wein und blieb sitzen, bis einer der Jungs, die drinnen hinter der Theke standen, an meinen Tisch kam und sagte, sie würden jetzt schließen.

Oben in der Wohnung putzte ich mir nur schnell die Zähne und legte mich ins Bett. Es war aus weiß gestrichenem Metall und hatte ein Kopfteil aus Stäben, Blattranken und Blüten. Es gab noch einen Holzschrank, eine weiße Kommode mit einem Spiegel darüber und Spitzenvorhänge zu beiden Seiten des Fensters, durch das man auf die gegenüberliegenden Dächer blickte.

Ich schickte eine SMS an Caroline: *Bin bis Sonntagabend in Deiner Wohnung, danke! Helena,* und machte das Handy aus. Sie würden erst morgen merken, dass ich nicht mehr da war.

Als ich nach Hause gekommen war, war alles wie immer gewesen. Von oben kamen Fernsehstimmen und dramatische Musik. Jakobs Zimmertür stand offen. Sein Laptop lief, und ich schaltete ihn aus. Er räumte nicht mehr auf. Überall häuften sich Zeitschriften, Bücher, CDs und DVDs. Und schmutzige Kleidung, die ich holte, wenn ich wusch. Es roch streng, denn er lüftete auch nicht mehr. Ich öffnete das Fenster und ging vorsichtig hinaus, damit ich nicht auf eine CD trat.

Er hatte eingekauft. Die Tüten standen auf dem Küchentisch, neben dem dreckigen Geschirr von Mittagessen und Abendbrot. Wie immer. Je nach Tagesform wurde ich ärgerlich, ging hinauf und sagte, er solle runterkommen und aufräumen. Papa und er wandten die Augen vom Fernseher, guckten mich erstaunt an, Jakob stand seufzend auf und schlurfte hinaus, und Papa sah ihm mitfühlend nach. Der arme Jakob. Die böse Helena. Die Gefängniswärterin.

Wenn meine Tagesform das nicht hergab, räumte ich schnell selber auf.

Jakob hatte vergessen, die Tiefkühlsachen ins Gefrierfach zu tun. Erbsen und Spinat hatten auf dem Küchentisch grüne Lachen gebildet, die Fischfilets für Papa weißliche, die entsetzlich stanken. Ich warf die Tüte in den Mülleimer, wischte den Tisch, brachte den Müll hinaus in die Tonne und ging durch den Garten, um frische Luft zu atmen.

Die langsam verfaulenden Grashaufen auf dem Rasen lagen noch genauso da wie heute früh. Genauso wie gestern, vorgestern und vorvorgestern, seit ich angefangen hatte, Jakob deswegen Nachrichten zu schreiben. Heute hatten sie immerhin Gesellschaft von einer Schubkarre bekommen, an der eine Harke lehnte. In der Schubkarre hatte sich Regenwasser gesammelt.

Aus Papas Wohnzimmerfenster über mir klangen Schüsse, Schreie und die billige Musik der Ermittlersoap. Das tiefgrüne Hochsommerlaub und der wolkenverhangene Himmel machten den Garten dunkel und trübsinnig. Es fing wieder an zu regnen.

Ich konnte nicht zu Burkhard flüchten. Er war in den Dolomiten. Ich hätte gerne Britta angerufen oder Irene. Kerstin. Aber wegen aufgetautem Fisch, verfaulten Grashaufen und einem Sohn und einem Vater, die ständig vor der Glotze hocken, ruft man nicht in Irland, der Toskana oder der Türkei an. Auch nicht, weil man gerade das beklemmende Gefühl hat, dass man nie wieder lachen wird. Dass die Welt immer grau, kalt und nass sein wird. Dass für immer Fernsehstimmen dröhnen, missgelaunte leidende

Männer um dich sein werden und du nichts daran ändern kannst.

Carolines kostenloser Ratschlag fiel mir ein.

Ich rief Margit an, unsere Ladenvertretung, und fragte, ob sie morgen und Samstag Zeit hätte.

»Ja, habe ich. Ich komme. Ist alles in Ordnung, Helena?«

»O ja. Ich muss nur überraschend weg. Montag bin ich wieder da.«

Ich hatte eine Tasche gepackt, einen Brief geschrieben – *Lieber Jakob, lieber Papa, ich bin übers Wochenende weg, in der Fanny-Mandelbaum-Str. 13, alles Liebe, Mama, Helena* – und auf die Flurkommode gelegt, und war gefahren, erst in die Buchhandlung, um den Schlüssel zu holen, dann weiter ins Flussviertel, und auf dem Weg dorthin war mir immer leichter geworden.

Das Bett in dem kleinen Schlafzimmer war sehr breit. Ich konnte die Arme ausstrecken, ohne die Ränder der Matratze zu berühren. Es war ungewohnt, so viel Platz zu haben. Ich machte die Nachttischlampe aus.

Der Mond hing über den Dächern gegenüber und schickte eine leuchtende Spur über die Dachziegel und weiter zu mir. Ich lag in seinem milchigen Licht und kam mir vor wie im Himmel.

4

Als ich aufwachte, schien die Sonne auf die Dächer, und Wind bewegte die Blätter der Baumwipfel. Ich sah auf dem Handy nach der Zeit. Kurz vor neun. Ein Anruf, keine Nachricht. Jakobs Nummer. Ich duschte in dem winzigen Bad, machte mir einen Kaffee mit dem Nescafé, den ich im Küchenschrank fand, und setzte mich auf den Balkon.

Das Telefon klingelte.

»Hallo, Mama«, sagte Jakob.

»Hallo, Jakob.«

»Kommst du mal raus?«

»Was meinst du mit raus?«

»Raus auf die Straße.«

Ich beugte mich über die Balkonbrüstung und sah das Dach eines mitternachtsblauen Autos, einen grauen Haarschopf und einen schwarzen.

»Ich komme!«

Sie lehnten am Wagen, und auf ihren Gesichtern malten sich Freude und Erleichterung. So freudig hatten sie mich schon länger nicht mehr angesehen. Sie hatten sich auch so schön gemacht wie lange nicht mehr. Papa trug ein Jackett und Jakob zu sauberen Jeans das gute Hemd von seiner Abiturfeier, und seine Haare waren nicht nur frisch gewaschen, sondern sogar gekämmt.

Sie umarmten und küssten mich.

»Herzlein«, sagte Papa, »was hast du uns für einen Schrecken eingejagt!«

»Ist alles okay, Mama?«

»Ja. Ich habe euch doch den Brief dagelassen.«

»Da steht nur drin, dass du übers Wochenende hier bist«, sagte Papa. »Einfach so wegzugehen. Das bist doch gar nicht du. Warum hast du nichts gesagt?«

»Ihr habt gerade ferngesehen.«

»Aber du hättest uns doch …«

»Ich wollte euch nicht beim Fernsehen stören. Das tue ich jeden Abend, und es geht mir schrecklich auf die Nerven.«

»Wir sehen zu viel fern, du hast recht«, sagte Papa. »Das müssen wir ändern.«

»Auf jeden Fall«, sagte Jakob. »Und überhaupt …«

»Lasst euch Zeit. Jetzt bin ich ja weg.«

»Aber du kommst doch wieder«, sagte Jakob.

»Sonntagabend.«

»Erst Sonntagabend?«

Papa legte den Arm um mich: »Warum kommst du nicht gleich mit?«

»Hier ist es so schön.«

»Zu Hause ist es viel schöner«, sagte Jakob. »Ich habe auch das Gras vom Rasen geharkt.«

»Ich lade euch zum Essen ein«, sagte Papa, »ins Steakhaus. Oder zum Vietnamesen. Da gehst du doch so gerne hin.«

Sie sahen mich bittend an.

»Geh mit Jakob ins Steakhaus. Ich bleibe hier. Nur zwei Tage. Ich brauche ein bisschen – Urlaub.«

»Aber das ist kein Urlaub«, sagte Jakob und wies mit dem Kopf aufs Haus.

»Doch. Fahrt.«

Sie gaben es auf.

»Sag rechtzeitig Bescheid, wann du kommst, Mama.«

»Sollen wir dich abholen?«, fragte Papa.

»Ich habe den Wagen dabei.«

»Wir kommen beide, und Jakob fährt ihn zurück.«

»Das ist nicht nötig. Ich melde mich. Fahrt!«

Sie umarmten und küssten mich schon wieder, winkten, noch bevor sie eingestiegen waren, und winkten weiter, die Arme weit aus den Fenstern gestreckt, bis sie um die Ecke bogen. Als würden ich sie jahrelang allein lassen, nicht zwei Tage.

Eine Welle aus Liebe und Mitgefühl überflutete mich, und ich wollte nur schnell meine Sachen holen und hinterherfahren. Aber als ich im Dachgeschoss ankam, war ich innerlich wieder so gefestigt, dass ich meine Tasche nahm und die Taschenbuchausgabe von *Krieg und Frieden*, die ich im Regal gefunden hatte, und in das Café von gestern ging.

Ich frühstückte, schlenderte durchs Viertel, ging am Fluss spazieren, setzte mich auf eine Bank, las *Krieg und Frieden* und nahm mir vor, die nächsten beiden Tage auch so zu verbringen. Ins Café gehen, herumschlendern, *Krieg und Frieden* lesen.

Aber als ich am Spätnachmittag in die Fanny-Mandelbaum-Straße zurückkam, stand wieder ein Wagen vor dem Haus, den ich kannte. Armins roter Sportwagen. Armin hockte auf der Stufe vor der Haustür und las Zeitung. Er trug eine hässliche verspiegelte Sonnenbrille mit Metallgestell.

»Was machst du denn hier?«

Er schob die Brille hoch. Er hat die schönsten Augen, die ich je gesehen habe: groß, dunkelbraun, mit dichten schwarzen Wimpern.

»Ich warte auf dich. Was ist mit deinem Handy? Ich versuche die ganze Zeit dich anzurufen.«

»Wir machen ein bisschen Urlaub, mein Handy und ich.«

Er faltete ungeduldig die Zeitung zusammen.

»Gehst du mit mir essen?«

Schon die zweite Esseneinladung heute.

»Warum?«, fragte ich.

»Warum nicht? Ich dachte, wir gehen ins Seerestaurant.«

Das Seerestaurant. Das schönste Restaurant der Stadt, an einem See im Park gelegen. Das beste und teuerste. Jeder Atemzug fünf Euro, von Essen und Trinken gar nicht zu reden.

»Warum willst du plötzlich mit mir essen gehen? Ins Seerestaurant! Das willst du doch nie.«

Er stand auf und schob die Brille wieder auf die Nase: »Es gibt für alles ein erstes Mal. Kommst du?«

»Nein. Was soll das?«

»Jakob hat mich angerufen. Er macht sich Sorgen, weil du einfach verschwunden bist. Er sagt, du wärst so anders …«

»Und? Was geht dich das an? Ach so, ich verstehe. Du machst dir Sorgen, wer sich um deinen Sohn kümmert, wenn ich ausraste oder durchdrehe oder abhaue …«

»Ja. Warum nicht? Er ist mein Sohn. Er braucht dich. Es ist mir außerdem auch nicht völlig egal, wie es dir geht.«

Er sah am Haus hoch und verzog das Gesicht.

»Er sagt, du machst hier so eine Art Urlaub. Wo ist Burkhard?«

»Mit seiner Tochter in den Dolomiten.«

»Und wann macht ihr Ferien?«

»Haben wir schon. Im Mai. Vielleicht fahren wir Anfang November noch mal weg.«

»Du solltest aber gleich raus. Und zwar richtig.«

»Wie denn? Ich muss in die Buchhandlung.«

»Ihr habt doch eine Vertretung.«

»Schon. Aber soll ich vielleicht allein in Urlaub fahren? Alle anderen kommen gerade zurück.«

Hinter den verspiegelten Gläsern der Sonnenbrille konnte man seine Augen nicht mal erahnen. Als hätte er keine. Ich sah nur mein eigenes ärgerliches Gesicht darin.

»Was geht dich das eigentlich an? Und nimm diese scheußliche Sonnenbrille ab, wenn du mit mir redest.«

Ein Mann kam aus dem Haus und musterte mich missbilligend, während er an uns vorbeiging.

Armin nahm die Brille ab.

»Du sollst nicht allein fahren. Du fährst mit mir.«

»Mit dir?«

»Mit uns. Mit der Firma. Mit dem Team und mir. Wir haben ab nächster Woche eine Produktion an der Nordsee. Auf einer Insel.«

Die Firma. Ich hasse seine Firma. Er ist damit so erfolgreich geworden, wie er es sich gewünscht hat. Aber sie war der Grund für unsere Trennung. Nein, nur der Anlass. Wir waren der Grund. Trotzdem. Ich hasse sie.

»Welche Insel? Sylt?«

»Nein. Wer will schon nach Sylt? Amrum. Wunderbare Landschaft. Großartiger Strand. Hübsches Hotel. Du kriegst ein großes Zimmer mit Balkon. Das Essen ist gut. Du brauchst nichts tun, gar nichts. Dich nur erholen. Zweieinhalb Wochen lang. Am Meer. Du bist doch so gern am Meer.«

Meer. Insel. Ich war schon so lange nicht mehr auf einer Insel oder am Meer. Seit ich zuletzt mit Jakob auf unserer Insel war. Vor vier Jahren. Es kam mir vor, als wären es vier Jahrhunderte.

Mit Burkhard kann man nicht ans Meer, geschweige denn auf eine Insel. Er liebt die Berge, das Meer macht ihn krank. Zu viel Wasser, zu tief unten, sagt er. Er bekommt Schnupfen und wird melancholisch. Wir haben es einmal probiert und sind nach drei Tagen wieder gefahren. Er hat sich wirklich Mühe gegeben, aber es war nicht zum Aushalten, nicht für ihn und nicht für mich. Seither fuhren wir immer in die Berge. Auch wenn ich sie nicht so liebe wie er, sie machen mich wenigstens nicht krank.

»Das ist viel zu teuer«, sagte ich.

»Sei nicht albern. Du zahlst nichts. Du läufst als Mitarbeiterin auf Produktionskosten. Ich setze dich ab.«

»Das ist Steuerbetrug. Was ist, wenn es rauskommt? Dann stehe ich verdammt blöd da.«

»Ich mache so was nur, wenn es sicher ist. Dafür habe ich einen Steuerberater. Aber ich zahl's auch gerne privat, wenn es dir lieber ist.«

»Ich lasse mich von dir doch nicht einladen.«

Er seufzte.

»Helena. Das ist ein großer Auftraggeber, den ich da habe, und die Produktion hat ein großes Budget. Groß wie ganz groß. Richtig groß. Diese Kosten für dich sind Peanuts, es ist Zeitverschwendung, darüber zu reden.«

»Ich habe schon verstanden. Du hast viel Geld, und ich habe keines.«

Er setzte die Kiefer aufeinander und sprach zwischen den Zähnen hindurch: »Dann zahl's eben selber.«

»Das mache ich auch. Falls ich mitfahre. Ist das ein teures Hotel?«

»Ich habe keine Ahnung. Frag Lillian.«

»Wer ist Lillian?«

»Meine Assistentin. Sie schickt dir einen Kostenüberschlag und nachher die Rechnung.«

»Gut.«

»Und? Was ist? Kommst du mit?«

»Ich weiß nicht.«

Er sah mich eindringlich an mit seinen schönen dunklen Augen.

»Zweieinhalb Wochen Meer. Nicht nur ein Meer. Da gibt's zwei. Das Hotel liegt an der Inselspitze am Wattenmeer. Gleich auf der anderen Seite ist die Nordsee. Du gehst nur über die Dünen, und da ist sie schon.«

»Hypnotisiere mich nicht. Setz die Brille wieder auf.«

»Meer. Seeluft. Nur Meer und Seeluft. Nach zweieinhalb Wochen bist du wie neu. Wieder ganz du selbst.«

Meer. Sein Geruch, sein Wind, sein Himmel, sein Rauschen. Seine Farben. Silbern, grau, dunkelblau, grünblau, hellblau, weiß, rosa, golden. Seine Wellen, sein Sand, seine Möwen. Wenn ich aufs Meer schaue, ist alles gut. Immer. Egal, was es ist.

»Wann?«, fragte ich.

Er lächelte.

»Dienstag. Du kannst gleich mitkommen. Oder später fliegen. Wie du willst. Nach Westerland. Jemand bringt dich vom Flughafen zur Fähre, und Klaus holt dich am Hafen ab. Kein Problem. Besprich das mit Lillian.«

»Wer ist Klaus?«

»Unser Mann für alles. Lillian ruft dich an und organisiert das Ganze für dich.«

Ich drehte ihm den Rücken zu und sah hinauf in die Wipfel der Bäume. Ich hätte nachdenken sollen. Mit Burkhard reden, der Montag zurück sein würde, mit Britta, die Dienstag wiederkam. Mit Jakob und Papa. Aber wozu nachdenken und reden? Ich wollte es. Zweieinhalb Wochen Meer. Nicht irgendwann. Nächste Woche. Nicht irgendein Meer. Die Nordsee. Nicht nur ein Meer, zwei Meere. Das Wattenmeer dazu. Das kann man nur wollen.

Ich drehte mich um.

»Okay.«

Er zog sein Handy aus der Tasche und tippte auf eine Taste.

»Angela, ich bin's«, sagte er, als sich jemand meldete, »alles erledigt. Ich komme.«

Angela war seine Frau. Sie waren nicht verheiratet, weil ihr erster Mann Richter an irgendeinem hohen Gericht gewesen war und sie eine gute Witwenpension bekam. Aber so, wie sie seit fast zehn Jahren zusammenlebten, mit ihren beiden Mädchen aus dieser Ehe, war sie seine Frau.

Er drückte auf die Austaste.

»Hat Angela nichts dagegen, dass du mich mitnimmst?«

»Natürlich nicht. Jakob macht sich Sorgen um dich, und du brauchst offensichtlich Urlaub. Du kommst einfach mit, und alles ist okay. Ohne viel Aufwand. Hättest du was dagegen, wenn Burkhard seine Geschiedene auf zwei Wochen Zahnärztekongress mitnehmen würde, damit sie sich erholt?«

»Nein.«

»Eben. Also dann. Bis nächste Woche. Lillian ruft dich an.«

Er ging zu seinem roten Wagen und fuhr mit viel Lärm davon. Sein Gesicht unter der hässlichen Sonnenbrille war entspannt und zufrieden. Armin, der Alleskönner, hat wieder ein Problem gelöst. Dafür gesorgt, dass Helena Ferien macht und zu sich findet und sich weiter gut um seinen Sohn kümmert.

Egal, dachte ich. Ich fahre ans Meer.

Als ich aus dem Flugzeug stieg, konnte ich es riechen. Vielleicht war es zu weit vom Flughafen entfernt, als dass man es wirklich riechen konnte, aber sein Geruch lag in der Luft.

In der Ankunftshalle stand ein Mann mit einem Stück Pappe, auf der *Picture Productions* stand und *Frau H. Seeger*.

»Das bin ich.«

»Moin.«

Er nahm meinen Koffer und trug ihn hinaus zu seinem Taxi. Wir fuhren zwischen Feldern hindurch, ein Stück durch Westerland und auf einer Straße zwischen Dünen.

»Wo ist das Meer?«

»Links und rechts. Nicht weit entfernt. Sie sehen es erst am Hafen.«

Am Hafen war die Fähre kurz vorm Ablegen, er zeigte einen Fahrschein für mich vor und beeilte sich, mich an Bord zu bringen und meinen Koffer in der Gepäckablage zu verstauen.

»Drüben werden Sie abgeholt. Heller Transporter.«

Ich wollte ihm ein Trinkgeld geben, aber er schüttelte den Kopf: »Ist erledigt. Schönen Tag noch.«

Lillian hatte alles perfekt organisiert.

Im Aufenthaltsraum der Fähre sah man das Meer nur durch die Panoramafenster. Ich ging aufs Vorderdeck und blieb dort, das Blau vor mir, Wind und Feuchtigkeit im Gesicht, bis wir da waren.

Der helle Transporter parkte am Kai, auch hier hielt ein Mann ein Schild von *Picture Productions* mit meinem Namen. Ich winkte, er kam mir entgegen, sagte: »Hallo, Frau Seeger, geben Sie her«, zog meinen Rollkoffer zum Transporter, schob ihn auf die Ladefläche zwischen Kartons und silberfarbene Metallkisten und öffnete die Beifahrertür für mich.

Er kurvte über den Parkplatz des Fährhafens, fuhr durch einen Ort und weiter zwischen Feldern, Wiesen und Waldstücken. Auf einer Anhöhe stand eine Windmühle.

»Die alte Windmühle. Unten drin ist ein Museum. Das da auf der anderen Seite« – er zeigte auf ein eingezäuntes Viereck mit weißem Tor – »ist der Friedhof der Heimatlosen.«

»Friedhof der Heimatlosen?«

»Die Ertrunkenen, die ans Ufer gespült wurden. Von denen keiner wusste, wo sie herkommen.«

Wir kamen durch einen Ort mit vielen alten Häusern.

»Schön«, sagte ich.

»Ist der schönste Ort hier.«

Er deutete nach rechts: »Die Kirche. Auch schön. Achthundert Jahre alt. Der Turm ist praktisch neu. Bloß hundert Jahre. In der Zwischenzeit haben sie nie genug Geld gehabt.«

Wir fuhren durch lila leuchtende Heidekrautflächen, Viehweiden, an deren Ende ein blauer Streifen Meer zu sehen war, und schließlich ein Stück durch einen Wald.

Bei einem gelben Wegweiser zeigte er nach links: »Da geht's zum Hünengrab und zur Eisenzeitsiedlung. Man sieht aber nicht viel.«

Die Straße führte in einen Ort und endete an einem weiten Platz. Er hielt vor einem hellgelben Bau mit rotweiß gestreiften Markisen, stieg aus und holte meinen Koffer aus dem Laderaum.

»Da sind wir. Frühstück gibt's im Hotelrestaurant, und im Bistro können Sie den ganzen Tag was essen.«

Er überlegte stirnrunzelnd.

»Lillian hat gesagt, ich soll Ihnen alles zeigen. Da drüben in dem kleinen Café kriegen Sie guten Kuchen. Das war, glaube ich, alles. Dann mal rein.«

Er verlangte an der Rezeption den Schlüssel, »Zimmer 22, Frau Seeger«, trug meinen Koffer in den zweiten Stock und schloss die Tür für mich auf.

»Armin dreht heute lange. Das Wetter ist den ersten Tag richtig gut für die Aufnahmen. Er meldet sich, sobald er kann.«

»Okay. Danke.«

»Keine Ursache«, sagte er und ging.

Das Zimmer war groß, hatte ein Himmelbett und eine mit geblümtem Stoff bezogene Sitzgarnitur. Glastüren führten auf einen Balkon. Ich ging hinaus. Reetdachhäuser, Wiesen mit Pferden und Kühen, Vogelkolonien am Ufer, das Wattenmeer, ein weiter Himmel mit Sonne und lebhaft ziehenden Wolken.

»Du fährst weg, jetzt, wo ich gerade zurück bin? Und warum unbedingt auf diese komische Insel?«, hatte Burkhard gefragt.

»Wasser. Meer. Ich will ans Wasser.«

»Und mit Armin?«

»Warum nicht? Er fährt sowieso hin, weil er da arbeitet, und ich kann mit. Ich muss ein bisschen raus. Ich war so lange nicht mehr am Meer. Ich brauche Meer.«

»Warum sagst du mir das nicht?«

»Das war mir auch nicht so klar.«

»Wir wollen doch Anfang November noch mal weg. Wir fahren einfach an einen See. Den Vierwaldstätter zum Beispiel. Oder den Comer. Da hast du Wasser und ich die Berge.«

»Ich will aber an keinen See. Ich will ans Meer.«

Auch Jakob war nicht begeistert gewesen. Ich war sofort nach Hause gefahren. Aus Papas Wohnung dröhnten die Fernsehstimmen, in unserer Küche türmte sich schmutziges Geschirr. Jakob saß auf der Terrasse, die Füße auf den Tisch gelegt, trank Cola und spielte ein Spiel auf seinem Smartphone.

Er wollte aufspringen, als er mich sah, aber er bekam die Füße nicht so schnell vom Tisch.

»Vorsicht«, sagte ich, »brich dir nichts.«

»Wieso bist du schon hier? Wieso hast du nicht Bescheid gesagt, dass du kommst?«

»Keine Zeit. Armin war bei mir. Ich fahre nächste Woche mit ihm ans Meer. An die Nordsee. Auf eine Insel.«

»Mit Papa?«

»Nicht mit ihm allein. Er dreht da. Mit dem ganzen Team. Er sagt, ich soll mitkommen. Zweieinhalb Wochen Meer, stell dir vor.«

»Zweieinhalb Wochen? Du meinst, du bist jetzt zweieinhalb Wochen weg?«

»Er findet, ich soll richtig Urlaub machen, nicht nur zwei Tage im Flussviertel rumhocken. Da hat er recht. Das hast du auch …«

»Ja, aber …«

»Du hättest ihn nicht anrufen sollen. Du kennst ihn doch. Er tut immer gleich was.«

Ich hatte ihm Papas Diätplan aufgeschrieben und ihn verpflichtet, auf Papa und sein Cholesterin zu achten. Ich hatte Papa verpflichtet, auf Jakob zu achten und nicht so viel Bier zu trinken, und mich, mir in den nächsten zweieinhalb Wochen keine Sorgen zu machen, sie nicht anzurufen, ihnen nur Postkarten zu schreiben und ihr Wohlergehen ihnen zu überlassen. Sie würden noch leben, wenn ich wiederkam. Wie, war eine andere Frage.

Ich zog meine Windjacke an und machte den Reißverschluss zu. Es hatte auch hier lange geregnet und war kühl, obwohl die Sonne wieder schien. Ich ging durch schmale Straßen zwischen Erdwällen, auf denen Heckenrosen wuchsen, die noch Blüten und schon Früchte hatten. Am sanften Wattenmeer und den Viehweiden entlang, zwischen Grasflächen, auf denen unzählige Wildkaninchen hockten, die ich oft erst sah, wenn sie aufgescheucht davonliefen, weil ich näher kam. Die Straße endete an einer Schranke, auf der *Halt! Vogelschutzgebiet!* stand. Ein Weg führte über eine Düne, und ich stapfte durch den rutschenden Sand hinauf und auf der anderen Seite wieder hinunter.

Das Meer war dunkelblau und silberblau, mit eiligen schaumgekrönten Wellen, weil die Flut hereinkam. Ich ging über den Strand, blieb am Saum des Wassers stehen, zog die Schuhe aus und ließ das Wasser über meine Füße streichen.

Alles gut.

Abends um neun klopfte jemand an die Zimmertür. Armin. Er hatte Schatten unter den Augen und war zerzaust und erschöpft.

»Hallo, Helena. Tut mir leid …«

»Ist okay.«

»Ich habe leider so wenig …«

»Du brauchst keine Zeit zu haben. So ist das nicht gedacht. Ich war am Meer, ich bin glücklich. Es ist wunderschön hier.«

»Siehst du? Wir sehen uns beim Frühstück. Wenn du früh genug aufstehst. Du kannst auch immer zum Drehort kommen. Klaus fährt dich morgen hin und zeigt dir, wo es ist.«

Ich hätte fast gesagt, er sei ja todmüde und solle ins Bett gehen und sich ausschlafen. Aber ich war nicht seine Frau. Angela würde es sagen, wenn sie noch telefonierten.

Der Drehort war wirklich so etwas wie ein kleiner Ort unterhalb der Dünen. Es gab vier garagengroße Container, zwei Toilettenhäuschen aus blauem Plastik und ein Wohnmobil mit Sitzbänken, Tischen und einer Küche, über deren Tür ein Schild hing: Klaus' Cafeteria. Zwei Männer waren dabei, eine Kamera aus einem der Container zu holen und sie auf einer Art Schlitten zu installieren, den man über den Sand ziehen konnte. Der Strand war hier sehr breit und das Meer weit weg.

»Kommen Sie rein«, sagte Klaus. »Wollen Sie Kaffee?«

Er stellte einen Becher vor mich hin, bevor ich etwas sagen konnte.

»Ich hole dann mal Armin. Kann aber dauern.«

Es dauerte ziemlich lange, bis er mit Armin und einer dünnen jungen Frau mit roten Haaren zurückkam.

Armin wirkte immer noch zerzaust und angestrengt. Oder schon wieder.

»Lillian, Helena«, sagte er.

»Hallo, Helena«, sagte Lillian und gab mir die Hand. »Freut mich, Sie kennenzulernen.«

»Ich freue mich …«

»Sagt doch du«, sagte Armin und sah sich unruhig um. »Ich würde dir gerne alles zeigen, aber …«

»Vergiss es. Das will ich gar nicht. Geh sofort wieder arbeiten.«

Er nickte erleichtert und war schon draußen, und Lillian eilte hinter ihm her und schaffte gerade noch ein Winken und ein Lächeln.

Klaus sah mich abwartend an, als hoffe er, dass ich jetzt auch gleich ging.

Ich stand auf, und er nickte nur kurz, als ich Auf Wiedersehen sagte.

Ich ging am Meer entlang bis zum letzten Strandaufgang. Auf dem Weg zum Ort kam ich an einem hässlichen Betonbau mit einem Fischrestaurant vorbei, an einem Meereskundemuseum und einer Kurklinik für Mutter und Kind, die von einer großen Krankenkasse betrieben wurde.

Um mich herum waren fast nur Touristen, in Gruppen, Familien, zu zweit. Paare, die die gleichen Windjacken trugen, damit keiner übersehen konnte, dass sie zusammengehörten. Nur ich gehörte zu niemandem. Ich war ganz allein. Ich kam mir komisch und unwichtig vor und sehr einsam.

Das Hotel lag an einem weiten Platz mit einer Rasenfläche in der Mitte, um den sich alles gruppierte, das Café mit dem guten Kuchen, die Bushaltestelle, die Touristeninformation, ein paar Geschäfte und ein winziges altes Fischerhäuschen, das es geschafft hatte zu überleben und liebevoll renoviert worden war.

Ich ging ins Café. In der gläsernen Theke drängten sich Backbleche, es duftete warm und süß nach Frischgebackenem. Ich bestellte Streuselkuchen und einen Becher Tee. Man saß auf rosafarbenen Sofas, in Vitrinen war altes Porzellan ausgestellt, Blumentöpfe standen auf den Fensterbrettern, durch die Fenster sah ich auf Friesenhäuser und Wattenmeer, und als ich wieder ging, fühlte ich mich nicht mehr einsam.

Im Backsteinbau mit dem Schild *Touristeninformation* bekam ich von einer freundlichen Frau eine Inselkarte und einen Busfahrplan. Ich studierte die Karte und beschloss, um die Insel zu laufen. Am Meer entlang.

Am Meer entlangzulaufen ist fast so gut, wie am Meer zu stehen. Auf einer Insel am Meer entlangzulaufen ist wunderbar. Du gehst nie zurück, du gehst immer vorwärts. Ich ging über den nassen Sand, hob Muscheln und Steine auf, sah aufs Wasser, auf die Vögel, hörte ihre Schreie und das Rauschen der Wellen. Der Wind wehte durch mein Haar, meinen Körper, mein Herz und wehte alles heraus, was schwer und schwierig war.

Ich brauchte zwei Tage für meinen Weg um die Insel. Am zweiten Tag kam ich am Drehort vorbei. Am Strand war niemand zu sehen. Klaus saß auf einem Klappstuhl vor dem Wohnmobil und tippte in sein Notebook.

»Hallo. Kriege ich einen Kaffee?«

Er sah erstaunt hoch.

»Ach, Sie sind's. Klar.«

Er brachte den Kaffee und einen Klappstuhl, den er mir hinstellte.

»Und? Was machen Sie so den ganzen Tag?«, fragte er. »Ist zu kalt, um in der Sonne zu liegen, oder?«

»Ich bin um die Insel gelaufen. Am Meer entlang. Dafür ist das Wetter gerade richtig.«

»Um die Insel? Sie sind doch erst drei Tage hier.«

»Wenn ich nachher ins Hotel komme, bin ich einmal herumgelaufen. In zwei Tagen.«

»Zu Fuß? In zwei Tagen?«

Ich nickte.

Er schüttelte ungläubig den Kopf.

Ich stand auf: »Wird heute nicht gedreht?«

»Weiter rechts. Wenn Sie die Treppen hochgehen, kommen Sie zur Aussichtsdüne. Von da können Sie zusehen.«

»Danke für den Kaffee.«

Ich stieg hinauf zur Aussichtsplattform.

Sie drehten einen Werbespot für ein neu entwickeltes Umweltauto, hatte mir Lillian erzählt. Der Wagen fuhr über den glatten Strand, der so breit war, wie ich es noch nirgendwo gesehen hatte, dahinter lag weit und glitzernd das Meer, darüber spannte sich der helle Himmel mit den gleitenden Möwen, und es sah beinahe aus, als ob auch das Auto flog, wie ein Vogel, leicht und elegant.

Die Fahrt wurde ein paarmal wiederholt, dann war Pause.

»Hallo, Helena«, sagte jemand neben mir.

»Armin. Ich dachte, du wärst da unten.«

Er stellte einen Karton auf die Bank, nahm zwei Becher Kaffee heraus, reichte mir einen und grub eine Handvoll Zuckertütchen aus seiner Jackentasche.

»Schwarz mit viel Zucker. Wie früher, oder?«

Er setzte sich und trank von seinem Kaffee.

Ich sah ihn von der Seite an. Wir hatten schon lange nicht mehr so nebeneinandergesessen. Er holte Jakob ab oder besuchte ihn, und ich sagte kurz Hallo und verschwand wieder. Oder wir trafen uns, weil etwas zu regeln war, und brachten es schnell hinter uns.

Er hatte endlich mit dem Rauchen aufgehört, hustete nicht mehr ständig und hatte eine gesündere Gesichtsfarbe, aber auch rundere Backen und einen kleinen Bauch, weil er nun zu viel aß. Den Bauch versuchte er unter schwarzen Shirts zu verstecken und die Backen unter einem Dreitagebart.

Er holte belegte Brötchen in Plastikfolie und Müsliriegel aus dem Karton.

»Klaus meint, du willst vielleicht auch was essen. Du hast ihn tief beeindruckt, weil du in zwei Tagen um die Insel gelaufen bist.«

»Er denkt, ich bin deine blöde nichtsnutzige Exfrau, die auf deine Kosten hier rumhängt.«

»Dass du nicht blöd bist, merkt er gerade.«

Er wickelte eines der Brötchen aus der Folie.

»Toll, wie du das machst«, sagte ich. »Es sieht aus, als ob der Wagen fliegt. Als wäre er auch ein Vogel.«

Er betrachtete das Brötchen.

»Richtig. Wie ein Vogel. Passt in die Natur. Stört die Umwelt nicht. Bewegt sich aber auch schnell und dynamisch wie ein Vogel. So ist der Wagen. Ja. Genau. Freut mich, dass du das siehst. Das muss sofort rüberkommen. Kompakte Bildbotschaft, weißt du. Sonst funktioniert es nicht.«

Er kaute und sah mit gerunzelter Stirn aufs Meer. Er arbeitete schon wieder. Ich hätte nicht davon anfangen sollen. Ich kannte ihn doch.

Ich strich über seinen Arm.

»Hörst du mal für einen Moment auf zu denken? Schau bloß hin, wie schön es ist.«

Er lachte und lehnte sich zurück.

Nach einer Weile klingelte sein Handy zweimal und war dann still. Er stand auf und nahm den Karton.

»Die sind so weit. Wir können weitermachen. Bis dann.«

Er verschwand auf der Treppe nach unten. Ich ging hinterher.

»Armin?«

Er sah hoch.

»Danke. Das war eine tolle Idee mit der Insel.«

Er machte sein Hab-ich-dir-doch-gesagt-Gesicht, zog die hässliche Sonnenbrille aus der Brusttasche, setzte sie auf und ging weiter.

5

Ich wachte auf, sah durch die Balkontür auf Meer und Himmel und freute mich. Auf das Frühstück, für das ich keinen Finger rühren musste, außer um das Besteck zu halten und die Tasse zum Mund zu führen. Auf den Tag, der vor mir lag, und auf das, was ich tun würde.

Ich hatte noch nie alleine Urlaub gemacht. Ich hatte es mir ziemlich schrecklich vorgestellt. In Wirklichkeit ist es schön. Du brauchst nie darüber nachzudenken, ob das, was du machen willst, auch deinem Sohn Spaß macht oder dem Mann, den du liebst, weil du es nicht aushältst, wenn dein Mann und dein Sohn nicht mindestens so glücklich sind wie du. Du brauchst nur dich glücklich zu machen und tust einfach, was du willst.

Im Restaurant war mein Lieblingsplatz am Fenster frei, und am Buffet hatten sie gerade die Platten mit Roastbeef und Lachs und die Schüsseln mit Krabben und Heringssalat aufgefüllt. Ich lud mir zwei Teller voll. Die scheue Auszubildende mit der Zahnspange brachte ein Kännchen Tee und erwiderte mein Lächeln.

Ich fing mit den Krabben an.

Die Restauranttür schlug zu. Jemand kam laut telefonierend herein.

»Lillian! Sorg dafür, dass morgen wieder alles … Ja … Nein, das habe ich schon erledigt … Okay. Bis dann.«

Ich drehte mich um.

Armin kam herüber und ließ sich auf den Stuhl mir gegenüber fallen: »Scheiße, verfluchte Scheiße.«

Die Auszubildende, die sich ihm genähert hatte, floh in die Küche.

»Sei nicht so laut«, sagte ich, »und sag nicht solche Worte. Du erschreckst die Kellnerin.«

Er sah sich erstaunt um.

Ich hob fragend die Teekanne.

Er schüttelte den Kopf.

»Verfluchte Scheiße«, sagte er leise. »Irgendwas ist mit dem Wagen nicht in Ordnung. Ich habe gleich gesagt, wir müssen Ersatz zur Verfügung haben, und zwar hier, nicht in Husum oder Flensburg oder sonst wo! Und die Leute pinkeln in die Dünen und werfen mit Abfall um sich …«

»Was?«

»… und ich habe Ärger mit der Inselverwaltung. Die sind so verdammt eng wegen ihrer Umwelt. Es war schwierig genug, dass ich hier überhaupt drehen durfte. Aber ich wollte genau diesen Strand – das Licht, die Farben, die Fläche, weißt du. Im Frühjahr geht sowieso gar nichts, da brüten irgendwelche Vögel, die nicht gestört werden dürfen. Du darfst auch nicht in den Dünen rumtrampeln und auf den Strandhafer treten. Schon gar nicht darauf pinkeln.

Oder Coladosen und Plastikfolie draufschmeißen. Wir haben Mobilklos und jede Menge Abfalleimer am Drehort, und ich hab's dem Team tausendmal gesagt, und Klaus auch, aber glaubst du, es hilft?«

Ich legte ein Lachsbrötchen auf den Teller vor ihm. Er schüttelte den Kopf.

»Und jetzt sitze ich da und kann heute nichts tun. Scheiße.«

»Schreib die Postkarten für mich. Hier. Die an Jakob, die an Papa. Die große an Britta. An Burkhard kannst du auch schreiben, wenn du willst. Irgendwas über Autos vielleicht.«

Er lachte und nahm den Stift.

Als er damit fertig war, winkte er der Kellnerin: »Kaffee, bitte.«

Sie sah mich hilfesuchend an.

»Zu spät«, sagte ich. »Frühstückszeit vorbei.«

»Dann gehen wir rüber ins Café.«

»Das können wir nachher immer noch. Erst zeige ich dir was. Komm.«

Wir gingen zu den Wiesen mit den Wildkaninchen und am Wattenmeer entlang zu dem Ort mit der Kirche. Sie war offen, und ich zeigte ihm die alten hölzernen Apostelfiguren, die bunt bemalte Empore und die goldenen Kronleuchter, die die Kapitäne der Walfänger gestiftet hatten. Draußen auf dem Friedhof standen ihre Grabsteine, auf denen ihre Lebensgeschichte und der Name ihrer Ehefrau verzeichnet waren, mit der sie eine vergnügliche Ehe geführt hatten – so hieß es jedenfalls auf den Steinen.

Das eiserne Friedhofstor quietschte in seinen Angeln.

Ich legte sorgfältig den Riegel um, auch wenn die Wildschweine, wegen denen man es unbedingt zumachen sollte, erst nachts kamen.

In einem Café, in dessen Garten man unter hohen Bäumen in Strandkörben saß, tranken wir Kaffee.

»Und jetzt?«, fragte Armin.

»Historisches Friesenhaus, Mühlenmuseum, Friedhof der Heimatlosen. Was du willst.«

»Alles.«

Vorhin hatte er gejammert, weil er nicht so weit gehen wollte, aber dann hatte er angefangen zu schauen und war neugierig geworden auf alles, was es zu sehen gab.

Am Spätnachmittag fuhren wir mit dem Inselbus zurück zum Hotel. Er war fast leer, und wir setzten uns auf die Rückbank, sahen durch die Fenster auf die Landschaft und ließen uns fahren wie in einem großen Taxi.

»Was machst du heute Abend?«, fragte Armin.

»Weiß ich noch nicht.«

»Sollen wir essen gehen?«

»Ja.«

Wir lachten.

Als wir verliebt gewesen waren, hatten wir dieses Gespräch jeden Morgen geführt. Er hatte jeden Morgen gefragt, was ich abends machte, und ich hatte jeden Morgen gesagt, ich wüsste es noch nicht. Jeden Abend hatten wir uns getroffen. An dem Morgen, an dem er nicht mehr gefragt hatte, war klar gewesen, dass wir zusammenbleiben wollten.

Wir saßen im Restaurant an einem Fenster zum Garten,

sahen, wie es über den Reetdächern und dem Wattenmeer Nacht wurde, aßen, tranken und redeten. Wir hatten lange nicht mehr richtig miteinander geredet. Nicht seit wir uns getrennt hatten.

»Findest du, dass wir eine vergnügliche Ehe geführt haben?«, fragte er.

»Die meiste Zeit schon. Nur als wir uns getrennt haben, war es nicht mehr so vergnüglich. Oder haben wir uns getrennt, weil es nicht mehr so vergnüglich war?«

»Darüber muss ich nachdenken. Aber erst morgen.«

Wir waren ziemlich beschwipst.

Er brachte mich zu meinem Zimmer und wartete, bis ich aufgeschlossen hatte.

»Schlaf gut, Helena.«

»Du auch. Danke.«

Ich war müde vom Laufen, dem Essen, dem Wein und putzte mir nur schnell die Zähne, bevor ich mich in das Himmelbett fallen ließ. Ich konnte trotzdem nicht einschlafen. Ich lag wach und schaute in das Stück Sternenhimmel, das durchs Fenster zu sehen war. Die Sterne erschienen mir leuchtender und der Himmel viel klarer als zu Hause. Ich dämmerte ein, war aber sofort wieder wach, als es an der Tür klopfte. Ich sprang aus dem Bett und öffnete.

»Armin.«

»Ich …«

Ich nahm seine Hand und zog ihn ins Zimmer.

Als ich am anderen Morgen aufwachte, war er weg. Einen Moment lang dachte ich, ich hätte nur geträumt, dass er hier gewesen war. Aber da war der Kopfabdruck auf dem zweiten Kissen, ein paar schwarze Haare auf dem weißen Stoff, die zweite Decke, die auf dem Boden lag, das zerwühlte Betttuch. Und der Abdruck und die Erinnerung, die sein Körper in meinem hinterlassen hatte.

Oh, Burkhard.

Wir hatten über Treue gesprochen, als wir uns verliebten, und dass wir es wirklich ernst damit meinten. In diesem Punkt war er, so viel Freiraum er sonst brauchte, streng und kompromisslos, und ich fand, er hatte recht. Es gibt viele Arten von Treue, sagte er, aber alles beginnt und endet mit der körperlichen, und wenn ich nicht mal die schaffe, brauche ich gar nicht erst anzufangen mit der Liebe.

Und ich habe dich betrogen, und ausgerechnet mit Armin!

Ich sprang aus dem Bett und ging unter die Dusche, um nicht mehr daran denken zu müssen. Ich ließ das heiße Wasser über meinen Körper strömen und stellte mir vor, dass es auch durch meinen Kopf und mein Herz strömte und herauswusch, was darin war. Es ungeschehen machte. Stattdessen ließ es die Erinnerung an die Nacht lebendig werden, und ich stellte schnell die Dusche ab und rieb mich trocken, bis meine Haut rot war und wehtat.

Es war elf, die Frühstückszeit vorüber, aber ich hatte sowieso keinen Hunger. Ich holte mir im Café einen Becher Kaffee und ging den Weg an den Viehweiden entlang, wo Pferde und Kühe mich fragend ansahen, und durch die Felder mit den Wildkaninchen, die vor mir davonliefen. Meine Scham, die Schuldgefühle und die Wut auf mich kamen mit, flüsterten mir ihre Ansichten ins Ohr und machten sich erst davon, als ich den Saum des Wassers erreichte. Ich sah auf die mattblaue Fläche, fast glatt mit schmalen Wellen in großen Abständen, und wurde ruhig. Ich war am Meer. Alles war gut.

Weil ich nicht für immer dort stehen bleiben konnte, ging ich irgendwann zurück zum Hotel. In meinem Zimmer war das Bett gemacht, und mein Handy hatte eine Nachricht für mich.

»Helena, hier ist Armin. Triffst du mich auf der Düne? Ab halb sechs. Sprich mir auf die Mailbox, wann. Bis nachher.«

Als ich oben auf der Plattform ankam, wartete er schon auf mich. Der Wind wehte ihm das Haar ins blasse Gesicht, die grauen und schwarzen Stoppeln seines Dreitagebartes stachen deutlich sichtbar aus seiner Haut, und er wirkte so, wie ich mich fühlte. Übernächtigt und verwirrt.

»Hallo.«

»Hallo.«

Wir sahen uns an. Ich wollte sagen, dass wir miteinander reden mussten. Dass es nun mal passiert war. Dass Selbstvorwürfe und Schuldgefühle jetzt auch nicht weiterhalfen. Dass wir es hinter uns lassen und zur Normalität zurückkehren sollten. Er wollte auch etwas sagen, was, weiß ich nicht, denn wir sagten beide nichts. Wir öffneten gleichzeitig die Arme und umarmten uns.

Wir blieben lange so stehen. Ein kalter, heftiger Wind wehte dort oben, aber ich spürte ihn nicht, denn seine Umarmung war wie ein warmes Zelt.

Schließlich schob er mich weg und fragte: »Was zeigst du mir heute?«

Ich überlegte.

»Vogelkoje. Eisenzeithaus. Da sieht man aber nicht viel.«

Er nahm meine Hand.

»Ich sehe mir alles an, was du mir zeigst.«

Wir gingen auf Bohlenwegen durch die Dünen zum Eisenzeithaus und betrachteten die Steinreste seiner Mauern, die Spuren von Holzpfosten und Feuerstellen. Unter dem dichten Geäst der Bäume an der Vogelkoje küssten wir uns. Im Ort kauften wir Krabbenbrötchen und Cola, saßen am Meer in einem Strandkorb, bis die Sonne untergegangen war, gingen zurück ins Hotel und ins Bett.

Um halb zehn klingelte sein Telefon. Er nahm es mit ins Bad und blieb lange dort. Sein abendliches Gespräch mit Angela. Als er zurückkam, legte er sich neben mich, schob die Hände unter den Kopf und sah zur Decke.

Nach einer Weile seufzte er, als wäre er zu einem Ergebnis gekommen.

»Ich muss morgen früh raus. Ich rufe an, wenn ich weiß, wann ich fertig bin. Dann treffen wir uns, ja?«

»Ja.«

»Und du zeigst mir was Schönes.«

»Mach ich.«

Er knipste das Licht aus, ich zog die Decke über uns und legte den Kopf in seine Schultergrube.

»Sag mir noch …«

»Was?«, fragte er.

»Jetzt hab ich es vergessen.«

Er streichelte mein Gesicht.

»Morgen. Morgen weißt du es wieder.«

Dies war unser zweiter Tag zusammen. Zehn hatten wir noch. Wir trafen uns abends oder am späten Nachmittag, gingen durch den Wald, die Heide oder die Dünen und immer ans Meer, aßen etwas und verbrachten die Nacht miteinander.

Wir redeten über alles, nur nicht darüber, dass wir eine Affäre hatten. Dass wir zwei geliebte Menschen betrogen. Wir sprachen nicht von ihnen, nannten nicht ihre Namen. Ich schickte Burkhard Karten und SMS, und manchmal telefonierten wir. Armin telefonierte abends mit Angela. Er ging dazu ins Bad, wenn wir bei mir waren, oder ins Wohnzimmer seiner Suite, wenn wir bei ihm waren. Irgendwann kam er zurück und wieder zu mir ins Bett, und wir machten weiter, wo wir aufgehört hatten, und verloren kein Wort über die Unterbrechung.

Hätten wir darüber geredet, hätten wir damit aufhören müssen. Was du nicht aussprichst, kannst du in der Schwebe lassen, was du nicht in Worte fasst, bleibt ungreifbar. Pst. Rede nicht darüber, sonst verfliegt der Zauber und du landest wieder in der Wirklichkeit. Die Wirklichkeit wartete sowieso auf uns, am Ende der zehn Tage. Solange unsere Affäre mit ihr und unserem Leben zu Hause nicht in Berührung kam, durften wir sie haben.

Sie hatte etwas Zauberhaftes, denn wir hatten uns verliebt. Als ob wir uns nicht schon zwanzig Jahre kannten, einen erwachsenen Sohn und eine Scheidung hinter uns hatten. Mit Rotwerden, Händchenhalten und Knutschen, sobald wir alleine waren oder keiner uns sehen konnte. Mit Nicht-aufhören-Können einander anzufassen. Nicht-aufhören-Können miteinander zu reden, nachts im Bett, obwohl wir längst schlafen wollten, weil Armin am anderen Tag arbeiten musste.

Morgens stand ich mit ihm auf, er rief Lillian an, die mit dem Team auf dem Weg zum Drehort war, sagte, wann Klaus ihn abholen solle, und wir frühstückten, bis der helle Transporter auf der Straße hielt und sein Telefon piepte.

Er küsste mich und ging, winkte, bevor er sich auf den Beifahrersitz schwang und die Tür zuschlug, und Klaus hupte grüßend. Ich sah dem Wagen nach und freute mich auf den Abend.

Wir trafen uns nie am Drehort. Ich ging nur manchmal dort vorbei, um mit Klaus Kaffee zu trinken.

»Armin ist viel entspannter, seit ihr jeden Tag spazieren geht«, sagte Klaus und stellte den Kaffeebecher vor mich hin. »Das tut ihm richtig gut. Der steht ja so unter Druck. An ihm hängt alles. Er ist der kreative Kopf. Wenn er nicht funktioniert, funktioniert hier nichts. Lillian sagt auch, er ist total locker. War eine tolle Idee von dir, den Mann auf die Straße zu treiben.«

Ich wurde rot.

»Weil er so viel läuft, schläft er besser und ist morgens munter. Trinkt hier nicht nur schnell Kaffee, sondern frühstückt anständig mit dir. Das tut der Arbeit gut. Dem ganzen Team. Du müsstest immer mitkommen, wenn wir drehen.«

Ich glühte.

Er nahm den Deckel von der Kühlbox und betrachtete ihren Inhalt: »Lachsbrötchen. Reserviert für Helena. Gibt auch Schinken-Käse-Sandwich. Oder Thunfischbagel.«

Ich hatte keinen Hunger, aber ich nahm das Lachsbrötchen, damit ich etwas zu tun hatte und kauen konnte und nicht nur mit rotem Kopf dasaß. Er schien zu glauben, dass sein Lob mich verlegen machte, und wandte den Blick rücksichtsvoll von mir weg Richtung Meer.

Ich aß schnell auf, trank den Kaffee aus und ging. Am Strand entlang zum Dünensee mit seinen Schilfufern und Wasservögeln, hinüber zur anderen Seite der Insel und durch die Wiesen am Wattenmeer zur kleinen Kirche. Ihre Tür stand offen, jemand übte auf der Orgel, und ich setzte mich neben den Kapitänsgrabsteinen auf eine Bank und hörte zu.

Wie kann man sich so in jemanden verlieben, mit dem man die Liebe schon lange hinter sich hat? Vielleicht ist die Insel daran schuld. Eine zauberhafte Welt für sich, in der man fern ist von allem. In der alles möglich ist. Auch das Unmögliche.

Es bleibt hier. Keiner weiß es. Keiner würde es auch nur vermuten. Wir waren verheiratet, wir sind geschieden, da kommt so was nicht vor. Ich wäre auch nie auf die Idee gekommen, dass es passieren könnte.

Mach dir nicht solchen Stress, sagte meine innere Stimme. Genieße es. Ihr habt nicht mehr viel Zeit. Nur noch drei Tage. Heute, morgen, übermorgen. Danach ist es für immer vorbei.

Flugzeuge wirken beruhigend auf mich. Die Umgebung ist überschaubar, das Motorengeräusch gleichmäßig und einschläfernd, und ständig kommt jemand vorbei, der dich anlächelt und dir etwas zu essen und zu trinken anbietet. Auch wenn es nur Müsliriegel sind und dünner Kaffee.

Ich saß neben Armin. Er las die Zeitung, ich döste vor mich hin, und unter meinem Schal, der zwischen uns lag, hielten wir uns an den Händen. Wir hatten nur noch eine Stunde. Die mussten wir nutzen.

Ich dachte daran, wie wir heute Nacht das letzte Mal miteinander geschlafen hatten. Langsam und konzentriert. Als wollten wir so viel vom anderen in uns aufnehmen wie möglich. Einen Vorrat anlegen, denn es würde keinen Nachschub geben. Danach hatten wir lange ineinander verschlungen dagelegen. Als wir uns endlich voneinander lösten, hatte Armin das Licht ausgemacht und die Decke über uns gezogen. Wir hatten nichts mehr gesagt. Es gab nichts mehr zu sagen.

Unsere letzte Stunde verging schrecklich schnell. Landen, Aussteigen, Gepäckabholen. Ich umarmte Lillian und Klaus, gab den anderen die Hand und küsste Armin auf die Wange.

»Ich bringe dich noch«, sagte er, »du wohnst ja an meinem Weg.«

Ich wohne am anderen Ende der Stadt.

Im Taxi legte er den Arm um mich, und ich nahm seine Hand. Als es vor dem Haus hielt, ließen wir uns los.

»Ich fahre gleich weiter.«

Ich sah ihn nicht an und stieg aus. Der Taxifahrer hob

meinen Koffer aus dem Kofferraum, und ich wartete, bis der Wagen um die Ecke verschwunden war.

Schluss. Schnitt. Die Wirklichkeit fing wieder an. Mein altes Leben.

Ich sah am Haus hoch. Das Küchenfenster und das von Jakobs Zimmer standen offen, auch oben bei Papa war ein Fenster geöffnet. Sie waren da und warteten auf mich.

Drinnen war es still. Keine Fernsehstimmen aus dem ersten Stock, obwohl Nachmittag war. Ich stellte den Koffer ab, öffnete die Tür zum Wohnzimmer und erschrak. Ich sah mich um. Der Flur war noch meiner. Das Wohnzimmer nicht mehr.

Die Möbel waren an die Wände gerückt und auf dem Teppich eine Art Liegelandschaft aus Kissen, Sofapolstern und Bettzeug eingerichtet. Tabletts mit Kerzenleuchtern und Räucherstäbchen standen herum, und es roch nach Kerzenwachs und einer schweren billigen Süße, wie in einem indischen Bordell.

Hinter mir öffnete sich eine Tür. Ich drehte mich um. Eine zierliche junge Frau mit schwarz gefärbtem Haar kam aus der Küche. Auf der weißen Haut ihrer Arme und im Ausschnitt ihres Shirts wucherten tätowierte Blumen, bis hinauf zum Hals.

»Wer sind Sie denn?«, fragte sie.

»Ich wohne hier.«

Sie machte große Augen, sah auf den Koffer und wieder auf mich.

»Oh! Sie sind Jakobs Mama! Sie wollten doch erst morgen kommen.«

»Und wer sind Sie?«

»Ich bin Sky. Äh – Susanne.«

»Und wer sind Sie?«

»Jakobs Freundin.«

»Das können Sie aber noch nicht lange sein.«

»Nee«, sagte sie. »Stimmt.«

Sie wies ins Wohnzimmer: »Wir wollten natürlich aufräumen, bevor Sie kommen. Jakob hat gesagt, Sie kommen erst morgen.«

»Wo ist er denn?«

»Zur Videothek. DVDs holen.«

Ich wollte in mein Zimmer, aber die Tür war verschlossen. Der Schlüssel steckte nicht.

»Jakob hat abgeschlossen«, sagte sie hinter mir. »Damit keiner reingeht. Ist ja Ihr Zimmer.«

Ich drehte mich um: »Wer ist keiner?«

»Keiner von den anderen.«

»Welche anderen?«

»Na, unsere Freunde.«

Ich wollte nicht schon wieder sagen, dass diese anderen noch nicht lange Jakobs Freunde sein konnten. Ich war im falschen Film. Besser, ich sagte erst mal nichts. Die Dialoge gefielen mir nicht. Hoffentlich wurde auch die Handlung bald besser.

Ich ließ sie stehen und ging hinauf zu Papa. Er war nicht da. Immerhin war hier alles wie früher. Fast alles. Auf der Ablage in der Küche stand ein großer Obstteller. Ich sah in den Kühlschrank. In der Tür eine Flasche Wein, das Gemüsefach voller Gemüse. Unter der Ablage kein Bierkasten mehr.

Unten war sie wieder in der Küche. Nudeln kochten auf dem Herd, sie hatte Schinken gewürfelt und zog Tomaten die Haut ab.

»Ich mache Nudelauflauf«, sagte sie. »Herbie mag den so.«

»Wer ist Herbie?«

Sie wies mit dem Finger zur Decke.

»Wohnt oben noch jemand?«

Sie sah mich verständnislos an.

»Wissen Sie, wo mein Vater ist?«

»Mit Jakob zur Videothek. DVDs holen.«

Aha. Obst und Gemüse. Wein und DVDs statt Bier und Soaps. Dieser Teil der Handlung gefiel mir.

Ich stand wie eine Fremde in meiner Küche, sah einer fremden jungen Frau beim Kochen zu und kam mir komisch vor. Ich ging hinaus und setzte mich auf die Treppe vor der Haustür. Hier war alles wie immer, die Bäume, die Straße, die Häuser mit ihren Gärten. Die Luft. Keine tätowierten Mädchen, kein indisches Bordell.

Die alte Frau Behrens fuhr auf dem Rad vorbei und winkte. Frau Brucheisen von nebenan führte ihre kläffenden Zwergspitze aus. Gegenüber rasten die Nachbarskinder auf Rollern über den Gehsteig, berauscht von ihrer eigenen Geschwindigkeit.

Ein Motorrad hielt am Straßenrand, der Beifahrer sprang herunter und kam auf mich zu. Ich erkannte ihn erst, als er den Helm abnahm.

»Jakob.«

»Mama! Du wolltest doch erst morgen …«

»Nein. Ich habe dir gemailt, dass ich heute komme.«

»Oh, Schei…«

Er lief ins Haus.

Der Motorradfahrer war auch abgestiegen. Einer von den neuen Freunden wahrscheinlich. Er nahm den Helm ab.

Sein Haar war kurz geschoren, und er hatte sich einen Schnurrbart wachsen lassen. Er trug Jeans, Lederjacke, Cowboystiefel und ein rosa Tuch mit der Spitze nach vorne um den Hals. Sein Gesicht war gebräunt, er kniff die Augen zusammen wie ein Cowboy und ging auch wie einer.

High Noon, Helena. Papa kommt. Papa?

»Herzlein. Da bist du schon. Was für eine Überraschung.«

Er nahm mich in die Arme. Ich legte den Kopf an seine Schulter und sog die Luft ein. Er sah nicht mehr aus wie sonst, aber er roch noch so. Nach dem Rasierwasser, das er benutzt, so lange ich ihn kenne.

»Seit wann hast du ein Motorrad?«, fragte ich.

»Seit letzter Woche.«

Er drehte sich mit mir im Arm um.

»Ist sie nicht schön?«

Es war eine Sie.

Sie war vorne schmal und hinten breit und trug Grau, schwarzes Leder und viel blinkendes Chrom. Schön ist anders. Ich hasse Motorräder. Meine erste große Liebe hatte eines. Er liebte mich, aber die Maschine liebte er mehr. Sie war immer und überall dabei, außer im Bett. Nein, auch da. Über seinem Bett hing ein Plakat, auf dem sie drauf war. Riesengroß.

»Kannst du die überhaupt fahren? Hast du einen Führerschein?«

»Ich hatte schon ein Motorrad, da warst du noch nicht auf der Welt. Und du hast zum ersten Mal auf einem gesessen, da warst du so.«

Er zeigte es mit den Händen. Säuglingsgröße.

»Natürlich bist du nicht mitgefahren.«

Unter der Lederjacke trug er ein Shirt mit einem Totenschädel darauf.

Ich zeigte darauf.

»Ulkig, nicht? Ist natürlich nur vorläufig. Ich kaufe mir eine Montur. Aber erst, wenn ich abgenommen habe. Vorher hat es keinen Sinn.«

Ich wusste nicht, was eine Montur war und warum man dafür abnehmen musste. Ich wollte es auch gar nicht wissen.

»Danke für deine Postkarten. Es war schön, nicht wahr? Du siehst so gut aus. Richtig erholt. Ganz großes Lob an Armin.«

Er legte den Arm um mich: »Jakob dachte, du kommst erst morgen. Sonst hätten wir dich natürlich anders empfangen. Sollen wir nachher ein Glas Wein trinken? Ich muss mich nur einen Moment hinlegen. Ich war den ganzen Tag unterwegs. Das Wetter ist so schön. Bestes Motorradwetter, weißt du.«

Er stieg mit steifen Beinen die Treppe hinauf. Ich wollte ins Bad, doch die Tür war verschlossen. Wasser rauschte.

Ich ging in die Küche. Neben dem Herd stand der Nudelauflauf, mit Plastikfolie abgedeckt. Auf die großen Flusskiesel auf der Fensterbank hatte jemand mit rosa Filzstift Blümchen gemalt. An der Kühlschranktür klebten Bilderstreifen aus dem Fotoautomaten: Jakob und das Mädchen, lachend, ernst blickend, Grimassen schneidend. Ich zog sie ab und legte sie vor seine Tür.

Im Wohnzimmer war lautes Poltern zu hören. Ich drückte die Tür auf. Jakob schob das Sofa an seinen Platz. Sein Gesicht war rot und angestrengt, nicht nur vom Sofaschieben. Er trug Schwarz wie das Mädchen und hatte sich seine schönen Locken zu einem hässlichen kurzen Schnitt mit einer Art Hahnenkamm scheren lassen.

»Was ist hier los, Jakob?«

Er drehte sich um und sah mich wütend an: »Was soll hier los sein? Ich habe gedacht, du kommst morgen, dann wäre alles in Ordnung gewesen.«

»Das meine ich nicht …«

»Was dann? Was soll denn sonst los sein?«

Er war neunzehn, aber er hatte einen Rückfall in die Pubertät, mit dem patzigen Ton und der Wahnsinnslogik, gegen die du nicht viel machen kannst.

»Gibst du mir den Schlüssel zu meinem Zimmer? Das Mädchen hat gesagt …«

»Sie ist kein Mädchen. Sie ist eine Frau. Und sie heißt Sky!«

Ich hielt ihm die Hand hin: »Schlüssel her.«

Er kramte ihn aus seiner Jeanstasche und gab ihn mir, ohne mich anzusehen.

Ich schloss auf, zog meinen Koffer hinein und öffnete die Tür zur Terrasse.

Jakob stand jetzt draußen auf dem Gartenweg, zusammen mit ein paar Jungs in Schwarz, die ähnliche Frisuren hatten wie er und rauchten. Einer warf seine Zigarette auf den Weg und trat sie aus.

Demnächst wird jeder erschlagen, der seine Kippe in diesem Garten austritt, dachte ich und machte die Tür wieder zu.

Im Flur roch es nun auch nach indischem Bordell. Das Badezimmer war immer noch verschlossen, drinnen rauschte immer noch Wasser.

Verdammt. Ich wollte duschen, die Spuren der Reise abwaschen, der Insel, der Nächte mit Armin. Als ob man das könnte. Aber ich wollte wenigstens so tun als ob.

Ich ging hinauf zu Papa und duschte in seinem Bad. Auf der Ablage stand die teure Männerkosmetik eines amerikanischen Modeschöpfers. Bodylotion, Gesichtscreme, Eau de Toilette. Komisch. Papa war eigentlich der biedere Seife-Rasierwasser-Typ. Sein altes Rasierwasser war noch da, Gott sei Dank. Aber die neuen Sachen dufteten gut, und als ich wieder hinunterging, duftete ich auch so.

Unten war es still. In der Küche leuchtete der Backofen. Jemand hatte den Nudelauflauf hineingeschoben und die Zeituhr eingeschaltet.

Auf der Straße lärmten Motorräder. Die Jungs in Schwarz warfen ihre Maschinen an, ließen Jakob und das tätowierte Mädchen aufsteigen und fuhren davon. Jakob und seine neuen Freunde waren auf der Flucht vor Mama. Immerhin war es nett von dem Mädchen, dass sie den Auflauf in den Backofen gestellt hatte.

Das Wohnzimmer war wieder wie früher, nur der süßlich-billige Geruch der Räucherstäbchen hing noch darin. Ich öffnete alle Fenster und die Tür zur Terrasse.

Draußen auf dem Tisch stand ein überquellender Aschenbecher, an der Hauswand waren leere Bierflaschen aufgereiht. Zigarettenkippen steckten in der Erde der Beete und Bierflaschen mit dem Hals nach unten zwischen den Rosenstöcken und Lavendelsträuchern. Auf den Flaschenböden hatten sich Tropfen gesammelt und glitzerten auf dem Glas.

Ich tat die Bierflaschen, die an der Hauswand standen, in eine Plastiktüte, kippte den Inhalt des Aschenbechers dazu und stellte die Tüte in Jakobs Zimmer. In der Küche klingelte der Herd. Ich deckte den Tisch und ging hinauf, um Papa zu holen.

»Papa?«

Ich schaute ins Wohnzimmer. Er hatte sich so, wie er war, aufs Sofa fallen lassen und schlief. Selbst die Cowboystiefel hatte er noch an und sah nun wirklich aus wie einer. Dirty Harry. Dirty Herbie ... Ach so. Jetzt begriff ich, wen das tätowierte Mädchen vorhin gemeint hatte. Sie nannte ihn Herbie.

Sein Gesicht war eingefallen vor Erschöpfung. Er war nicht nur der coole Biker, er war auch fünfundsiebzig und körperliche Anstrengung nicht mehr gewohnt. Auf der Nase und der kahlen Stelle oben auf seinem Kopf, die man sonst nie sieht, weil er so groß ist, hatte er einen Sonnenbrand. Ich musste Sonnencreme mit hohem Lichtschutzfaktor besorgen und ihn zwingen, sie zu benutzen. Er war dem Schlaganfall und der Schrumpfleber ja nicht entkommen, um jetzt Hautkrebs zu kriegen.

Ich breitete die Sofadecke über ihn und ließ ihn schlafen.

Unten setzte ich mich auf die Terrasse und aß von dem Auflauf, den das tätowierte Mädchen gemacht hatte. Er schmeckte außergewöhnlich gut. Kochen konnte sie, was immer sonst mit ihr los war.

Die Stille um mich und das Alleinsein waren fast schmerzhaft. Ich tat, was ich auf keinen Fall hatte tun wollen, ich dachte an die Insel. Um diese Zeit waren wir meist vom Spaziergang zurückgekommen, angefüllt mit ihrer Frische und durchweht von ihrem Wind, und hatten uns im Hotelrestaurant an unseren Platz am Fenster gesetzt. Nach hinten zum Garten, wo man über Reetdächer und Deichwiesen aufs Wattenmeer sah. Und Armin blickte von der Speisekarte hoch und lächelte mich an.

Ich spürte Tränen hochsteigen und schluckte krampfhaft. Ich wollte auf keinen Fall weinen. Ich aß noch eine große Portion von dem Auflauf, ging hinein und packte meinen Koffer aus.

Es klingelte. Burkhard. Ich rannte zur Tür, riss sie auf und warf mich in seine Arme.

Er hielt mich fest und lachte glücklich: »Habe ich dir so gefehlt?«

Ich antwortete nicht.

Er stellte die Flasche mit unserem Lieblingssekt, die er in der Hand hielt, auf die Flurkommode und zog mich ins Schlafzimmer und aufs Bett.

Wir zerrten uns die Kleider vom Körper und liebten uns heftig und rauschhaft. Es tat gut, so schnell und ganz und gar zu ihm zurückzukehren. Wenigstens mit meinem Körper. Es war außerdem gut, dass er nicht so genau in mein Gesicht sehen und auf den Klang meiner Stimme hören konnte und womöglich merkte, wie fern ich gewesen war. Wie fern ich ihm immer noch war.

Als wir voneinander abließen, war es dunkel geworden.

»Mhm. Du hast dich gut erholt.«

Er langte nach dem Schalter der Nachttischlampe. Ich hielt seine Hand fest.

»Nicht. Es ist so schön im Dunkeln.«

»Wie war's denn? Warst du beim Drehen dabei? Hast du Armin oft gesehen?«

Ich wollte so wenig wie möglich lügen. Ich sagte, ich wäre nach dem Drehen immer mit Armin spazieren gegangen, hätte mit ihm gefrühstückt und häufig mit ihm zu Abend gegessen.

Er zuckte zusammen.

»So oft wart ihr zusammen?«

»Ja. Warum nicht? Wir haben uns seit damals immer nur kurz gesehen. Es war ganz schön, dass wir Zeit miteinander hatten. Wir waren schließlich mal verheiratet und haben ein Kind.«

Ich spürte, wie er nickte und sein Körper sich entspannte. Er zog mich noch fester an sich, und ich hörte auf seine tiefer und länger werdenden Atemzüge.

Ich konnte nicht schlafen. Das Fenster stand offen, und ich lauschte hinaus. Schließlich kamen die Motorräder, laut lärmend so spät in der stillen Straße. Der Lärm erstarb, gedämpfte Stimmen waren zu hören, die Haustür wurde geöffnet und fiel ins Schloss. Jakob war wieder zu Hause.

Ich schlief sofort ein.

6

Ich wollte nur nach Hause kommen und in mein altes Leben zurückkehren. Aber das ging nicht. Mein altes Leben gab es nicht mehr. Jakob und Papa waren nicht mehr die Alten. Ich wahrscheinlich auch nicht. Und mein Zuhause schon gar nicht.

Als ich am anderen Morgen im Bademantel in die Küche schlurfte, saßen drei von den schwarzen Jungs am Küchentisch und tranken Kaffee. Sie streiften mich mit einem kurzen Blick und murmelten etwas, das möglicherweise Guten Morgen bedeutete. Ich murmelte auch etwas und sah nach der Kaffeemaschine. Sie dampfte leer vor sich hin. Ich füllte die glühend heiße Glaskanne mit Wasser und den Filter mit Kaffee.

Das tätowierte Mädchen kam herein und sah mich scheu an. Sie hatte eine Plastiktüte dabei, in der es klirrte, und einen Aschenbecher voller Kippen, den sie in den Mülleimer leerte. Sie nahm eine Schachtel aus dem Gefrierfach, schichtete tiefgefrorene Croissants auf ein Backblech und machte den Herd an.

Einer der Jungs sagte etwas, worüber die anderen in

lautes Gelächter ausbrachen. Ich drehte mich zur Kaffeemaschine und sah dem Kaffee beim Durchlaufen zu, bis ich ihn in Becher gießen und die Küche verlassen konnte.

Burkhard schlief noch fest, und ich stellte ihm einen Becher auf den Nachttisch und ging ins Wohnzimmer. Die Tür zur Terrasse war offen, zwei weitere schwarze Jungs saßen dort, tranken Kaffee und unterhielten sich. Ich machte kehrt und wollte ins Bad, aber es war verschlossen, und Wasser rauschte laut.

Ich stand im Flur und wusste nicht wohin. Schließlich ging ich die Treppe hinauf und klopfte an Papas Wohnzimmertür. Es dauerte nur einen Moment, dann wurde sie aufgerissen.

»Herzlein. Guten Morgen. Komm herein.«

Er sah auf meinen Kaffeebecher: »Hast du schon gefrühstückt?«

Ich schüttelte den Kopf.

»Setz dich.«

Der Tisch war liebevoll gedeckt, die Balkontür stand offen, frische Spätsommerluft füllte den Raum. Papa brachte Teller, Besteck und eine geblümte Papierserviette und schob mir den Brotkorb hin.

Er trug wieder Jeans wie gestern und dazu ein Jeanshemd mit schillernden Perlmuttknöpfen. So etwas hatte ich noch nie an ihm gesehen. Er war auch sonst wie verwandelt. Die Wolke aus Dunkelheit und Schwere, die ihn umgeben hatte, war fort. Seine Bewegungen waren leicht, sein Gesicht hell, er lächelte. Praktisch ständig. Es war so ungewohnt, dass ich es kaum aushielt.

»Dir geht's so gut, Papa. Was ist passiert?«

»Das verdanke ich der Maschine. Nein, eigentlich den Jungs. Jakobs neuen Freunden. Die haben mich mal fahren lassen. Das hat mich daran erinnert, wie schön es ist, auf einem Motorrad zu sitzen. Es macht dich ganz leicht und frei. Und so lebendig, weißt du?«

»Nimmst du deine Cholesterintabletten?«

»Aber ja. Jeden Morgen. Ich halte auch Diät. Jakob hat mir deinen Diätplan gegeben.«

Er sah mich lächelnd an. Das kurz geschorene Haar und der Schnurrbart standen ihm. Er erinnerte wieder an den gut aussehenden Mann, der er gewesen war, bevor Mama starb.

»Du brauchst jetzt nicht mehr auf mich aufzupassen, Herzlein. Danke, dass du es getan hast. Du hast so viel für mich getan. Ich muss eine schreckliche Last für dich gewesen sein.«

Danksagungen nehme ich später entgegen, dachte ich. Jetzt will ich erst mehr Information.

»Wie hat Jakob die kennengelernt, diese neuen Freunde?«

»Durch Sky.«

»Und wie hat er Sky kennengelernt?«

»In ihrem Geschäft. Er hat sich ein – ach, das darf ich doch …«

»Was hat Jakob sich …«

Er machte sein widerständiges Gesicht.

Ich überlegte. Ein Geschäft, in dem Jakob sich ein …

»Ein Tattoo? Jakob hat sich ein Tattoo stechen lassen?«

Kopfschütteln.

»Wenn du es mir nicht sagst, verrate ich dich. Sonst schweige ich wie ein Grab.«

Er sah mich unsicher an, und sein neuer Schnurrbart schien sich vor Unbehagen zu sträuben.

»Ehrenwort?«

»Ehrenwort.«

»Ein gebrochenes Herz. Auf den Oberarm. Es ist sehr schön geworden. Sky ist eine richtige Künstlerin.«

Und dabei hat er sich in sie verliebt. Nun hat er das gebrochene Herz nur noch auf dem Arm, und seines heilt.

Sonderbar, dachte ich. Kaum bin ich weg, hocken sie nicht mehr drin und glotzen und haben Depressionen und Liebeskummer, sondern gehen raus und lassen sich tätowieren und verlieben sich in die Tätowiererin und kaufen sich ein Motorrad und fühlen sich leicht, frei und lebendig.

Ich dachte an Carolines kostenlosen Ratschlag: Hau mal ab aus dieser Nummer mit deinem Vater, das wird dir guttun und ihm auch. Sie hat recht gehabt. Es war für uns alle gut.

»Ich bin so froh, dass es dir besser geht, Papa.«

»Ich auch, Herzlein. Und Sky ist ein sehr nettes Mädchen. Das wirst du noch sehen.«

Ich verzog das Gesicht.

Er strich über meine Hand: »Vielleicht solltest du keine Vorurteile haben.«

Dazu sagte ich nichts. Ich frühstückte zu Ende und ging wieder hinunter. Die Badezimmertür war noch immer verschlossen, und noch immer rauschte Wasser. Ich konnte mir nicht vorstellen, was das Mädchen so lange darin tat.

Und was machte sie mit all dem Wasser? Mussten Tattoos so sorgsam gewaschen werden?

Auf der Terrasse saßen nun alle schwarzen Jungs und rauchten. Die Tür stand weit offen, und der Rauch zog ins Wohnzimmer, aber das war auch schon egal, denn dort roch es immer noch süßlich-billig nach indischem Bordell.

Ich flüchtete zurück ins Schlafzimmer, ins Bett, in Burkhards Arme.

Die schwarzen Jungs blieben übers Wochenende. Den Samstagnachmittag verbrachten sie mit Jakob und Sky auf dem Rasen, abends fuhren sie alle zusammen mit den Motorrädern weg, kehrten gegen zehn zurück und saßen noch lange draußen, und ihr Reden und Lachen hallte durch die stillen Vorstadtgärten.

Am anderen Vormittag hockten sie verschlafen vorm Gartenhäuschen. Offenbar hatten sie darin übernachtet. Sky und Jakob kamen heraus und brachten Kaffee und Croissants.

»Waren die immer hier, als ich weg war?«, fragte ich Burkhard.

»Kann ich nicht sagen. Ich habe mich nur ein paarmal im Garten in die Sonne gelegt. Und die beiden haben mich zum Essen eingeladen. Die Kleine kocht sehr gut. Und sie ist nett.«

Ich schnaubte.

»Hast du etwa Vorurteile?«

»Geh ins Bad«, sagte ich. »Das ist jetzt bestimmt frei. Sie kann nicht mehr drin sein, sie sitzt da drüben.«

Papa kam über den Gartenweg, einen Rollkragenpullover

unter der Lederjacke, den Motorradhelm unterm Arm. Er blieb bei ihnen stehen, und sie begrüßten ihn begeistert und lauschten aufmerksam der langen Geschichte, die er erzählte. Ein Schwank aus seinem Leben vermutlich. Als er damit fertig war, gab er ihnen die Stange Zigaretten, die er dabeihatte, kam zurück und herauf zur Terrasse, als ich ihm zuwinkte.

»Waren die immer da, als ich weg war?«

Er nickte.

»Es sind seine neuen Freunde. Und seine neue Liebe. Das tut ihm doch alles so gut nach der traurigen Affäre mit dieser blonden Jurastudentin.«

»Und du schenkst ihnen Zigaretten?«

»Die haben nicht viel Geld, die Jungs. Die rauchen das Billigzeug aus dem Discounter oder drehen selbst. Da sollen sie mal was Anständiges kriegen.«

Und ich ziehe dann die Kippen aus dem Rasen, dachte ich. Aber ich sagte es nicht, es klang so verdammt nach nörgelnder Hausfrau.

Mittags verschwanden sie alle und waren erst am späten Nachmittag wieder da, als Burkhard gerade in seine Wohnung gefahren war und ich auf dem Sofa saß und mir Mühe gab, nicht an die Insel zu denken. Ich hörte Jakob in sein Zimmer gehen und Sky ins Bad. Draußen kamen die schwarzen Jungs über den Gartenweg, richteten sich auf dem Rasen ein, holten Bierflaschen aus Plastiktüten und zündeten sich Zigaretten an.

Aus den Sofapolstern stieg der Geruch nach indischem Bordell. Alles roch danach, obwohl ich ständig lüftete.

Ich dachte jetzt doch an die Insel, an ihre Luft, ihren

Wind, ihre Geräusche. An ihren Geruch nach Meer, Salz, Sand. Wo die Heckenrosen noch blühten, duftete es zart und süß.

Ich durfte nicht an Armin denken, sonst würde ich anfangen laut zu heulen. Ich sprang auf, zerrte die Bezüge von Sofapolstern und Kissen, brachte alles zusammen mit der Decke in Jakobs Zimmer und ließ den Stapel auf sein Bett fallen.

»Das muss in die Reinigung. Stinkt nach Räucherstäbchen. Sag, sie sollen es mit Schnellservice machen, und frag, was es kostet. Ich gebe dir das Geld.«

Er sah mich düster an. Er hatte sich nicht nur Frisur und Kleiderfarbe seiner neuen Freunde zugelegt, sondern auch ihren Gesichtsausdruck. Arrogant, aggressiv, angeberisch.

»Mit mir redet ja keiner«, sagte ich, »keiner sagt mir, warum diese Sky immer da ist und fremde Typen ständig hier rumsitzen und Bier trinken und rauchen. Also rede ich jetzt mal mit dir. Ist sie bei uns eingezogen? Hat sie keine Wohnung?«

»Genau. Aber sie ist nicht eingezogen. Ich wohne hier, und sie ist mein Gast, bis sie wieder eine Wohnung hat.«

»Wieso heißt sie Sky?«

»Weil ihr Laden *Lucy in the sky with diamonds* heißt. Das ist ein Lied von den Beatles.«

»Das weiß ich, verdammt. Besser als du. Diese neuen Freunde von dir, sind das auch deine Gäste? Oder haben die Wohnungen?«

Er nickte.

»Also sind sie nur zu Besuch bei dir. Dann sollen sie

auch nur in deinem Zimmer sein und nicht in der Küche rumhängen oder auf der Terrasse. Ihr könnt den Sitzplatz vorm Gartenhäuschen für euch haben. Okay?«

»Okay.«

»Ich will keine Kippen und leeren Bierflaschen im Garten. Keine einzige. Seid nachts nicht so laut. Die Jungs müssen ihre Motorräder bis zur Hauptstraße schieben, wenn sie spät wegfahren. Oder umgekehrt, wenn ihr spät kommt. Die Nachbarn beschweren sich. Frau Brucheisen sagt, sie hat's dir schon öfter gesagt. Bevor Sky sich stundenlang im Bad einschließt, muss sie fragen, ob Burkhard und ich fertig sind. Und sie soll wenigstens antworten, wenn man klopft und fragt, wie lange es noch dauert. Ja?«

»Ja! Warum bist du so scheiße drauf, Mama?«

»Weil du so scheiße drauf bist, darum.«

Ich stapfte hinaus. Die Badezimmertür öffnete sich, als ich durch den Flur kam. Skys Haar war feucht, sie verbreitete Blumenduft, und um ihren Körper war ein blütengemustertes Tuch geschlungen, das zu ihren Tattoos passte. Selbst ihre Unterschenkel waren tätowiert. Auch mit Blumen.

Sie erschrak bei meinem Anblick, als wäre ich die Große Böse Schwarze Frau, und huschte eilig weiter.

Ich verzog mich in mein Zimmer, wo es nicht nach Räucherstäbchen roch, und öffnete die Terrassentür. Die Jungs auf dem Rasen erschraken nicht, sondern blickten an mir vorbei, als wäre ich die Große Gemeine Frau, die man besser nicht beachtet.

Ich ging hinüber und blieb vor ihnen stehen. Sie blickten weiter an mir vorbei, aber allmählich wurde es anstrengend für sie.

»Passt mal auf«, sagte ich. »Ich erkläre euch jetzt, wie das hier läuft. Ab sofort. Wenn ihr euch nicht daran haltet, und zwar auch ab sofort, dann kommt ihr nicht mehr rein. Dann könnt ihr euch woanders treffen. Ist das klar?«

Nun sahen sie mich an, mit großen Augen, und die aufgesetzte Arroganz in ihren Gesichtern verwandelte sich in Erstaunen.

»Ich habe euch was gefragt. Ist das klar?«

Sie nickten, erst langsam und zögerlich, dann immer heftiger.

»Ich mache mir Vorwürfe«, sagte Britta. »Wieso habe ich nicht gemerkt, dass du ausgesehen hast wie das kleine Gespenst?«

»Ich habe erst ausgesehen wie das kleine Gespenst, als du schon lange in der Toskana warst. Außerdem ist gar nicht sicher, ob ich wirklich so ausgesehen habe. Das sagt doch nur Caroline.«

»Caroline sieht so was. Und sie hatte ja recht. Du musstest unbedingt raus. Ans Meer! Du bist wie verwandelt.«

Das war nicht nur das Meer, dachte ich.

Draußen dröhnte ein Motorrad heran und hielt vor der Ladentür. Papa stieg ab, schnippte ein Stäubchen vom Fahrersitz, zog das Tuch vom Hals und polierte ein paar Stellen an den Chromteilen, bevor er den Helm abnahm und sich der Buchhandlung zuwandte.

Er hatte sich heute besonders schön gemacht. Die Jeans war grau und auf gebraucht gebleicht, der Totenkopf auf dem Shirt von Rosen umgeben und das Halstuch rosenrot. Er kam frisch vom Friseur und trug nur noch einen silbernen Schimmer von Haar auf dem Schädel.

»Hallo, Helena«, er küsste mich, »ich dachte, ich besuche euch mal. Ich brauche auch ein paar Bücher.«

Halleluja. Papa liest wieder.

»Hallo, Britta. Wie geht es Ihnen?«

Britta starrte ihn an.

»Sie sind so ein schönes Mädchen, Britta. Sie werden immer schöner.«

»Mein Vater«, zischte ich, »du weißt schon, mein Vater.«

Er verstand ihren Blick falsch.

»Entschuldigen Sie bitte. Ich sage einfach Mädchen zu Ihnen. Aber Sie könnten ja auch meine Tochter sein, jung wie Sie sind.«

»Herr Kant? Ach, das macht gar nichts. Äh – natürlich, Herr Kant. Ich freue mich, dass Sie mal vorbeikommen.«

Sie reichte ihm die Hand, die er mit beiden Händen nahm und einen Moment festhielt.

»Nennen Sie mich doch Herbert.«

Was war nur mit ihm los? All die Komplimente und nun auch noch *Nennen Sie mich Herbert.*

»Sie haben so eine schöne Maschine, Herbert. Irgendwann müssen Sie mich mal mitnehmen. Ich liebe Motorräder. Einer meiner Söhne hat eines, aber der will natürlich nicht mit seiner Mutter fahren.«

»Was mir völlig unbegreiflich ist. Wann immer Sie wollen, Britta. Es wäre mir eine Ehre und ein Vergnügen. Bitte verfügen Sie über mich.«

Ich bekam ein Gefühl wie von Seekrankheit.

»Jetzt gleich vielleicht?«

»Nur zu gerne. Nichts lieber als das.«

»Du wolltest doch Bücher kaufen, Papa.«

»Nachher. Wenn wir zurückkommen. Oder ein andermal«, sagte Britta, die sonst ihren rechten Arm dafür gibt, dass jemand Bücher kauft.

»Du hast keinen Helm für sie, Papa. Sie kann nicht ohne Helm fahren.«

»Sie kriegt erst mal meinen, und wir besorgen einen. Ich brauche sowieso einen Beifahrerhelm.«

»Sie hat nichts Warmes zum Überziehen.«

»Mögen Sie meine Lederjacke, Britta? Ich habe noch einen Pullover dabei. Wir können Ihnen auch was kaufen. Eine hübsche kleine Daunenjacke vielleicht?«

Eine hübsche kleine Daunenjacke! Ich gab es auf.

Halbwüchsige Jungs umstanden die Maschine und betrachteten sie sehnsüchtig. Er beantwortete ihre Fragen, während Britta seinen Helm aufsetzte und seine Lederjacke zu ihrem geblümten Kleid anzog. Sie schwang sich auf den Beifahrersitz, legte die Arme um seinen Rücken und winkte mir fröhlich zu, als er losfuhr.

Ich ging hinein.

»Nennen Sie mich doch Herbert«, murmelte ich, »bitte verfügen Sie über mich, es wäre mir eine Ehre und ein Vergnügen!«

Der Kunde in der Leseecke hob den Kopf und starrte

mich an, und ich starrte zurück, bis er den Blick wieder ins Buch senkte.

Schulkinder kamen herein und bevölkerten die Kinderbuchecke. Ich musste aufpassen, dass sie nichts aßen, während sie in den Büchern blätterten, nichts kaputt machten und nichts klauten. Klauen war gerade wieder groß in Mode.

Der Kunde in der Leseecke stellte das Buch zurück und kaufte ein Lesezeichen für achtzig Cent. Er sitzt ständig bei uns und liest und kauft immer nur ein Lesezeichen oder eine Postkarte. Britta hasst ihn.

Ich setzte mich mit meinem Mittagessen aus Joghurt und Apfel hinter den Tresen. Hier drinnen war es kühl, draußen leuchtete der Altweibersommer. Papa ging bestimmt mit Britta essen. Und ich kaute an meinem Apfel, fing an zu frieren und musste mir eine Jacke holen.

Ich dachte an die Insel. An ihr Licht, ihren Wind. An den Seezeichenhafen am Wattenmeer. Die angerosteten orangefarbenen Bojen hinter seinem Zaun, riesengroß, nicht als kleine Punkte auf dem Meer. Das Schild neben dem Tor: *Vernünftige Leute gehen hier sowieso nicht weiter, für alle anderen ist der Durchgang verboten.* An den Weg auf dem Deich, wo der Wind so stark wehte. Auf den Deichwiesen nachdenklich kauende Schafe, auf der anderen Seite im Uferschlick eilig nach Würmern suchende schwarzweiße Vögel mit roten Beinen und Schnäbeln. An das leuchtende Blau des Meeres in der Bucht des Fährhafens, der am Ende des Weges lag.

Im Ort am Fährhafen gab es in einer Eisdiele himmlisches Himbeereis. In einem Rückgebäude an der Hauptstraße war ein kleines Lokal so gut versteckt, dass bestimmt nie jemand vom Team dorthin fand. Es war mit Raffgardinen, Blattpflanzen und viel maritimem Dekor ausgestattet, und Armin und ich waren hingegangen, wenn wir nicht so hatten tun wollen, als wären wir nur seit Langem geschiedene Eheleute.

Danach waren wir in der Dämmerung am Wattenmeer entlang zurückgegangen, bis zu dem Ort mit der kleinen Kirche, wo wir uns an die Bushaltestelle gesetzt und auf den Bus gewartet hatten.

Ich legte den Kopf auf den Tresen.

Hüsteln, Räuspern: »Frau Seeger?«

Ich sah hoch.

Es war der Professor, die Augenbrauen hochgezogen, Missbilligung und Gekränktheit im Blick. Er ist pensioniert, schreibt ein weltbewegendes Werk und bestellt Unmengen teurer Fachliteratur. Nur bei Britta, damit er auf ihren großen Busen und in ihre großen blauen Augen starren kann. Ich habe grüne Augen, und meine Körbchengröße ist nicht der Rede wert.

»Ist Frau von Langen denn nicht da? Wir sind doch verabredet.«

»Oh, Herr Professor! Gerade ist sie weg. Ein dringender Anruf ihrer Tochter. Sie lässt Ihnen ausrichten, dass es ihr schrecklich leidtut. Sie meldet sich, sobald es irgend geht.«

Er war geschmeichelt genug, nickte und ging nach ein paar kurzen Bemerkungen wieder.

Britta kam erst gegen Abend zurück, mit zerzaustem

Haar, sonnenverbranntem Gesicht und zerknittertem Kleid, aufgedreht von der Geschwindigkeit des Motorrads und dem Bier, das sie getrunken hatte.

»Tut mir leid, Helena. Aber es war so schön.«

Sie ließ sich auf den Drehsessel hinter dem Tresen fallen, hob die Hände über den Kopf und drehte sich im Kreis. Ich roch das Bier und dass sie geschwitzt hatte.

»Und dein Vater ist so nett. Ganz anders, als ich ihn in Erinnerung habe. Er hat mich sogar ein bisschen angemacht. Nicht so, dass es stört. Mit Stil, weißt du?«

Doch nicht Papa, dachte ich. Das kommt ihr nur so vor. Sie ist beschwipst.

»Hat er etwa auch was getrunken?«

»Natürlich nicht. Keinen Tropfen.«

Sie kicherte: »Aber ich.«

Sie war sehr beschwipst.

»Der Professor war hier«, sagte ich streng. »Ihr wart verabredet.«

Sie drehte noch eine Runde auf dem Drehsessel.

»Ach, dieser schreckliche alte Mann. Was bin ich froh, dass ich den verpasst habe.«

Der Professor ist VIP-Kunde, weil er so guten Umsatz macht. Verlässlich, jeden Monat. Normalerweise rollt sie den roten Teppich für ihn aus.

»Britta! Was ist mit dir? Ist irgendwas nicht in Ordnung?«

»Nein, wieso? Alles okay. Es war einfach so schön, weißt du? Am Fluss, in der Sonne. Auf der Maschine! Da bist du ganz frei. Das ist das Leben! Das will ich. Keinen pensionierten Professor, der mir auf den Busen starrt.«

So hatte ich sie noch nie erlebt. Ich sagte nicht noch mal »Britta!«, weil es offensichtlich nicht half, sondern machte einen starken Kaffee und stellte den Becher mit Nachdruck vor sie hin.

»Jetzt werde erst mal wieder nüchtern. Und wasch dich. Du stinkst.«

Als ich nach Hause kam, war alles still. Keine Motorräder vor dem Haus, nur ein verlassenes Lager aus Sitzpolstern, Schlafsäcken und in die Erde gesteckten Sonnenschirmen auf dem Rasen. Dazwischen Keramikaschenbecher mit Deckeln, die Sky überall im Garten verteilt hatte. Keine leeren Bierflaschen. Sie kamen immer sofort in den Kasten im Gartenhäuschen. Auch dafür sorgte Sky.

Auf der Flurkommode lag die Post, nach Größe geschichtet und nach Empfängern sortiert, weil Papa sie neuerdings reinholte. Skys Stapel war immer der größte und bestand fast nur aus geheimnisvollen Luftpostbriefen mit fremden bunten Marken. Eine internationale Vereinigung von Tattookünstlern vielleicht? Aber warum schrieben sie einander Briefe und nicht Mails?

Ich hatte Hunger und schob eine große Tiefkühlpizza in den Backofen.

Im Wohnzimmer schlugen die Flügel der Terrassentür gegen den Rahmen. Am Himmel türmten sich dunkle Wolken. Ein Gewitter war angesagt. Der aufkommende Wind fegte durch den Garten, und in der Ferne blitzte und donnerte es schon.

In meiner Post gab es nur Werbung für Gesundheitsschuhe und Naturwaren, eine Mitteilung der Rentenversicherung und einen dicken Umschlag. Wahrscheinlich die monatlichen Kontoauszüge. Aber er war in schöner Schrift adressiert und aus feinstem Papier – ein Brief von Roberto.

Ich riss den Umschlag auf.

Liebe Helena,

was sind Erinnerungen? Bilder, die unser Gehirn produziert. Das ist, einfach formuliert, die Definition. Du hast es nie leiden können, wenn ich mit Definitionen kam, Du fandest sie kalt und trocken. Das sind doch bloß Definitionen, tote Erklärungen, hast Du gesagt, das ist nicht das Leben, Roberto! Aber die Bilder von Dir, von uns, die mein Gehirn produziert, sind voller Leben. Vielleicht ist es ja auch meine Seele, die sie herstellt. Mein ganzes Sein, das sie hervorbringt.

Zum Beispiel das Bild von dem Ort, wo wir das erste Mal miteinander geschlafen haben. Es war das Jagdhaus vom Vater eines Freundes, es war schwierig gewesen, einen Platz zu finden, an dem wir allein sein konnten und ungestört. Du hattest Deine Eltern deswegen belogen, und ich meine, wir waren angeblich auf einer Klassenfahrt mit Übernachtung. Das Jagdhaus war schrecklich, voll mit dunklen schweren Möbeln und Teilen von toten Tieren, Hirschgeweihen, ausgestopften Vögeln. Es regnete, und die Tannen draußen rauschten so unheimlich, wie nur Tannen rauschen können.

Du warst siebzehn, ich achtzehn, wir waren beide unschuldig und wussten nichts, nur ich musste so tun, als wüsste ich etwas, ich war ja der Mann. Ich hatte Kondome besorgt, auch sehr schwierig, die bekam man in Apotheken unter dem Ladentisch,

aber nicht, wenn man so jung aussah wie ich. Der Freund mit dem Forsthaus wusste von einem Kondomautomaten in der Herrentoilette einer Kneipe, und aus dem zog ich mit zitternden Fingern eine Schachtel.
Das Bett im Forsthaus war auch aus dunklem schwerem Holz, die Bettwäsche rot-weiß gewürfelt, das Zimmer kalt und feucht. Wir brauchten etwas zum Unterlegen, es war Dein erstes Mal, wir durften keine Spuren hinterlassen. Ich hatte das mit dem Kondom geübt, aber ich konnte mir nicht vorstellen, dass es klappen würde, wenn wir zusammen waren.
Unsere erste Nacht war nicht leidenschaftlich und überwältigend, wie auch, wir waren unsicher und ungeschickt, aber sie war – ich weiß kein Wort dafür. Ich habe nicht geschlafen in dieser Nacht, ich habe Dich danach im Arm gehalten, Deine Haut gespürt, Deinen Atem an meiner Brust, auf das Rauschen der Tannen und des Regens gehört, und war – es gibt kein Wort dafür.
Am anderen Morgen räumten wir sorgfältig auf, damit keiner merkte, dass wir da gewesen waren, gingen durch den Wald zur Bushaltestelle und fuhren mit dem Bus nach Hause. Wir hielten uns an der Hand, sprachen wenig und waren – nein, nicht glücklich. Das ist zu wenig. Es war viel mehr als das. Aber nennen wir es glücklich. Das richtige Wort dafür gibt es sowieso nicht.
Wir waren ein altes Liebespaar. Wir liebten uns ja schon seit vier Jahren, seit Du dreizehn warst und ich vierzehn. Nun waren wir erwachsen – mehr oder weniger – und bekamen die körperliche Liebe als Geschenk dazu, lernten, wie sie ging, lernten, wie schön sie war. Mein Gott, war das gut. Wir sahen

uns jeden Tag in der Schule, machten Schularbeiten zusammen, gingen schwimmen, eislaufen, manchmal ins Kino. Wenn wir miteinander schlafen wollten, gingen wir im Sommer in den Schuppen am Bahndamm, im Winter in die Studentenbude des Freundes, der uns schon mit dem Jagdhaus versorgt hatte. Was für ein gutes Leben. Und so würde es bleiben, nein, es würde noch schöner werden, wir würden heiraten, eine eigene Wohnung haben, Kinder. Was für ein Glück.

Wir haben unseren Eltern nie gesagt, was wirklich mit uns war. Wir wussten, was sie sagen würden. Dass wir zu jung waren, dass ich so bald keine Familie ernähren konnte. Sie würden sowieso nicht wollen, dass wir zusammenblieben, Jugendfreundschaft ja, Ehe nein, Dein Vater war höherer Beamter, meiner Handwerker, das passte nicht, auch wenn wir beide aufs Gymnasium gingen.

Wir wollten warten, noch mal vier Jahre, bis Du einundzwanzig warst und wir heiraten konnten, auch ohne ihre Erlaubnis. Bis dahin würden wir uns heimlich lieben, kein Problem, wir waren ja zusammen. Solange wir zusammen waren, war alles gut. Und so war es auch. Es war so gut.

Die Zeit mit Dir war die beste Zeit meines Lebens, Helena. Hätte ich nur die gehabt, es hätte auch gereicht.

Dein Roberto

Vier Seiten. Gegen Ende war die Schrift nicht mehr schwungvoll und klar, sondern krakelig und verzerrt. Die letzte Seite war immer schwerer zu lesen und der Schluss nur mühsam zu entziffern: *Die Zeit mit dir war die beste, hätte ich nur die gehabt, es hätte auch gereicht.*

Das ist so schön. Und so schrecklich. Wie kann einer so etwas schreiben? Was war mit dem Rest seines Lebens? Er war doch noch so jung damals. Wer ist das, verdammt noch mal? Und warum schreibt er mir? Ach, er schreibt ja nicht mir, er schreibt einer anderen Helena Kant. Aber warum schickt er die Briefe hierher?

Ich sah hoch und merkte jetzt erst, dass es heftig goss. Der Wind trieb den Regen in Schleiern vor sich her, knickte die Stängel der letzten Stockrosen und Sonnenblumen, riss Blätter von den Bäumen und ließ die aufgespannten Sonnenschirme, die in der Erde gesteckt hatten, durch den Garten trudeln.

Aus der Küche kam Brandgeruch. Ich rannte hinüber und riss die Backofentür auf. Die Pizza war schwarz. Ich zog das Blech heraus und kippte sie in den Mülleimer.

Ich holte die Briefe von Roberto aus meinem Zimmer und ging hinauf zu Papa.

Er stand in der Küche, duftete frisch geduscht, trug neue Jeans und schnitt Tomaten, Gurken und Paprika. Er hatte sich einen eigenen Diätplan gemacht. Morgens aß er Müsli, abends Salat, mittags ging er ins Veggie-Bistro am Voltaireplatz. Seine Diät war radikal cholesterinarm und vitaminreich, und er zählte jede Kalorie, damit er bald in die Montur passte.

Ich wusste jetzt auch, was das war. Ein Motorradanzug aus Leder. Wenn er so weitermachte, konnte er sich bald einen kaufen. Einen für den ganz schlanken Biker.

Er hob den Kopf und lächelte. Ich legte die Briefe neben die Salatschüssel und zeigte auf die Adressen.

»Sieh mal, Papa. Alle an eine Helena Kant. Aber nicht für mich. Hat es hier schon mal eine Helena Kant gegeben? Außer mir?«

Er schüttelte den Kopf.

»Oder eine Helena? Ohne Kant?«

»Nein.«

»Warum heiße ich dann Helena?«

»Nach deiner Urgroßmutter. Die hieß Helene. Was sind das für Briefe?«

»Ein Mann schreibt an diese Helena und erinnert sie an die Liebesgeschichte zwischen ihnen beiden. Die muss ziemlich lange her sein. Da bekam man Kondome nur in der Apotheke unterm Ladentisch.«

»Kondome?«, fragte er, als höre er das Wort zum ersten Mal. Als wäre ich noch ein kleines Mädchen, mit dem man über dergleichen nicht spricht.

»Ja, Kondome, Papa. Du weißt doch, was das ist. Wann gab's die nur unterm Ladentisch? Oder in Automaten in Kneipentoiletten?«

»In den Fünfzigern. Auch noch in den Sechzigern. Aber wer schickt dir solche Briefe, Helena? Das ist ein Spinner, und du weißt nicht, ob er harmlos ist oder nicht. So was soll man nicht annehmen. Schreib *Zurück an Absender* drauf, und steck sie wieder ein. Oder wirf sie weg.«

»Sie sind nicht für mich. Sie haben auch keinen Absender. Es muss noch ein Brief gekommen sein, bevor ich eingezogen bin. Kannst du mal nachsehen, ob du den findest?«

Er nickte, mischte Essig, Öl und Salz und fing an, Schnittlauch zu schneiden.

»Isst du mit mir?«

»O ja. Meine Pizza ist verbrannt.«

Ich holte Teller aus dem Küchenschrank. Er nahm sie mir weg.

»Das mache ich. Geh schon rüber.«

Auf dem Tisch im Wohnzimmer lag eine Tischdecke mit grellbuntem Blumenmuster. Mama hatte immer Sets darauf gelegt, damit man das schöne Holz der alten Platte sah. Sie mochte Tischdecken nicht. Ich auch nicht. Ich hätte diese am liebsten vom Tisch gezogen und nach Mamas Sets gesucht.

Ich sah mich um. Papa war einkaufen gewesen. Statt der seidenen Kissenbezüge in klaren Farben gab es jetzt welche mit üppigen Mustern, statt der geraden Silberleuchter welche aus Messing in falschem Barock. Eine Reihe neckischer Scheibengardinen am Fenster. Eine Messinguhr unter einem Glassturz im Bücherregal. Spitzendeckchen lagen unter allem, was auf dem Couchtisch und den Beistelltischen stand. Das Schlimmste war ein Behälter mit schwarzen Lackuntersetzern, die in irgendeiner chinesischen Ausbeuterfabrik mit hässlichen goldenen Vögeln und Blumen bemalt worden waren.

Der ganze Kram wäre nicht nach Mamas Geschmack gewesen. Er war auch nicht nach meinem. Und es gab mir einen schmerzhaften Stich, dass er Dinge, die Mama geliebt und schön gefunden hatte, einfach rausschmiss und durch andere ersetzte.

Aber er durfte das. Es war seine Wohnung und sein Leben. Und wenn dieser Kram zu seinem neuen Leben gehörte, musste ich ihn akzeptieren, nicht widerwillig, sondern mit Charme und Grazie. Sonst wurde er womöglich wieder depressiv, weil er merkte, dass mir seine Deckchen nicht gefielen.

Er deckte den Tisch und brachte Salat, Brot und Wein.

»Sieh mal«, er strich über die Tischdecke, »schön, nicht? Mit passenden Servietten. Und hier«, er holte Untersetzer und schob sie unter die Gläser, »wie findest du die? Auch schön, oder?«

»Sehr schön, Papa.«

Er war mit Mama glücklich gewesen, keine Frage. Aber vielleicht hatte er all die Jahre Sehnsucht nach Spitzendeckchen, Untersetzern und falschen Barockleuchtern gehabt, die nun endlich erfüllt wurde. Das konnte man doch nur schön finden, oder? Entschuldige, Mama.

Sein Salat war gut, wenn man bedachte, dass er in den Jahrzehnten mit Mama nie etwas Essbares zubereitet und nach ihrem Tod von Tütensuppen und Fertiggerichten gelebt hatte. Ich war hungrig und nahm drei Mal davon. Er schob seinen Teller nach einer Portion beiseite.

»Ich werde ein Fest geben, Helena.«

»Tolle Idee. Wo, wann?«

»Im Garten. Nächste Woche Samstag. Es wird wieder sehr warm. Zu warm für die Jahreszeit. Aber genau richtig für mein Gartenfest.«

»Wo im Garten?«

»Das wirst du schon sehen.«

»Wen lädst du ein?«

»Dich, Jakob, Burkhard. Irene, Georg. Sky. Und deine Freundin Britta.«

»Dann sind wir acht. Was soll ich kochen?«

»Das mache ich schon.«

»Du kannst doch gar nicht kochen. Du hast auch nicht genug Gläser und Geschirr.«

»Werde ich alles haben. Du tust nichts. Du hast genug für mich getan.«

Bis vor Kurzem hatte er keinen Finger gerührt, jetzt wollte er alles allein machen. Ich war froh darüber, aber es nervte mich auch. Es erinnerte mich an die Zeit, als Jakob ungefähr zwei gewesen war und auch immer gesagt hatte: »Selber machen, selber machen!«, was mich auch so genervt hatte. Du bist so überflüssig, wenn sie alles allein machen.

»Na gut. Wenn du meinst. Kriege ich noch einen Schluck Wein?«

Er goss mein Glas wieder voll.

»Nein, wir sind neun. Armin lade ich auch ein.«

Mein Herz fing an heftig zu klopfen.

»Armin? Wieso lädst du Armin ein?«

»Er ist Jakobs Vater, und Jakob freut sich, wenn er kommt. Es hat mir gefallen, dass er dich ans Meer mitgenommen hat. Ich habe ihn schon immer gemocht. Ich habe nie verstanden, warum ihr euch …«

»Papa!«

Er schwieg.

»Warum soll ich ihn denn nicht einladen?«, fragte er.

Weil ich solche Sehnsucht habe. Ich habe ihn nicht mehr gesehen, seit ich von der Insel zurück bin. Es ist nur zwei Wochen her, aber die Sehnsucht bringt mich fast um. Ich will sie nicht haben. Ich muss sie mir abgewöhnen. Ich darf nicht mehr an ihn denken. Das ist schwierig genug, aber wie soll ich es schaffen, wenn ich ihn wiedersehe?

Papa sah mich fragend an.

»Ist schon okay«, sagte ich. »Es hat mich nur überrascht.«

»Ist was mit dir, Helena?«

»Nein. Ich bin nur müde.«

Ich trank das Glas aus und stand auf.

»Schlaf schön, Herzlein.«

»Du auch.«

Unten roch es ekelhaft nach Verbranntem. Ich öffnete Fenster und Türen. Das Gewitter war vorbei, aber es hatte so heftig geregnet, dass große Wasserlachen auf dem Rasen standen. Ich schleppte die Polster und Schlafsäcke ins Trockene und holte die Sonnenschirme aus den Beeten, wo der Sturm sie hingeweht hatte.

Es kam mir vor wie das Aufräumen nach einer Katastrophe. Dabei war gar nichts Schlimmes passiert. Bloß viel Regen und eine verbrannte Pizza. Robertos Brief. Papas Deckchen und Untersetzer. Das Fest, das er feiern wollte. Alles kein Problem. Schon gar nicht katastrophal.

7

Ich freue mich auf Papas Fest«, sagte Irene. »Soll ich früher kommen und dir helfen?«

»Wobei willst du helfen?«

»Er sagt, es gibt ein großartiges Menü.«

»Nicht von mir.«

»Von wem dann?«

»Keine Ahnung.«

»Er sagt, es ist ein Gartenfest. Auf deiner Terrasse?«

»Das will er nicht.«

»Wo sonst? Wenn es ein Menü gibt, sitzen wir am Tisch und machen kein Picknick auf dem Rasen. Er hat gesagt, ich soll mich schön machen. Doch bestimmt nicht, damit ich auf einer Decke hocke, oder?«

Papa machte es spannend. Jakob und Sky wussten auch nichts. Er hatte sie gefragt, ob er das Gartenhäuschen für sein Fest haben könne, und sie hatten ihm angeboten, es auszuräumen, aber er hatte gesagt, das würde er selber machen.

Als ich Samstagnachmittag aus der Buchhandlung kam, parkten Transporter mit den Aufschriften *Partyverleih, Vino-*

teria und *Schöne Sachen für Essen und Trinken* am Straßenrand, und ein Minivan, auf den gelbes und rotes Gemüse gemalt war, stand in der Auffahrt. Ich suchte mir woanders einen Parkplatz und ging in den Garten.

Auf dem Rasen war ein Pavillon aus Metall mit einem Pagodendach aufgestellt und vor dem Gartenhäuschen eine luxuriöse Gartenküche aus Edelstahl. Ein Mann montierte Lampen innen am Pavillondach, zwei weitere brachten einen Tisch und Stühle. Jemand rumpelte mit einer Sackkarre voller Kartons, auf denen *Vinoteria* stand, an mir vorbei.

Aus dem Gartenhäuschen klang lautes Lachen. Eine Frau mit rot gefärbten Haaren, die einen grünen Pullover und eine gelbe Hose trug, trat aus der Tür. Der Wagen mit dem aufgemalten Gemüse fiel mir ein.

Papa kam hinter ihr her und winkte, als er mich sah.

»Hast du mal einen Moment Zeit?«

Hatte ich. Und ob. Und wie.

»Meine Tochter Helena«, sagte er, »Frau Prössl. Frau Prössl gehört das Veggie-Bistro, wo ich immer zu Mittag esse. Es schmeckt großartig bei ihr. Und weil sie auch Partyservice anbietet, sorgt sie heute Abend für unser Menü.«

»Freut mich, Sie kennenzulernen«, sagte Frau Prössl. »Jetzt muss ich aber weiter.«

»Ich bringe Sie zum Wagen«, sagte Papa. »Denk dran, Helena. Aperitif um sechs.«

Als ob ich das vergessen könnte.

Um halb sechs war Frau Prössl wieder da, brachte einen jungen Mann in Weiß und eine Servierkraft in Schwarz mit und überwachte das Tischdecken. Sie trug jetzt etwas Goldfarbenes und goldfarbene Ohrhänger, und ihr rotes Haar war üppig gelockt.

»Wer ist das?«, fragte Irene.

»Die Köchin. Frau Prössl vom Veggie-Bistro.«

»Da liegt die Latte aber hoch. Gut, dass ich mir Mühe gegeben habe.«

Ich sah in den Spiegel an der Wand meines Zimmers. Ich hatte mir auch Mühe gegeben und das Kleid mit dem tiefen Ausschnitt angezogen, dessen Grün dasselbe ist wie das meiner Augen.

»Schön bist du«, sagte Irene.

Alle hatten sich schön gemacht. Für Papa und sein Fest. Ich hatte mich nur für einen schön gemacht.

Er kam zu spät, brachte eine Flasche alten Whisky und einen riesenhaften Blumenstrauß mit, umarmte Papa und Jakob, begrüßte alle anderen und schließlich mich und gab mir den Strauß.

»Du bist die Gastgeberin, oder?«

»Ich bin auch bloß Gast. Aber ich nehme ihn trotzdem.«

Es waren rosa Rosen, von einem starken dunklen Rosa, die betäubend dufteten.

»Schön«, sagte ich.

Er sah mich an und nickte. Ich sah in seine Augen, und mein Herz tat einen schweren Schlag und schlug dann so leicht und eilig weiter, als wäre es auf der Flucht. Ich brachte die Rosen ins Haus und schnitt jede einzelne sorgfältig an, bevor ich sie ins Wasser stellte, damit ich lange drinbleiben konnte.

Irene kam herein: »Was ist, Helena? Wir wollen essen. Alle warten auf dich.«

Ich setzte mich auf meinen Platz zwischen Jakob und Georg und ließ mir vom Champagner einschenken.

Die Sonne war untergegangen, das Licht klar und schimmernd, Windlichter flackerten in Glasbehältern, und in der warmen Abendluft lagen der Geruch von Herbst und der Duft des Essens. Aus einem Lautsprecher im Pavillondach kam Tafelmusik des Barock, Papas Lieblingsmusik.

Aber ich hörte sie kaum und verstand auch nicht, was die anderen redeten, denn ich sah Armin an, der neben Papa saß. Sein Haar war kürzer und lockte sich stark, er hatte den Dreitagebart abrasiert, sodass sein Mund mit der vollen Oberlippe zu sehen war. Ich dachte daran, wie er mich geküsst hatte. Er hatte die schönen dunklen Augen auf Papa gerichtet, und ich konnte seine dichten Wimpern von hier aus erkennen.

Jemand berührte mich am Arm: »Mama?«

Jakob hielt mir den Brotkorb hin.

»Wo bist du, Helena?«, fragte Irene.

»Hier«, sagte ich und nahm von dem Brot.

Ich sah wieder zu Armin. Alles, was ich wollte, war hinüberzugehen, mich neben ihn zu setzen und seine Hand zu nehmen und bei ihm zu bleiben bis ans Ende meiner Tage.

Weil ich das nicht konnte, aß ich. Langsam und systematisch füllte ich meinen Magen mit Frau Prössls gutem vegetarischen Essen, mit Salaten, Quiche, Pastete, Risotto, Ravioli, Gratins und Gemüsegerichten und spülte mit Champagner nach.

Es dämmerte und wurde dunkel. Die Lampen im Pavillondach leuchteten auf.

Die Serviererin räumte ab, Frau Prössl brachte Kaffee und den Nachtisch. Helle und dunkle Mousse au Chocolat und verschiedene Sorten persischer Süßigkeiten.

Ich aß so viel Mousse, wie ich konnte, und lud mir eine große Portion der Süßigkeiten auf den Teller.

Die anderen sprachen über Motorräder und rote Sportwagen, den Rausch und die Freiheit der Geschwindigkeit. Über Lebensfreude und Liebe, egal, was man liebte, Motorräder oder Menschen. Nur Sky und ich schwiegen. Ich hatte den Mund voll und konnte nicht reden, und sie drehte an ihrem Glas und sah von einem zum anderen und immer wieder zu mir.

Armin bat um einen zweiten Espresso. Ich stopfte mir Dattel-Kokos-Konfekt in den Mund und Walnuss-Rosenwasser-Trüffel und nahm noch mal von der weißen Mousse.

Armin kippte den zweiten Espresso hinunter, entschuldigte sich, dass er schon gehen müsse, umarmte Papa, sagte Auf Wiedersehen zu den anderen und legte Jakob, der neben mir saß, zum Abschied die Hand auf die Schulter.

»Ich bringe dich noch«, sagte ich und stand auf.

Ich ging ihm voran über den Gartenweg, am Haus entlang und um die Ecke. Wir blieben stehen und griffen nach einander, und ich spürte endlich seine Haut, seinen Mund, seine Hände und vergaß alles andere.

»Mama? Wo bist du?«

Ich zog die Hände unter Armins Shirt hervor, schob

meinen Ausschnitt hoch und versuchte meine Haare zu ordnen.

»Hier!«

Jakob schaute um die Ecke: »Irene fragt, wo du bleibst.«

Er kam näher und sah uns fragend an. Ich war froh, dass wir im Schatten standen.

»Was macht ihr denn?«

»Wir haben was besprochen.«

»Ich gehe dann mal«, sagte Armin hastig, strich Jakob über den Arm und küsste mich auf die Wange.

Wir hörten auf seine Schritte, das Zuschlagen der Autotür und den Lärm, mit dem der rote Wagen sich entfernte.

»Schön, dass er da war«, sagte Jakob. »War eine gute Idee von Opa.«

»O ja«, sagte mein Gefühl. Aber mein Verstand wusste, dass es keine gute Idee gewesen war.

Ich lag im Bett und versuchte an etwas anderes zu denken als an Armin.

An den schönen Abend. Für mich war er erst schön geworden – nicht mehr erregend, frustrierend, erfüllend –, als Armin gegangen war. Ich hatte mich wieder an meinen Platz zwischen Jakob und Georg gesetzt und war froh gewesen, dass alle lebhaft miteinander beschäftigt waren und mir niemand ins Gesicht sah. Besonders Burkhard nicht, der neben Sky saß und sich die Technik des Tätowierens erklären ließ. Mir wurde jetzt erst klar, dass ich Armin die ganze Zeit angestarrt hatte, während ich mich mit Essen vollstopfte, und die Röte der Scham stieg mir ins Gesicht. Aber es war anscheinend niemandem aufgefallen, oder jedenfalls hatte es niemand absonderlich gefunden. Papa winkte mir freundlich zu, als er mich bemerkte, und Burkhard hob irgendwann den Blick von der tätowierten Blume auf Skys Unterarm, sah zu mir herüber und lächelte mich an.

Wir hatten unter der Wärme der Heizstrahler noch lange im Pavillon gesessen, und alle waren so fröhlich gewesen, besonders Papa. Der Geschmack von Walnuss-Rosenwasser-Trüffeln und Dattel-Kokos-Konfekt war immer noch in meinem Mund. Ich hatte vergessen, mir die Zähne zu putzen.

»Burkhard? Wie schnell kriegt man Karies, wenn man so viel Süßes gegessen hat?«

»Du bist zu alt für Karies«, murmelte er, »vierundvierzig. Karies ist ein Problem der ersten Lebenshälfte.«

Ich drückte mich an seinen warmen Körper, schickte Botschaften an mein Unbewusstes, dass wir ganz ruhig waren und nun schlafen würden, und hatte es fast geschafft, als ich plötzlich wieder wach war. Draußen klang Musik. Ich lauschte hinaus. Eine schmelzende Stimme sang ein Lied im Stil der Fünfziger. Unmöglich. Nicht jetzt, nicht hier. Nachts war hier immer alles still.

Ich ging ins Wohnzimmer und öffnete die Terrassentür. Das Lied kam aus dem Lautsprecher im Pavillon, und zwei Menschen tanzten nach seiner Melodie. Ein großer Mann mit kurz geschorenem Haar und eine Frau in Gold mit roten Locken.

Die Stimme sang: »It's now or never, come hold me tight«. Elvis Presley. Die beiden taten, was er sagte, hielten einander eng umschlungen und bewegten sich trotzdem sehr flüssig im Takt. Ich hatte gar nicht gewusst, dass Papa so gut tanzen konnte.

»Helena?«, flüsterte jemand.

Vor der anderen Terrassentür stand Irene. Sie schlief mit Georg auf dem Bettsofa in meinem Zimmer. Ich streckte die Hand nach ihr aus.

»Siehst du, was ich sehe?«

»Ja. Und ich glaub's nicht.«

Das Lied verklang, es war einen Moment still, das nächste kam. »Love Me Tender«. Noch schmelzender und so langsam, dass die beiden sich nur sparsam bewegten und zwischendurch küssten.

»Das kann er doch nicht machen.«

»Er tut's gerade.«

Sie blieben stehen, Papa streichelte ihre Wange und fragte etwas, sie nickte, und sie kamen den Gartenweg entlang.

Wir huschten ins Wohnzimmer.

Die Haustür wurde geöffnet und geschlossen, Schritte waren auf der Treppe zu hören, eine Tür klappte zu.

Wir setzten uns aufs Sofa, ohne unsere Hände loszulassen, und starrten ins dunkle Zimmer.

»Mama ist erst eineinhalb Jahre tot«, sagte ich.

»Ein Jahr und fünf Monate«, korrigierte sie.

Wir schwiegen.

»Nur was heißt das?«, sagte Irene. »Muss er zwei Jahre

warten? Ist es dann besser? Oder drei oder vier? Darf er dann erst?«

»Weiß ich auch nicht. Aber ich find's beschissen.«

Ich spürte, wie sie nickte.

Wir saßen nur da und – nein, wir lauschten nicht nach oben.

»Mal ganz was anderes«, sagte sie nach einer Weile, »glaubst du, er weiß noch, wie es geht? Ich meine nicht die Sache selbst, sondern die – die –Verhütung. Hat er ja lange nicht mehr gemacht. Glaubst du, er hat Kondome da?«

»Die wird doch nicht mehr schwanger. Die ist gut über fünfzig. Das Haar ist gefärbt. Der Ansatz ist grau. Eher weiß.«

»Das meine ich nicht. Ich meine – du weißt schon …«

»Die doch nicht. Die ist Vegetarierin. Die hat auch sonst so was Frisches, finde ich. Findest du nicht?«

»Ja. Aber äußerlich frisch heißt ja nichts. Vielleicht macht sie so was öfter. Erst Partyservice, dann …«

»Wenn sie damit Übung hat, brauchen wir uns keine Sorgen zu machen. Dann passt sie auf.«

»Stimmt«, sagte Irene. »Und wenn sie keine Übung hat, ist sie sauber. In dem Alter bestimmt. Oder?«

»Hör auf. Er hat sicher Kondome da. Er ist doch nicht blöd.«

»Das kann man nicht wissen. Vielleicht ist er allmählich zu alt dafür. Aber wir können ja jetzt schlecht raufgehen und an die Tür klopfen und fragen, ob er … oder ob sie welche dabei hat.«

Wir mussten lachen.

»Ich gehe wieder ins Bett.«

»Bis morgen.«

Ich drückte mich an Burkhard und hatte keine Hoffnung auf schnellen Schlaf, doch ich schlief sofort ein. Aber ich träumte schlecht. Ein rothaariger Kobold wohnte oben bei Papa, und riesenhaftes Gemüse wucherte aus seinen Fenstern, knallgelb und giftgrün.

Weil ich so schlecht träumte, verschlief ich, und als ich wach wurde, saßen alle schon am Frühstückstisch, sogar Britta, die Papa auch zum Frühstück eingeladen hatte.

Er selbst kam noch später, erst nach zwölf, hatte feuchte Haare vom Duschen und wirkte zufrieden und unausgeschlafen. Kein Wunder.

»Verzeiht mir, ihr Lieben«, er ging herum, küsste die Frauen auf die Wange und klopfte Jakob, Burkhard und Georg auf die Schulter, »aber ich bin solch späte Feiern nicht mehr gewohnt.«

Auch nicht das Nachfeiern mit der Dame vom Partyservice, dachte ich, und das Weiterfeiern, wenn man morgens aufwacht und sieht, wer da noch im Bett liegt.

Er ließ sich Kaffee einschenken, nahm seine Tablette, köpfte das Frühstücksei, das wir für ihn warm gehalten hatten, und aß, hungrig und ausnahmsweise ohne auf Vitamine und Kalorien zu achten.

Ich sah ihm zu und wurde wütend. Ich dachte daran, welche Sorgen wir uns heute Nacht um ihn gemacht hatten. Welche Sorgen wir uns so lange um ihn gemacht hatten. Und er schlief einfach bei der ersten Gelegenheit mit einer rothaarigen Veggie-Frau und saß jetzt hier und gab den Harmlosen. Den Braven. Tat so, als wäre nichts.

»Und? Wie war's noch mit Frau Prössl?«, fragte ich.

Irene zog hörbar die Luft ein.

Er ließ das Messer sinken, mit der cholesterinarmen Margarine daran, die er auf den Toast hatte streichen wollen: »Was meinst du?«

»Hat's noch lange gedauert?«

Seine Hand fing an zu zittern, und die Margarine rutschte vom Messer.

»Wovon sprichst du, Helena?«

»Du wolltest ihr doch noch beim Zusammenpacken helfen.«

»Ach, so! Ja … Äh, nein. Nein, nein. Das ging ganz schnell. Sie ist ja ein absoluter Profi.«

Irene bekam einen Hustenanfall.

»Das ist sie«, sagte Britta, als Irene nicht mehr so laut hustete. »Ich habe schon lange nicht mehr so gut gegessen. Und sie ist so hübsch, nicht? Und so liebenswürdig.«

Papa sagte vorsichtshalber nichts.

»Und sie heißt Prössl?«

Er nickte.

»Und der Vorname?«

Papa tat, als wüsste er ihn nicht.

»Ich will sie nämlich anrufen«, sagte Britta. »Ich hätte sie gern auch mal bei uns.«

»Schau unter ›Veggie-Bistro‹ nach«, sagte ich und redete von etwas anderem, weil Papa anfing sehr gestresst auszusehen.

Er kratzte die Margarine vom Teller, strich sie auf den Toast und entspannte sich wieder. Irene wackelte mit dem Kopf und schielte zu mir herüber.

Sky sah von einem zum anderen und schien eine Ahnung zu haben, um was es ging. Hatte sie nachts etwas gehört? Oder merkte sie, was die anderen nicht merkten, dass hier mehr ablief als das, worüber gesprochen wurde?

»Was hast du eigentlich mit deiner Lippe gemacht?«, fragte Irene. »Die ist ja ganz geschwollen.«

»Ich habe drauf gebissen. Ich war so gierig. Ich habe auch schon lange nicht mehr so gut gegessen.«

Alle lachten. Nur Sky sah mich wieder so an. Diesmal hatte sie mehr als eine Ahnung. Sie wusste Bescheid über Armin und mich, das war ihr anzusehen.

Sie bemerkte meinen Blick und schaute schnell weg.

Ich sah in den Garten. Die Küche hatte der Partyverleih schon abgeholt, auch den Tisch und die Stühle. Nur der Pavillon stand noch da und wirkte wie ein Überbleibsel von Cinderellas Ball, nachdem der Zauber verflogen ist.

Und Frau Prössl in ihrem goldenen Kleid ist Cinderella, dachte ich, hat die Gäste bedient, mit dem Prinzen getanzt und schließlich mit ihm geschlafen. Cinderella Prössl. Wie heißt sie wohl wirklich? Gabriele? Brigitte? Karin?

Ich werde es bald wissen. Sie kommt jetzt bestimmt öfter. Er kann schlecht allein sein, hat Mama gesagt. Na gut. Bevor er wieder depressiv wird, soll er lieber eine Freundin haben.

Sie ist ja nett. Verdient gut, er muss sie nicht ernähren. Kocht gesund und vegetarisch. Sie ist auch sonst gut für ihn. Männer, die eine Beziehung haben, werden nicht so oft krank und leben länger. Das zeigen wissenschaftliche Untersuchungen. Habe ich gerade irgendwo gelesen.

Frau Prössl kam ab jetzt nicht öfter, sondern jeden Tag, immer kurz nach mir. Sie hatte einen Schlüssel, weil es bei uns nur eine Klingel gab, unten im Erdgeschoss. Keiner von uns war auf die Idee gekommen, dass Papa so bald ein eigenes Leben haben und eine eigene Klingel brauchen könnte.

Sie schloss auf, ging durch den Vorflur und mit schnellen Schritten die Treppe hinauf. Stimmen, leises Lachen, Türenklappen. Sie brachte immer etwas aus dem Bistro mit, und im Flur begann es bald gut zu riechen. Papa und sie aßen auf dem Balkon und saßen bei flackernden Windlichtern noch lange draußen, denn es war zwar Anfang Oktober, aber unnatürlich warm für die Jahreszeit. So wie es im August unnatürlich kalt gewesen war. Das Jahr der extremen Gegensätze, sagten sie im Wetterbericht, sie hatten so recht, und nicht nur beim Wetter!

Elvis sang, während sie auf dem Balkon saßen, und auch später noch lange. Er war nicht laut und aufdringlich wie die Fernsehkrimis, aber er störte mich viel mehr. Ich wollte ihn nicht hören, ich wollte gar nichts von oben hören, versuchte abzuschalten, mich auf etwas anderes zu konzentrieren, doch es gelang mir nicht. Das Haus mit dem Flur in seiner Mitte, der offenen Treppe, der Galerie war nicht dafür gemacht, dass man nichts voneinander hörte.

Und es war Mamas Haus, und Frau Prössl gehörte nicht hierher. Verdammt!

»Du musst dich nur daran gewöhnen«, sagte Burkhard. »Ist ja auch sonderbar, dass es jetzt eine andere Frau gibt, die mit deinem Vater isst und trinkt und ins Bett geht. Noch dazu in dasselbe, in dem er all die Jahre mit …«

Er merkte es gerade noch.

Ja, verdammt, dachte ich.

»Wenn du nicht im selben Haus wohnen würdest, wäre es halb so schlimm«, sagte Britta. »Mein Vater hatte nach dem Tod meiner Mutter auch bald eine neue Beziehung. Aber die Frau habe ich nur gesehen, wenn ich ihn besucht habe. Zieh doch einfach eine Weile zu uns. Gernot würde sich auch freuen, und wir haben ja genug Platz.«

Kommt gar nicht in Frage, dachte ich, dann hat sie das ganze Haus für sich. Mamas Haus!

Du bist doch nur eifersüchtig, sagte meine innere Stimme. Du bist wegen ihm hierhergezogen, und jetzt braucht er dich nicht mehr. Und diese Frau kocht auch noch viel besser als du!

Halt die Klappe, dachte ich.

Am Wochenende war Frau Prössl die ganze Zeit bei Papa. Sonntag war Ruhetag im Veggie-Bistro, und samstags nahm sie sich frei. Ich musste arbeiten, weil Britta heute auch freihatte, und trank einen Kaffee am Küchenfenster.

Am Straßenrand parkte das Motorrad. Papa und Frau Prössl trugen beide Jeans, Stiefel und Lederjacke und waren ein schönes Paar. Er setzte ihr den Helm auf die roten Locken, schob ein paar Haarsträhnen beiseite und schloss den Kinnriemen. Sie lächelte ihn an. Er stieg auf, sie schwang sich hinter ihn auf den Beifahrersitz, legte die Arme um ihn und drückte, als er anfuhr, den Kopf an seinen Rücken. Das Lächeln war immer noch in ihrem Gesicht.

»Die ist nett«, sagte Jakob neben mir.

Ich sagte nichts.

»Und ihr Veggie-Burger schmeckt toll.«

Ich sah ihn von der Seite an. Der hässliche Schnitt mit dem Hahnenkamm war rausgewachsen, seine Locken waren wieder da, und er trug ausnahmsweise kein schwarzes, sondern ein olivgrünes Shirt, das ihm gut stand.

Er verbrachte seine Tage in Skys Laden, den er um zehn öffnete, bevor sie von ihrem Nebenjob in der Tankstellencafeteria kam, wo sie dazuverdiente, weil sie vom Tätowieren allein nicht leben konnte. Samstags war sie nicht in der Tankstelle und machte ihr Geschäft erst um zwölf auf. Sie schlief aus, und Jakob brachte ihr Frühstück ans Bett.

Er stellte Milchkaffeetassen und einen Teller mit Croissants auf ein Tablett.

»Wann fängt die Uni wieder an? Übermorgen, oder?«

»In zwei Wochen, Mama. Ende Oktober. Das habe ich dir schon so oft gesagt.«

Er nahm das Tablett und schlurfte hinaus.

Noch zwei Wochen. Ich hasste es, wie er lebte und konnte es kaum erwarten, dass er wieder Arbeit hatte, Termine, Aufgaben, Prüfungen. Schwere Prüfungen. Ein bisschen Stress würde ihm guttun.

In der Buchhandlung öffnete ich die Tür und trug Kartenständer und Büchertische hinaus. Die Sonne schien, der Brunnen neben dem Spielplatz plätscherte, hinter dem bunten Laub der Bäume leuchteten die grauen Mauern der

Franziskanerkirche, ihre grünen Kupferdächer, die Spitzenmuster ihrer gotischen Fenster.

Es war ein guter Tag für Touristen, denn das Wetter brachte sie in Kauflaune. Wenn sie die Kirche hinter sich hatten, kamen sie herüber und kauften beinahe alles, was sie in die Hand nahmen, einfach, weil sie unbedingt etwas kaufen wollten.

Ich kassierte, verpackte, schob Karten und Bücher in Tüten. Als nur noch ein altes japanisches Ehepaar in Bildbänden über Neuschwanstein und Rothenburg blätterte, holte ich mir einen Kaffee und ließ mich auf den Drehsessel fallen.

Gegenüber in der Leseecke saß noch jemand.

»Armin …«

»Hallo, Helena.«

Er sah noch mehr nach Kleidersammlung aus als sonst, sein Gesicht war blass, seine Haare schienen seit Wochen nicht gekämmt, und er hatte abgenommen.

»Was machst du hier?«

»Ich sehe dir zu.«

Ich stand hilflos da mit meinem Kaffeebecher in der Hand.

»Willst du Kaffee?«

Er schüttelte den Kopf.

Ich setzte mich ganz außen auf die Bank der Leseecke.

»Wie geht's Angela?«

»Gut.«

»Und den Mädchen?«

»Auch gut.«

Ich sah ihn nicht an, sondern heftete den Blick auf das japanische Ehepaar. Sie hatten jeder einen Bildband unter dem Arm und betrachteten gerade *Burgen und Schlösser am Rhein*.

»Sie sind mit Angela bei ihren Eltern«, sagte er.

Burkhard war in Augsburg auf einer Fortbildung für innovative Implantationstechniken.

Eigentlich war es egal, wo Angela und Burkhard waren. Ob in der Stadt oder am Nordpol. Aber es machte es leichter.

Wir sahen den japanischen Eheleuten zu, wie sie blätterten, diskutierten, zur Kasse gingen. Ich lief zum Tresen.

Drüben in der Kirche war gerade eine Führung zu Ende, und die Touristen strömten über den Platz. Waren sie erst mal drin, bekam ich sie nicht so schnell wieder raus.

Ich schob die Bücher in eine Tüte und reichte sie dem Mann.

»No time to pay«, sagte ich. »Please come back later. Or call me. Send a cheque. Or …«

Sie sahen mich erstaunt an.

»Ich muss etwas Dringendes erledigen … I have to get something done. Something urgent. Family business.« Ich wies auf Armin. »This is my ex-husband, you know. The father of my son. It's very important …«

»Oh, I see«, sagte die Frau.

»Good luck«, sagte der Mann, und sie lächelten und nickten und winkten mir noch aufmunternd zu, als sie schon draußen standen und ich das Geschlossen-Schild umdrehte.

Wie passiert es, dass du mit einem Mann schläfst, den du so lange kennst, mit dem alles zu Ende war – auch das schon so lange –, und nun ist es mit ihm, wie du es dir erträumt hast, als du fünfzehn warst: überwältigend, berauschend, atemberaubend, alles andere auslöschend als dieses pure süße Sein.

So ist es eben nicht, hast du dir mit fünfundzwanzig gesagt, Sex ist schön, aber natürlich nicht so sinnverwirrend, wie du es dir mit fünfzehn vorgestellt hast. Das sind Kleinmädchenträume.

Und nun ist es doch so.

»Komm nicht«, flüsterte ich, »noch nicht, noch nicht …«

Er bewegte sich vorsichtiger in mir. Ich verlor die Zeit, die Kontrolle und alles, was mich zusammenhielt. Als er schneller wurde und lange stöhnte, war ich wie ein großer weicher See, in den er eintauchte.

Wir lagen auf dem Boden hinter der Bank in der Leseecke. Nach einer Weile trocknete der Schweiß auf meinem Körper, und ich fröstelte.

Ich hob den Kopf: »Frierst du?«

Feuchte Locken klebten an seiner Stirn, und sein Gesicht war weich und jungenhaft.

»Ist nicht wichtig. Bleib hier.«

Ich zog eine Decke aus der Schublade unter dem Regal neben mir und breitete sie über uns.

»Praktisch.«

»Das ist Jakobs Kuscheldecke. Hier war früher seine Höhle, wenn er seine Ruhe haben wollte.«

Wir lagen in Jakobs Höhle, sahen in das Laub des Ahornbaumes, der vor dem Fenster stand, und da war es wieder: das pure Gefühl von Glück, nur weil ich neben ihm lag, in seinem Arm, weil ich bei ihm war. Oder was war es? Mir fiel nur das Wort Glück ein, ich wusste kein anderes dafür.

Sein Handy klingelte.

Er angelte nach seiner Jacke und wühlte es aus einer der Taschen.

»Wie spät ist es?«, fragte ich.

Er drückte den Klingelton weg und zeigte mir das Display.

»Ich muss weg. Burkhards Fortbildung ist bald zu Ende und …«

Er wollte mich wieder in die Arme nehmen.

»Nein. Ich muss wirklich weg. Komm, steh auf.«

Draußen standen noch die Kartenständer und Büchertische. Frau Buchinger vom Café nebenan kam heraus, als sie mich sah.

»Was war denn bloß los, Frau Seeger? Alles draußen und das Geschäft zu. Ich habe mir schon Sorgen gemacht.«

»Tut mir leid. Eine dringende Familienangelegenheit«, sagte ich und wies auf Armin: »Mein Ex-Mann. Jakobs Vater.«

»Ach so.«

Sie holte das Geld, mit dem die Touristen unsere Bücher und Ansichtskarten bei ihr bezahlt hatten, aus der Kitteltasche.

»Danke. Und bitte sagen Sie Frau von Langen nichts. Es ging nicht anders und passiert auch nie wieder, aber sie wäre wahrscheinlich ziemlich sauer.«

»Ist schon recht«, sagte sie lachend und ging wieder in ihr Café.

»Ich helfe dir noch«, sagte Armin.

»Nein. Fahr. Ich mache das allein. Du bringst mich ganz durcheinander.«

Er wollte mich umarmen, aber ich trat einen Schritt zurück, weil Frau Buchinger hinter ihrer Schaufensterscheibe stand.

»Steig schon ein.«

Er stieg in den roten Wagen, ich winkte ihm möglichst flüchtig zu, und er fuhr mit dröhnendem Motor davon.

Ich räumte auf und stand noch lange hinter der Bank in der Leseecke, die Decke in meinen Armen. Jakobs Kuscheldecke. Heute war es Papas und Mamas Kuscheldecke.

Es dämmerte, als ich nach Hause kam. Im Flur blinkte der Anrufbeantworter. Burkhard. Er war noch in Augsburg, ging mit einem Kollegen essen, der richtig viel von Implantationstechniken verstand, und würde heute Abend nicht mehr kommen.

Im Garten leuchteten die Sturmlampen, die am Gartenhäuschen hingen. Jakob und Sky saßen mit ihren Freunden davor und tranken Bier.

Ich duschte und zog den üppigen Bademantel an, den Burkhard mir zu Weihnachten geschenkt hatte. Inzwischen war es ganz dunkel. Ich ging hinaus und über den Rasen zum Mirabellenbaum.

Als Kind war ich oft hinaufgeklettert und hatte mich in die Astgabel gehockt. Das ging jetzt nicht mehr. Ich setzte mich darunter, lehnte mich an den Stamm und sah in die

Blätter. Wo der Lichtstrahl der Lampen hinfiel, waren sie wie aus Gold, wie damals, als ich sie zum ersten Mal sah. Etwas raschelte in den Zweigen, ein Eichhörnchen oder ein Vogel.

Lachen klang durch den Garten. Frau Prössls Lachen. Sie hatte eine volle kräftige Stimme. Auf dem Balkon wurden die Windlichter angezündet. Wieder lachte Frau Prössl. Elvis fing an zu singen.

Jakob kam über den Rasen.

»Papa war heute Nachmittag da. Ich habe gesagt, du bist im Laden. Er wollte was mit dir besprechen.«

»Hat er«, sagte ich.

»Was besprecht ihr immer?«

»Dies und das. Haben wir uns auf der Insel so angewöhnt.«

Ich saß lange unter dem Mirabellenbaum, Elvis' Stimme im Ohr, und stand erst auf, als ich anfing zu frieren. Auf den Stufen zur Terrasse konnte ich verstehen, was er sang: *And when you smile the world is brighter, you touch my hand and I'm a king, your kiss to me is worth a fortune, your love for me is everything … That's the wonder, the wonder of you.*

Schön.

Das ist doch nicht schön, zischte meine innere Stimme, Kitsch ist das, widerlicher Kitsch.

Du kannst mich mal, dachte ich, ich finde es schön. Gerade jetzt finde ich es sehr schön. Und es stimmt. Manchmal ist ein anderer Mensch ein Wunder.

Über mir wurden Stühle geschoben, und Frau Prössls Lachen hallte noch einmal durch den Garten, bevor die Balkontür zugemacht wurde.

Erst als ich im Bett lag, fiel mir auf, dass Elvis mir nicht mehr auf die Nerven ging und Frau Prössl mich nicht mehr wütend machte.

Vielleicht war es gar nicht wegen Mama, dachte ich. Vielleicht war ich nur neidisch auf Frau Prössl. Weil sie kriegte, was sie wollte. Den Mann, den sie wollte. Die Liebe, die sie wollte. Das habe ich jetzt auch bekommen.

8

Frau Prössl verschwand so plötzlich, wie sie gekommen war. Nach ihrem dritten Wochenende im Haus tauchte sie nicht mehr auf.

Ich wartete ein paar Tage, dann ging ich nach oben, lehnte mich an den Rahmen der Küchentür, sah Papa beim Tomatenschneiden zu und fragte: »Was macht Frau Prössl?«

»Was meinst du, Helena?«

»Wie geht's ihr?«

»Gut, nehme ich an.«

»Kommt sie nicht mehr?«

»Ich denke nicht«, sagte er und köpfte die Gurke.

Ich wartete, ob er noch etwas sagen würde, aber er machte ein unbeteiligtes Gesicht und konzentrierte sich aufs Schneiden.

Ich ging wieder hinunter und rief Irene an.

»Sie kommt nicht mehr.«

»Frau Prössl? Bist du sicher?«

»Ich habe ihn gefragt. Er hat gesagt, er denkt nicht. Das heißt ja wohl nein, oder?«

»Siehst du«, sagte sie triumphierend, als hätte sie es vorausgesagt. »Es war zu früh. Er muss noch warten. Sicher noch ein Jahr. Dann ist es in Ordnung, und die Nächste ist wahrscheinlich auch die Richtige.«

Sie sagte das so bestimmt, als sei sie staatlich anerkannte Trauerzeitfestlegerin, und wie meistens glaubte ich ihr. Meistens hat sie ja auch recht.

Diesmal irrte sie sich.

Die Nächste kam Sonntagnachmittag. Sie war groß und schlank und saß hinten auf Papas Motorrad. Papa hielt, sie stieg ab, hob den Beifahrerhelm vom Kopf, schüttelte die butterblond gefärbten Haare mit dem dunklen Ansatz und lächelte ihn strahlend an. Ihr Gesicht war stark gebräunt und ihr Lächeln ein Hollywood-Lächeln nach Art der Fünfzigerjahre.

Burkhard schloss gerade sein Fahrrad auf und wurde auch so angelächelt, als Papa die beiden miteinander bekannt machte.

»Das ist nicht wahr«, murmelte ich.

»Was ist nicht wahr?«, fragte Jakob und kam zum Fenster.

Die Frau unterhielt sich lebhaft mit Papa und Burkhard und lachte viel. Nicht voll und kräftig wie Frau Prössl, sondern mal gurrend, mal schrill, als wäre sie eine aufgeregte Hyäne. Vielleicht war sie das auch. Vielleicht musste sie unbedingt Beute machen und hatte Sorge, sie nicht zu erwischen.

»Die ist doch nett«, sagte Jakob.

Mein Gott, dachte ich. Findet er etwa alle Frauen nett? Habe ich ihm keinen Geschmack beigebracht? Kein Urteilsvermögen?

»Da hat er danebengegriffen, der Herbie«, sagte Sky. »Das ist eine Billigtattootussi.«

»Was ist eine Billigtattootussi?«

»Eine, die reinkommt und bloß irgendein Tattoo will. Egal, was für eines. Weil Tattoos Mode sind. Und so billig wie möglich. Am besten kostenlos. Die sind doch selber billig, solche Tussis.«

Ihr Urteilsvermögen schien mir ziemlich gut zu sein.

Später saß die blonde Frau mit Papa auf dem Balkon und lachte und rauchte, der Wind trieb den Rauch durch den Garten und zu uns hinunter. Auch abends saßen sie dort. Es war immer noch viel zu warm für Oktober. Die Windlichter flackerten, sie rauchte und lachte ihr seltsames Lachen, und Elvis sang »She's Not You« und »A Fool Such as I«.

Sie hieß Gloria, erzählte Burkhard am anderen Tag. Papa und sie hatten sich auf einem Supermarktparkplatz kennengelernt, wo sie sein Motorrad bewunderte.

Ich verdrehte die Augen.

»Die ist doch nett«, sagte er.

Burkhard wollte höflich sein, mit seinem Urteilsvermögen war alles in Ordnung. Aber was war mit Papas passiert? Er konnte Raucher und Zigarettenrauch nicht leiden und gefärbte Haare bei Frauen schon gar nicht. Er war sogar dagegen gewesen, dass Mama ihre Haare im Naturton färbte, als sie die ersten grauen entdeckte.

Nun hatte er was mit einer falschen Billigblondine. Ich fing an, mir wieder Sorgen zu machen.

Es zeigte sich, dass ich mich wegen Gloria nicht zu sorgen brauchte. Sie kam nur bis Mittwoch. Kein Rauch mehr, kein Lachen, Elvis verstummte.

Freitag beschloss Papa, eine Motorradtour zu machen. Er würde ein paar Tage über Land fahren, in Gasthöfen ubernachten, hier und da eine Kirche besichtigen oder ein Museum.

»Tolle Idee«, sagte ich.

Viel besser als Frauen auf Supermarktparkplätzen aufzureißen, dachte ich. Altersentsprechend.

Er war früh aufgestanden, packte die Satteltaschen des Motorrads und befestigte einen Flaschenhalter. Ich füllte die Flasche mit Kaffee, küsste ihn zum Abschied und sah ihm erleichtert nach, wie er mit gebremster Kraft die Straße entlangfuhr und Frau Brucheisen zuwinkte, die ihre Zwergspitze ausführte.

Vielleicht hätte ich es besser wissen müssen. Aber wie? Aus meinem zuverlässigen Vater war ein Überraschungsei geworden. Da weißt du auch nie, was drin ist.

Als ich Dienstag von der Arbeit kam, parkte ein Jaguarcabriolet in unserer Auffahrt. In jaguargrün. Einem Jaguarcabriolet in jaguargrün verzeihe ich praktisch alles. Es kann gerne da stehen, dachte ich. Es schmückt die Auffahrt. Nur Papa benutzt die Garage, und der ist nicht da.

Ich sah zum Haus. Doch, war er. Im ersten Stock brannte Licht. Elvis sang, als ich die Haustür öffnete. Er hörte gerade mit »Surrender« auf und machte mit »Fever« weiter. Im Flur hing Parfümduft. Kein Essensgeruch, kein Zigarettenrauch, sondern der wunderbare Duft eines teuren Parfüms. Billige riechen nicht so gut.

Burkhard und Jakob saßen im Wohnzimmer und lasen Zeitung. Sie sahen hoch.

Ich zeigte zur Zimmerdecke. Von fern war Elvis zu hören.

»Wer ist das?«

Sie hoben die Schultern.

»Die duftet gut«, sagte Jakob.

»Und der Wagen!«, sagte Burkhard.

Fehlt nur noch, dass sie sagen: Und sie ist bestimmt nett, dachte ich und ging in die Küche.

Sky stand am Herd und legte eine Backform mit Teig aus. Es tat gut, heimzukommen und jemanden vorzufinden, der kochte. Sich kümmerte. Alle anderen saßen nur da und warteten darauf, dass ich es tat.

Sie schichtete geriebene Kartoffeln in die Form.

Ich wies zur Decke.

»Wer ist das? Hast du sie gesehen?«

Sie schüttelte den Kopf.

»Ist aber keine Billigtussi, so wie die riecht.«

Sie schob die Form in den Ofen: »Der braucht eine Dreiviertelstunde. Ich gehe dann mal ins Bad, okay?«

Ich ging auch hinaus und blieb im Flur stehen.

Am liebsten wäre ich hinaufgestürmt, hätte die Tür aufgerissen und Papa gefragt, was er sich dabei dachte, ständig neue Frauen anzuschleppen und sich wie ein spätpubertärer Idiot aufzuführen statt wie der Vater, Großvater und – na ja – Schwiegervater, der er war. Und hätte der Frau gesagt, dass sie, wenn es so weiterging wie bisher, in spätestens zwei Wochen aussortiert würde und ein paar Tage später vorbeikommen und sich ihre Nachfolgerin anschauen könne.

Die Heldinnen der Frauenbücher, die wir verkaufen und in die ich hineinschaue, um zu wissen, was ich unseren Kundinnen empfehle, hätten es getan. Mit Gefühl und Temperament oder Witz und Ironie oder am besten mit beidem. Papa wäre in sich gegangen und aufgewacht aus seinem Tun, und die Frau wäre aus dem Haus gelaufen und in ihrem Jaguar davongefahren, weinend oder wütend oder am besten beides.

Ich bin keine Romanheldin. Ich ging ins Wohnzimmer, setzte mich zwischen Burkhard und Jakob aufs Sofa, sah mit ihnen fern und wartete darauf, dass Sky im Bad fertig war und das Essen brachte. Den Tisch hatte sie schon gedeckt.

Die Frau mit dem Jaguar hieß Annemarie. Sie hatte kein lautes Lachen, aber eine tragende Stimme, und wenn sie auf dem Balkon saßen, konnte ich hören, wie sie Papa Bertie nannte. Englisch ausgesprochen: Böörrtiee. Das hätte mich sofort abgeschreckt, und ihn früher auch, da war ich sicher, doch jetzt schien es ihn nicht zu stören.

Auch Annemarie hatte blondiertes Haar, aber ihres war schön und edel gefärbt, und schön und edel waren auch ihre Kleider, Schuhe, Taschen. Sie fuhr nie mit Papa Motorrad, was ich gut verstehen konnte, sondern machte ihn zum Mitfahrer in ihrem Jaguar. Auch das schien ihn nicht zu stören, er wirkte auf dem Beifahrersitz ausgesprochen zufrieden, obwohl er dort sehr beengt saß, weil er so groß war. Ich dachte schon, diesmal würde es länger dauern.

Aber nach zwei Wochen kam Annemarie nicht mehr, vielleicht auch deshalb, weil Papa krank wurde. Er hatte sich beim Fahren im offenen Wagen erkältet und war nur noch ein Häufchen Elend. Ich war froh darüber. So kam er erst mal zur Ruhe, und ich auch.

Ich wollte mir freinehmen, um mich um ihn zu kümmern, aber das wies er zurück.

»Sky besorgt die paar Sachen, die ich brauche. Mit dem Apotheker habe ich telefoniert, der schickt jemanden mit den Medikamenten.«

Als ich abends nach Hause kam, ging ich als Erstes zu ihm hinauf.

Er saß im Sessel, in einem der missfarbenen gestreiften Bademäntel des Grauens, von denen ich geglaubt hatte, es gäbe sie nicht mehr, einen fast ebenso hässlichen Schal um den Hals, vor sich einen Papierkorb voller zusammengeknüllter Papiertaschentücher.

»Komm mir nicht zu nahe«, sagte er mit dumpfer Stimme. »Ich will nicht, dass du dich ansteckst.«

Auf dem Tischchen neben dem Sessel stand eine beeindruckende Kollektion Arzneimittel.

»Wann willst du das denn alles nehmen?«

»Kein Problem. Er hat mir eine Liste gemacht.«

Ich sah auf seine Füße. Er trug braune Lederslipper, die eigentlich für draußen gedacht waren, und keine Strümpfe. Seine Füße sahen irgendwie blau aus. Ich strich darüber. Sie waren eiskalt.

»Hast du keine Pantoffeln?«

»Ich trage keine Pantoffeln.«

Ich holte ein Paar dicke Stricksocken aus dem Schlafzimmerschrank und gab sie ihm.

»Zieh die an.«

»Ich laufe nicht in Socken rum.«

»Dann bleib sitzen. Aber zieh sie an. Wenn du kalte Füße hast, wird der Schnupfen schlimmer.«

Er kickte die Schuhe von den Füßen, sodass sie mit lautem Gepolter auf den Boden fielen, und zog mit übertriebenem Ächzen die Socken über.

»Hast du Zitronen da?«

Er nickte.

Ich machte heißes Zitronenwasser mit Honig und suchte nach Rum, fand aber nur den Whisky, den Armin zu Papas Fest mitgebracht hatte. Er war von 1939 – Papas Geburtsjahr, Armin wusste es noch – und wahrscheinlich sein Gewicht in Gold wert, aber ich goss einen großen Schluck davon ins Glas.

Er probierte.

»Was ist da drin?«

»Whisky.«

Er zog die Augenbrauen zusammen: »Der von …«

»Nörgele nicht. Es tut dir gut, und ich habe unten keinen.«

»Schmeckt ausgezeichnet«, sagte er schnell.

Ich sah ihm zu, wie er trank. Wir hatten schon länger keinen ruhigen Moment mehr miteinander gehabt. Er war zu beschäftigt gewesen. Damenbesuch, Kerzenscheinabende, Elvis Presley. Drei Frauen in fünf Wochen. Ich hätte ihn gern gefragt, was das sollte. Was mit ihm los war. Was er sich dabei dachte. Aber wie fragte man seinen Vater, warum er sich häufig wechselndem Geschlechtsverkehr hingibt? Das Problem ist bei Vätern nicht vorgesehen, die Frage auch nicht.

Er wärmte seine Hände am Glas und nahm genießerische kleine Schlucke. Er hatte den Schnurrbart abrasiert, damit er sich besser die Nase putzen konnte, und die Haut über seiner Oberlippe war rot und geschwollen. Sein kurz geschorenes Haar war nachgewachsen und stand auf dem Kopf bürstenartig hoch, und er sah aus wie ein großer kranker Vogel.

Ich merkte, wie sehr ich ihn liebte.

Ich stand auf und strich über seine Hand, die das Glas hielt. Er hielt sie ganz still.

»Schlaf gut, Papa.«

»Du auch, mein Herzlein. Danke.«

Nachts lag ich im Bett und dachte nach.

»Burkhard?«

Keine Antwort. Ich strich über seine Schulter.

»Schläfst du schon?«

»Jetzt nicht mehr«, murmelte er.

»Redest du mit mir?«

»Mhm.«

»Was ist bloß mit Papa los?«

»Wieso?«

»Na, alle diese Frauen.«

»Nur drei.«

»In fünf Wochen. Das ist doch ... Wie nennt man das? Nymphoman.«

»Nur Frauen sind nymphoman.«

»Und was sind Männer?«

»Sexsüchtig. Aber er schläft auch nicht öfter mit einer Frau als ich mit dir. Nur mit verschiedenen.«

»Eben. Genau. Häufig wechselnder Geschlechtsverkehr. Das ist nicht normal, Burkhard. Irgendwas ist nicht in Ordnung mit ihm.«

Er seufzte.

»Du übertreibst. Und was ist schon normal? Was heißt nicht in Ordnung? Er liebt. Verschiedene Menschen in kurzen Abständen, gut, das ist nicht das allgemein Übliche. Aber er liebt. Er tut niemandem weh. Was ist dagegen zu sagen?«

Nichts. Jedenfalls nicht, wenn man es so formulierte.

Ich hätte es wissen müssen. Ich hätte gar nicht erst zu fragen brauchen. Mit Burkhard über Probleme zu reden, die ihm zu kompliziert sind, ist auch wie Fischefangen mit der Hand. Probleme, die sich nicht mit einem Bohrer beheben lassen – oder mit einem Schraubenzieher, falls das Material nicht menschlich ist –, sind Burkhard meistens zu kompliziert.

»Okay?«, fragte er, als ich schwieg.

»Ja.«

Ich hörte zu, wie sein Atem tief und regelmäßig wurde.

Aber vielleicht hatte er recht. Vielleicht war es nur für mich nicht normal, weil ich Papas Tochter war. Bei Vätern ist so was komisch.

Am anderen Morgen rief ich Irene an. Früh. Sie saß immer schon ab sechs am Schreibtisch und hob sofort ab, als es klingelte.

»Ja?«

»Ich bin's. Ich muss mal mit dir …«

»Jetzt nicht. Ausgeschlossen.«

»Wann dann?«

»Im Moment überhaupt nicht. Außer es geht um Leben und Tod. Tut mir leid, Helena, ich habe gerade gar keine Zeit und Energie übrig.«

»Aber …«

»Ich stehe total unter Druck. Du kannst dir nicht vorstellen, wie sehr. Ich melde mich, sobald es besser wird. Okay?«

Sie hatte schon aufgelegt, bevor ich etwas sagen konnte.

Wen konnte ich noch fragen? Britta? Sie war mit Gernot verheiratet, seit sie achtzehn war, hatte nie mit einem anderen Mann geschlafen als mit ihm, und er, seit er sie kannte, nur mit ihr. Mein Vater war fast so alt wie Gernot und hatte in fünf Wochen drei Frauen abgeschleppt. Das konnte Britta nur falsch finden. Oder zumindest nicht normal.

Das Fenster zwischen den Spitzengardinen stand einen Spalt offen. Über den Dächern gegenüber stieg der Mond hoch, groß und fast voll. Er hatte nur noch eine kleine Delle. In der Wohnung im obersten Stockwerk ging das Licht an. Ihr Mieter kam nach Hause. Jetzt dauerte es eine Weile, bis er die Rollläden herunterließ. Dann war unsere Zeit um.

Ich machte die Augen zu, legte den Kopf in Armins Schulterbeuge und versuchte so zu tun, als hätten wir noch Ewigkeiten.

Er langte nach seiner Uhr auf dem Nachttisch.

Ich hielt seine Hand fest: »Lass. Ich weiß, wie lange noch.«

Er legte den Arm wieder um mich.

»Ich muss dich was fragen.«

Ich erzählte ihm von Papa und den drei Frauen in fünf Wochen.

Er lachte leise.

»Lach nicht. Ich weiß nicht, was ich davon halten soll. Spinnt er? Was ist los mit ihm? Oder ist alles in Ordnung, und ich spinne?«

»Wie alt war er, als er deine Mutter geheiratet hat?«

»Mitte zwanzig.«

»Fünfzig Jahre nur eine Frau. Ihm traue ich das ja glatt zu. Er hat vielleicht Nachholbedarf. Oder er will noch mal jung sein. Du weißt schon, Mädchen und Motorradfahren.«

»Aber gleich so viele.«

»Das ist doch egal. Er tut niemandem weh. Also warum nicht?«

»Das hat Burkhard auch gesagt.«

»Siehst du.«

Ich dachte, dass er den Frauen wehtat, wenn er so schnell wieder Schluss machte. Natürlich war Verlassenwerden das Risiko, wenn man sich auf jemandem einließ, und sie waren alt genug, das zu wissen. Es passte bloß überhaupt nicht zu meinem Vater, wie ich ihn kannte. Aber vielleicht kannte ich ihn gar nicht richtig.

Wir lagen eng beieinander, solange wir noch Zeit hatten. Als sie vorbei war, ließen wir uns sofort los. Er zog sich an, streichelte mein Gesicht kurz mit beiden Händen und war schon draußen. Wir trennten uns immer schnell, das war leichter.

Ich stand noch einen Moment auf dem Balkon und sah in die Baumwipfel und den Himmel. Dann machte ich die Fenster sorgfältig zu und verschloss die Wohnungstür von außen. Caroline hatte gesagt, ich könne jederzeit kommen, ich müsse nur immer alles gut verschließen.

Heute war mein Tai-Chi-Kurs. Britta macht mittwochs Yoga und geht um fünf, das hatte mich auf die Idee gebracht. Mein Tai-Chi-Kurs war am Donnerstag, weil Burkhard donnerstags Abendsprechstunde hat, dauerte zwei Stunden, fand weit draußen im Vorort statt und schenkte mir mit Fahrtzeit vier Stunden. Von der Buchhandlung zur Fanny-Mandelbaum-Straße brauchte ich fünfzehn Minuten, von dort nach Hause auch. Blieben dreieinhalb Stunden mit Armin. Jede Woche.

Sky war in der Küche, als ich nach Hause kam.

»Wo ist Jakob?«, fragte ich.

»Arbeitsgruppe«, sagte Sky. »Für irgend so ein … Wie heißt das? Proseminar?«

Sie hatte Spaghetti Bolognese gemacht und für mich eine Portion aufgehoben. Ich setzte mich an den Küchentisch und aß, und sie lehnte an der Spüle und sah mir zu.

»Herbie geht's heute viel besser. Er ist so gut wie gesund, sagt er. Hat sein Motorrad rausgeholt und geputzt, weil morgen ist Motorradwetter, und da will er los.«

Ich seufzte.

»Es ist die ganze Zeit Motorradwetter. Ich wünschte, es würde kalt und nass. Er darf noch nicht fahren, egal, wie warm es ist. Auf dem Scheißmotorrad zieht's immer. Ich rede mit ihm.«

Sie nickte, sortierte die Post, die ich hereingebracht hatte, und betrachtete zufrieden den Stapel Luftpostbriefe, der für sie gekommen war.

»Wieso kriegst du immer so viele Briefe?«

»Die sind von meinen Brieffreunden. Wenn ich genug Geld habe, mache ich eine Weltreise. Ich will mir alles anschauen, was es auf der Welt gibt. Und da kenne ich dann überall schon jemanden.«

Ihre Augen leuchteten.

»Wann?«

»Wenn ich dreißig bin, vielleicht. Oder fünfunddreißig. Sobald ich das Geld zusammenhabe. Eine Weltreise ist teuer. Wenn es eine richtige ist.«

»Wie alt bist du jetzt?«

»Sechsundzwanzig.«

Ich sah sie überrascht an. Ich hatte nicht gedacht, dass sie sieben Jahre älter war als Jakob. Sie wirkte so jung mit ihrem zierlichen Körper und dem Eichhörnchengesicht mit den dunklen Augen und dem wachen Blick.

Sie verstand meine Überraschung falsch.

»Macht ja nichts, wenn es dauert. Hauptsache, ich schaffe es. Muss nur irgendwann in diesem Leben sein.«

Sie nahm ihre Briefe und stand auf: »Ich gehe dann mal ins Bad, okay?«

Ich kratzte ein paar übrig gebliebene Nudeln aus dem

Topf, der auf dem Herd stand, und ging nach oben zu Papa. Er saß im Sessel und war beim Fernsehen eingeschlafen. Ich drückte auf den Aus-Knopf der Fernbedienung und breitete eine Decke über seine Knie.

Aus der Bronzeschale auf der Flurkommode, in der seine Schlüssel lagen, suchte ich die Motorradschlüssel heraus. In seinem Arbeitszimmer schrieb ich einen Zettel: *Ich habe die Schlüssel fürs Motorrad, Du darfst noch nicht fahren, Du wirst wieder krank, Helena*, und malte ein Smiley dahinter.

Auf dem Schreibtisch lag ein Umschlag mit einer handgeschriebenen Adresse, der mich an etwas erinnerte. An Robertos Briefe. An den Brief, den es noch gab. Ich hatte Papa danach gefragt, aber er hatte es vergessen. Er war viel zu sehr damit beschäftigt, fremde Frauen hereinzuschleppen und ihnen Elvis Presley vorzuspielen.

Ich zog die Schreibtischschublade auf. Büromaterial, wohlgeordnet. Ein Stapel Briefe und Postkarten. Ich ging ihn nur schnell auf der Suche nach Robertos Handschrift durch.

Plötzlich sah Mama mich an. Ihre lachenden dunklen Augen, ihr Lächeln, die Perlen an den Ohrläppchen, die lockige Haarsträhne, die in ihre Stirn fiel.

Das Foto steckte mit anderen in einer Klarsichthülle. Ich zog sie heraus. Bilder von Mama zu allen Zeiten. Vor dem Standesamt mit Papa, 1965, er im guten Anzug, sie im hellen Kostüm. Mit Irene als Baby, mit mir. Mit uns beiden am Strand, im Grünen, vor dem Auto, im Haus, im Garten. In den Siebzigern wurden ihre Haare lang und lockig, die

Kleider weit und bunt. Später waren die Haare wieder kürzer, aber noch lockiger, sie trug Hosen, Blusen und Jacketts mit Schulterpolstern. Und immer ihr Lachen. Auf dem letzten Foto stand sie mit Jakob auf dem Gartenweg, er hatte den Arm um ihre Schultern gelegt, sie ihren um seine Hüfte, und sie lachten in die Kamera.

Mein Herz schlug schneller. Ich sah mir nie Fotos von ihr an. Ich hielt es noch nicht aus.

Die Bilder waren abgegriffen, geknickt, eingerissen, als wären sie oft angefasst und betrachtet worden. Ich schob sie wieder in die Plastikhülle. In der Schublade lag noch ein Brief. Seine Adresse war in Robertos großer klarer Schrift geschrieben. Das Datum des Poststempels war bei diesem gut zu erkennen. Er war sechs Wochen nach Mamas Tod gekommen.

Ich legte den Zettel wegen der Motorradschlüssel in Papas Schlüsselschale und ging hinunter. Im Bad rauschte laut das Wasser. Sky hatte die Fähigkeit, einen simplen Wasserhahn so rauschen zu lassen, als wäre er ein Wasserfall.

Im Wohnzimmer lief der Fernseher. Jakob saß auf dem Sofa.

»Hallo, Mama.«

»Hallo.«

»Du siehst super aus. Was hast du gemacht?«

Mit deinem Vater geschlafen, dachte ich.

»Tai Chi«, sagte ich.

»Das muss ja toll sein. Was ist das?«

»Eine alte asiatische Kampfkunst. Auch Schattenboxen genannt.«

Ich ging in mein Zimmer und öffnete den Briefumschlag. Ein ausgeschnittenes Stück Zeitung fiel heraus. Mamas Todesanzeige.

Papa hatte sie aufgegeben. Nur ihr Name, *Annette Kant*, stand darauf, ihr Geburts- und Sterbejahr und darunter: *In großer Liebe, Herbert, Irene, Helena, Jakob, Georg.* Weil er die Trauerfeier im Haus veranstalten wollte, damit er Mama von hier zum Friedhof bringen konnte, war auch die Adresse vermerkt. Jemand hatte *Kant, Helena* und die Adresse rot unterstrichen.

Ich faltete die Briefbögen auseinander.

Liebste Helena,
da bist Du. Ich starre auf dieses kleine Stück Zeitungspapier und kann es nicht glauben. Ich habe Dich wiedergefunden, dort, wo wir zuletzt zusammen waren. Sonst haben wir uns nie dort getroffen, diesmal ging es nicht anders.
Ich war bei der Bundeswehr, wir waren das erste Mal so lange getrennt, Du hast mir geschrieben, dass Du es nicht aushältst ohne mich, ob ich nicht kommen kann. Ich habe um Urlaub gebeten, weil meine Verlobte mich braucht, habe ich gesagt, aber das half nicht. Da könnte ja jeder kommen, sagte der Feldwebel, was heißt hier Verlobte, Sie sind doch erst neunzehn. Nächstes Mal ist es dann eine andere Verlobte, das kennen wir schon.
Also bin ich ohne Erlaubnis weg. Das war eigenmächtige Abwesenheit von der Truppe und konnte mit Gefängnis bestraft werden, wenn ich nach 72 Stunden nicht wieder da war. Dann würden sie die Feldjäger schicken, die Polizei informieren und

meine Eltern. Wir hatten zwei Tage, Du und ich. Den dritten brauchte ich ja für die Fahrt.
Der Freund aus dem Fußballverein, der Student mit der sturmfreien Bude, bei dem wir uns früher getroffen hatten, war nach Hamburg gezogen. Für den Schuppen am Bahndamm war es zu kalt, es war Herbst. Aber es gab das Haus am Ende des Gartens. Ein kleines gelbes Haus, zwei Zimmer oben, zwei unten. Es sollte bald abgerissen werden. Oben wohnte noch eine alte Frau, die schwerhörig war. Das Erdgeschoss stand schon leer. Ein paar Möbel waren noch drinnen, vergilbte Gardinen hingen an den Fenstern.
Wir haben den Ofen geheizt, und Du hast was zu essen besorgt. Die Schule hast Du geschwänzt, hast nur so getan, als ob Du hingingst. Nachts bist Du wieder zu mir rübergeschlichen, nachdem Du Deinen Eltern gute Nacht gesagt hast. Was Du Deiner Mutter erzählt hast, wo Du nachmittags warst und abends, weiß ich nicht mehr, aber es muss überzeugend gewesen sein, denn wir waren die ganze Zeit zusammen in der kleinen Erdgeschosswohnung in dem Haus am Ende des Gartens. Als ob wir schon verheiratet wären und zusammenlebten.
Es waren so intensive Tage. Nein, nicht in erotischer Hinsicht. Wir haben nur einmal miteinander geschlafen, glaube ich. Es war nicht wichtig, nicht in diesen Tagen. Wir waren zusammen. Das war das einzig Wichtige. Wir waren immer drinnen, wir konnten nicht raus, wir wollten nicht riskieren, dass uns jemand sah. Oft haben wir nur auf dem Sofa gesessen, uns an der Hand gehalten oder im Arm, zum Fenster hinausgeschaut. Nicht mal geredet. Die Sonne schien in die beiden kleinen Zimmer, das

Herbstlaub war bunt und leuchtete auch herein, und das ist meine Erinnerung an diese Tage. Wärme. Leuchten. Deine Wärme. Dein Leuchten.
Unsere letzten Tage. Danach waren wir nur noch einmal zusammen. Es war gut, dass wir nicht wussten, dass es die letzten waren, sonst wären sie nicht so glücklich gewesen. Oder? Hätten wir unser Glück bewahren können, wenn wir nicht so sicher gewesen wären, dass wir noch viel Zeit hatten? Hätten wir etwas anders gemacht, und alles wäre anders gekommen? Ich weiß es nicht. Sag Du mir die Antwort. Ich denke so oft darüber nach und finde sie nicht …
Dein Roberto

Der Zeitungsausschnitt mit der Todesanzeige war auf den Boden gefallen. Ich hob ihn auf. Er war abgegriffen und knitterig, als hätte ihn jemand immer wieder in die Hand genommen und betrachtet.

War er doch ein Spinner, der sich aus den Namen und der Adresse in der Anzeige eine Fantasie gebastelt hatte? Ein Haus am Ende des Gartens gab es bei uns nie, da waren immer nur der Gemüsegarten und an seinem Ende die Birnenspaliere. Aber vielleicht gab's eines bei den Nachbarn, bei Brucheisens oder auf der anderen Seite, und er konnte sich nur nicht richtig erinnern.

Und eigentlich ist es egal, ob die Fakten stimmen, dachte ich. Was er über die Liebe zwischen sich und dieser Helena schreibt, ist wahr. Man kann beinahe körperlich spüren, dass es wahr ist, schön und schmerzlich wahr.

Im Flur waren laute Stimmen zu hören. Es klang nach

Ehekrach. Eine Tür wurde zugeknallt, und jemand trampelte durch den Flur.

Ich ging hinaus.

Jakob machte sich mit seinem Kopfkissen und seiner Decke ein Bett auf dem Sofa im Wohnzimmer.

»Was tust du denn da?«, fragte ich, obwohl es offensichtlich war.

»Ich schlafe heute Nacht hier«, sagte er dramatisch.

»Geh in mein Zimmer, und schlaf auf dem Bettsofa. Das ist bequemer. Da ist auch Bettzeug. Im Bettkasten.«

Ich nahm ihm die Decke weg.

»Gib her. Sie braucht ja auch was zum Zudecken. Ihr habt doch nur eine, oder?«

Er nickte.

Ich klopfte an seine Zimmertür. Ich musste zweimal klopfen und eine Weile warten, bis sie geöffnet wurde.

Sky trug ein weißes Nachthemd mit braver Spitze am Ausschnitt und sah mit dem blassen Gesicht und den großen verschreckten Augen aus wie ein tätowiertes Gespenst.

Ich gab ihr die Decke.

»Hast du ein Kissen?«

Ihr Gesicht entspannte sich ein bisschen.

»Ja. Danke.«

»Schlaf gut.«

Jakob stand in meinem Zimmer und betrachtete das Bettsofa, als wäre es ein Alien, der gerade gelandet war.

»Ich weiß nicht, wie man das ausklappt.«

Ich zeigte es ihm, und weil ich schon mal dabei war, machte ich auch gleich das Bett.

Er ließ sich darauf nieder und starrte durch die Scheibe der Terrassentür in den dunklen Garten.

»Brauchst du noch was?«

Er schüttelte den Kopf.

An der Tür fiel mir etwas ein: »Kakao?«

Ich hatte mit einem weiteren müden Kopfschütteln gerechnet und war umso überraschter, als er sich umdrehte und mich anlächelte: »O ja, Mama.«

Ich machte ihn mit Milchschaum und wenig Zucker, wie früher, als der Kakao am Abend für ihn zum Schönsten auf der Welt gehörte und für mich auch. Wir saßen auch so zusammen wie damals und tranken kleine Schlucke, während er erzählte. Nicht vom Kindergarten oder der Schule, sondern von den Vorlesungen, Übungen, Seminaren an der Uni.

Vorsichtig versuchte ich herauszufinden, wie es ihm damit ging, dass er Annika fast überall traf. Als ich zum dritten Mal fragte, wie es denn so mit den anderen Studenten wäre, lächelte er mich schon wieder an.

»Mit Annika ist es okay, Mama. Wir sehen uns halt, das läuft ganz soft. Weißt du, was Opa im Sommer gesagt hat?«

Ich tat so, als wüsste ich es nicht.

»Dass ich in einem Jahr gar nicht mehr weiß, wie schlimm das war. Da hat er so was von recht gehabt. Jetzt ist erst Herbst, und es ist schon nicht mehr schlimm.«

Als ich im Bett lag, war ich wie besoffen, obwohl ich nur Kakao getrunken hatte. Es war Glück, das mich besoffen machte. Weil es mit Jakob wieder wie früher gewesen war. Weil ich Armin getroffen hatte. Weil ich ihn übermorgen wiedersehen würde. Ich hatte eine SMS auf meinem Handy gefunden, die er vor einer Stunde geschickt hatte: *Samstag drei bis fünf? Am Fluss? A.* Ich hatte *Ja!* zurückgeschrieben, denn Burkhard ging Samstagnachmittag mit seiner Tochter ins Kino.

Warum Armin zwei freie Stunden hatte, schrieb er nicht, und ich würde ihn nicht danach fragen. Es war wieder wie auf der Insel. Wir sprachen nie von Burkhard und Angela. Wir sprachen auch nicht über das, was wir taten. Wir wollten nur so oft wie möglich zusammen sein.

9

Ich hatte erst gar nicht begriffen, worum es ging. »Gehst du übermorgen mit mir zu meiner Gynäkologin?«, fragte Britta. »Sie ist neu, sie hat die Praxis übernommen, und ich verstehe sie irgendwie nicht richtig. Ich habe irgendwas in der Brust. Eine Raumforderung, sagt sie, vielleicht eine Zyste. Jetzt hat sie noch eine Untersuchung machen lassen und will mir das Ergebnis sagen. Vielleicht verstehst du sie ja besser. Margit hat Zeit und macht Vertretung.«

Warum fragst du nicht einfach, was sie meint, wenn du sie nicht verstehst, wollte ich sagen. Aber Kunden kamen, und sie hatte Margit schon Bescheid gesagt, also warum sollten wir nicht einen Ausflug zu Brittas Frauenärztin machen statt zu arbeiten?

Ich bekam eine Ahnung, was los war, als ich das angespannte Gesicht der Ärztin sah.

Sie gab erst Britta, dann mir die Hand, wies auf die Sessel vor ihrem Schreibtisch und setzte sich dahinter. Ihre Hand war eiskalt.

Sie räusperte sich heftig und blickte auf das Blatt Papier

vor sich, als müsse sie noch mal nachsehen, was da stand, obwohl sie es bestimmt genau wusste.

»Ja, also – ähm – das Ergebnis der Biopsie, Frau von Langen. Ich meine, der Gewebsuntersuchung. Ja, doch. Es sind Tumorzellen, ja.«

Ach so, dachte ich. Jetzt verstehe ich, was Britta lieber nicht verstehen wollte.

»Aber es ist ein sehr kleiner Tumor, und die Lymphknoten waren in der Voruntersuchung nicht auffällig. Man kann brusterhaltend operieren und alles entfernen. Danach eine Strahlentherapie und möglicherweise eine Chemotherapie. Die Heilungschance liegt bei dieser Art von Tumor und dem frühen Erkennungszeitpunkt sehr hoch.«

Sie sprach immer schneller, als wäre sie froh, es bald hinter sich zu haben. Zum Schluss lächelte sie Britta aufmunternd zu, als wolle sie sagen: Na, ist das nicht eine tolle Neuigkeit? Sie haben Krebs und sind ihn bald wieder los.

Britta starrte mit leerem Blick auf die Schreibtischplatte.

»Haben Sie Fragen, Frau von Langen?«

Britta antwortete nicht.

»Britta?«, sagte ich und legte ihr die Hand auf die Arm.

Sie reagierte nicht.

Die Ärztin sah mich hilflos an.

»Können wir Sie anrufen?«, fragte ich.

»Ja, natürlich. Selbstverständlich. Jederzeit.«

Sie schob die Papiere, die sie vor sich liegen hatte, in meine Richtung.

»Das ist der Befund und ein Infoblatt. Meine Telefonnummer steht darauf. Sie werden nach Möglichkeit durchgestellt. Sonst rufe ich zurück.«

Sie stand auf, ich zog Britta aus dem Sessel, und wir schüttelten einander wieder die Hand. Ihre erschien mir jetzt noch kälter.

Im Empfangsbereich der Praxis war viel Betrieb, und ich zog Britta weiter in den Flur, zur Bank gegenüber den Fahrstühlen.

»Hat sie Tumor gesagt?«, fragte sie. »Meint sie Krebs?«

»Ja, schon, aber es ist nur ein ganz kleiner. Du wirst operiert und ein bisschen bestrahlt, und alles ist wieder gut«, sagte ich in demselben anpreisenden Ton wie die Ärztin.

Ich wedelte mit dem Befundbogen und dem Infoblatt.

»Hier steht alles genau drin. Wir fahren jetzt zu dir, Gernot wartet sicher schon …«

»Gernot ist nicht da.«

»Wieso? Wo ist er?«

»Golfspielen.«

»Gibst du mir mal dein Handy?«

Ich suchte Gernots Nummer und rief ihn an: »Gernot? Hier ist Helena. Wir waren gerade bei der Ärztin, Britta muss operiert werden …«

Er fragte, weswegen.

»Es ist Brustkrebs, aber nur ein ganz kleiner, und es ist überhaupt nicht schlimm, aber wir sollten gleich darüber reden. Kommst du?«

Ich gab ihr das Handy zurück.

»Er mag es nicht, wenn man ihn beim Golfspielen stört.«

»Es hat ihn nicht gestört. Er hat gesagt, er kommt sofort.«

Wir nahmen ein Taxi, und weil Britta stumm neben mir saß und auf die Straße starrte, ließ ich sie in Ruhe und las das Infoblatt.

Gernot musste seinen Golfschläger auf den Rasen geworfen haben und losgerannt sein. Er hatte es sogar geschafft, einen Strauß langstieliger Rosen zu besorgen, die in einer Kristallvase auf dem Wohnzimmertisch standen.

Er nahm Britta in die Arme: »Was ist denn, Kleines? Was machst du?«

Sie löste sich von ihm.

»Ich mache Kaffee. Frag Helena, die weiß alles.«

Wir saßen auf den mit gestreifter Seide bezogenen Sofas zwischen den englischen Möbeln, und als ich es ihm erklärt hatte, lehnte er sich mit einem erleichterten Seufzer zurück: »Gott sei Dank, Helena. Das ist ja erträglich. Operation klingt immer gleich so schrecklich, nicht? Und Krebs sowieso.«

Britta kam, stellte ein Tablett auf den Tisch, verteilte Tassen, schenkte ein und setzte sich neben Gernot.

Er legte den Arm um sie.

»Helena hat's mir erklärt. Scheint ja halb so schlimm zu sein.«

Sie nickte.

»Und wer operiert dich?«, fragte ich.

»Keine Ahnung«, sagte Britta. »Ich frage die Ärztin.«

Gernot zog sein Handy aus der Jackentasche.

»Auf keinen Fall. Die schickt dich zu irgendeinem zweitklassigen Kollegen, von dem sie Prozente kriegt. Ich rede mit Egbert.«

»Egbert?«

»Ein Golffreund. Ärztlicher Direktor am Universitätsklinikum. Der besorgt uns den besten Spezialisten, den es …«

Er stand auf und ging hinaus.

»Egbert? Gernot hier. Hallo. Ja. Hör mal, ich …«

Gernot und Egbert machten Nägel mit Köpfen. Schon am anderen Tag bezog Britta ein Einzelzimmer in einer kleinen Klinik am Park. Der Arzt, der sie am anderen Morgen operieren würde, gehörte zu den Weltbesten im Bereich Brustkrebs, sagte Egbert, die Frauen von Scheichs und Millionären kamen zu ihm, zuletzt hatte eine Ministerin hier gelegen. Welche, wollte Egbert leider nicht sagen.

Abends ging ich sie besuchen. Das Zimmer lag zum Garten, frische Nachtluft kam durchs geöffnete Fenster, in einer Vase auf dem Nachttisch stand eine rote Rose, und Britta lag in einem blauen Nachthemd im Bett und wirkte müde. Gernot war da gewesen, und ihre Kinder hatten angerufen.

»Alles in Ordnung im Laden?«, fragte sie.

»Alles total in Ordnung.«

»Hol sofort Margit, wenn es dir allein zu viel wird.«

»Das mache ich schon. Denk gar nicht daran.«

Sie nickte, nahm meine Hand in ihre beiden Hände und hielt sie fest. Plötzlich liefen ihr Tränen übers Gesicht.

»Ich habe solche Angst, Helena.«

»Aber du brauchst keine Angst …«

»Ich will leben, Helena. Ich habe doch noch gar nicht …«

»Du stirbst nicht. Keine Chance. Es ist nur ein ganz kleiner Tumor. Er operiert ihn raus, und du hast es hinter dir.«

»Das sagt er. Woher will er das wissen?«

»Sie haben eine Kernspintomografie gemacht, oder wie das heißt. Darum weiß er es. Und er ist der beste Operateur Europas, sagt Egbert. Sogar aus Saudi-Arabien kommen sie zu ihm. Die Scheichs würden doch nicht alle ihre Frauen bringen, wenn er nicht wahnsinnig gut wäre.«

Eine blöde Bemerkung. Sie lachte auch nicht. Sie hatte gar nicht zugehört.

»Was ist, wenn ich morgen sterbe?«, fragte sie laut in den Raum hinein. »Oder in einem Jahr, weil der Krebs weiterwächst? Dann beerdigen sie mich, und das war's. Und was habe ich dann gehabt von meinem Leben?«

»Britta! Was du gehabt hast? Gernot, deine Kinder, deine Enkel …«

Sie schwieg, aber ihr Gesicht fragte: Ja und?

»Die Buchhandlung. Deine. Buchhandlung Britta von Langen.«

Ein kleines Lächeln hob ihre Mundwinkel, doch es erreichte nicht mal ihre Augen. Sie sah zur Decke, schüttelte verzweifelt den Kopf, und ihre Tränen liefen noch stärker.

»Nein, nein, nein! Ich will nicht …«

Sie drückte ihr Gesicht ins Kissen, hielt meine Hand noch fester und schluchzte laut.

Als es mir vorkam, als ob meine Hand gleich absterben würde, kam eine Schwester herein und brachte ein Schälchen mit einer Tablette.

»Ich bringe Ihnen was zum Schlafen, Frau von Langen. Gleich ist Ihnen wohler.«

Britta nahm die Tablette und trank. Ich trocknete ihr Gesicht, blieb bei ihr sitzen, bis ihre Augen zufielen, küsste sie und ging hinaus.

Im Flur fing ich an zu laufen, rannte durch die Station, am Pförtner vorbei, über den Platz vor der Klinik und die Straße hinunter zum Parkeingang, wo Armin unter einer Laterne stand und wartete.

»Wo bleibst du? Ich habe mir Sorgen gemacht.«

»Britta ist es nicht gut gegangen, und ich konnte nicht telefonieren. Jetzt hat sie was zum Schlafen gekriegt.«

Er küsste mich kurz im Licht der Straßenlaterne. Wir bogen in einen dunklen Seitenweg ein, der zum See führte. Auf seiner anderen Seite lag hell erleuchtet das Seerestaurant. Es hatte gerade den dritten Stern gekriegt und sah aus wie der Ort, an dem alles gut ist. Der Ort, wo wir alle hinwollen.

»Da möchte ich jetzt sein«, sagte ich.

»Ich habe dich mal eingeladen. Aber du wolltest nicht. Und jetzt geht's nicht mehr. Ist mir zu unsicher. Die kennen mich da gut, die merken womöglich, was mit uns ist.«

Was geht überhaupt für uns?

Wir blieben an einem kleinen Fluss stehen, der über ein Wehr rauschte, küssten uns und vergaßen, dass wir nicht allein waren. Nicht zwischen vier Wänden. Wir wurden erst wieder daran erinnert, als ein alter Mann mit einem Hund bei uns stehen blieb und mit zorniger Stimme fragte, ob wir das, was wir da täten, nicht zu Hause tun könnten? Der Hund knurrte.

Armin zog seine Hände unter meinem Shirt hervor, ich meine unter seinem Pullover, wir machten unsere Jacken zu und ordneten unsere Gesichter.

»Bis Donnerstag.«

Er strich über meine Wange und ging zur nächsten großen Straße, um ein Taxi zu finden. Ich lief zurück zur Klinik und zu meinem Auto.

Papa stand in der offenen Tür, als ich nach Hause kam, eine große, schmale Gestalt vor dem hellen Licht der Flurlampe, und schien auf jemanden zu warten. Ich parkte und ging schnell über die Straße, aber dann sah ich eine Frau, die ihr Rad am Zaun abgestellt hatte und die Treppe hinaufeilte.

»Herbert? Bist du das? Habe ich dich gefunden?«, rief sie jubelnd.

»Gertie«, sagte Papa, küsste sie auf die Wange und hielt ihr die Tür auf. Bevor er sie zumachen konnte, sah er mich.

»Hallo, Helena.«

Die Frau drehte sich um.

»Meine Tochter Helena«, sagte Papa. »Gertie.«

Gertie trug ihr graues Haar in einer aparten Ponyfrisur, hatte ein hübsches zartes Gesicht und eine hübsche zarte Figur und war schrecklich verlegen. Es war anscheinend ihr erstes intimes Treffen. Dabei der Tochter des Auserwählten zu begegnen, war vermutlich ähnlich peinlich, als würde man bei dieser Gelegenheit seine Mutter kennenlernen.

Sie schüttelte mir die Hand und rang um Worte.

»Sie wohnen auch hier? Bei Ihrem Vater? Wie nett.«

Nett ist das falsche Wort, dachte ich. Anstrengend, aufreibend, absurd, abgefahren. Das passt eher. Er ist tatsächlich wieder unterwegs und reißt Frauen auf.

»Warst du etwa mit dem Motorrad weg, Papa?«

»Wie denn?«, fragte er vorwurfsvoll. »Du hast die Schlüssel. Ich bin mit dem Fahrrad gefahren.«

Ach, Helena. Er braucht doch kein Motorrad, um Frauen abzuschleppen. Ein Fahrrad reicht ihm. Zur Not geht's auch zu Fuß oder auf allen Vieren.

»Ich will endlich die Schlüssel zurück. Der Arzt sagt, ich darf wieder fahren.«

»Es ist November, Papa.«

»Das ist egal. Hauptsache, es ist warm genug.«

Gertie sah verwirrt zwischen uns hin und her. Papa bemerkte ihren Blick und reichte ihr den Arm.

»Entschuldige, Gertie. Komm. Ich zeige dir, wie ich wohne. Ich habe auch einen kleinen Imbiss für uns vorbereitet. Gute Nacht, Helena«, fügte er väterlich hinzu, »schlaf gut.«

Gertie hakte sich bei ihm ein und ließ sich von ihm die Treppe hinaufführen.

Es ist noch nicht Schlafenszeit, Papa, dachte ich. Es sei denn, man hat ein Rendezvous.

Ich fand, dass ich auch einen Imbiss brauchen konnte, und ging in die Küche. Sie war leer und kalt.

Der Anrufbeantworter im Flur blinkte. Burkhard war mit seiner Exfrau beim Elternabend seiner Tochter, ging noch mit ihr essen und kam heute nicht mehr.

Aus Jakobs Zimmer dröhnten die Kampfgeräusche eines Computerspiels. Ich ging hinein und legte die Hand auf seinen Arm.

»Wo ist Sky?«

Er hob die Schultern.

»Wieso weißt du das nicht? Ist sie einfach weggegangen und hat nichts gesagt?«

Er nickte.

Ihr habt euch wieder gestritten, dachte ich.

»Machst du dir keine Sorgen, wenn du nicht weißt, wo sie ist?«

Kopfschütteln.

»Ich mache mir aber welche.«

»Sie ist wahrscheinlich im Geschäft. Oder bei ihrer Tante. Ihr passiert schon nichts.«

Ich ging in die Küche, machte Licht und öffnete das Gefrierfach. Es enthielt nur Rahmrosenkohl und Salamipizza. Jakob liebt Rahmrosenkohl und Salamipizza. Ich hasse Salamipizza und Rosenkohl.

Oben bei Papa fing Elvis an zu singen. Die Schreie und Maschinengewehrsalven in Jakobs Zimmer wurden lauter und heftiger.

Ich knallte die Gefrierfachtür zu.

Das Baguette Bleue am Voltaireplatz leuchtete so paradiesisch wie vorhin das Seerestaurant. Es hatte keine drei Sterne, aber immerhin einen. Neben der Tür hing das rote Schild, auf dem er abgebildet war.

Der Gastraum war hell, warm und voll, und ich dachte, ich müsste wieder gehen, aber eine junge Frau mit langer

Schürze führte mich zu einem freien Tisch in einer Nische und brachte die Karte.

»Sie können sich die Menüfolge aussuchen. Zwischen fünf und neun Gängen. Oder als Überraschungsmenü. Wir servieren zu jedem Gang den passenden Wein.«

»Fünf Gänge als Überraschungsmenü. Oder nein, Moment – ich nehme alle. Alle neun.«

Sie nickte lächelnd und zündete die Kerze an, die auf dem Tisch stand.

Das Überraschungsmenü dauerte zwei Stunden und kostete hundertfünfzig Euro. Ich hatte noch nie so viel Geld für so wenig Essen bezahlt. Aber ich hatte auch noch nie etwas so Gutes gegessen, das mich – ganz allein an einem fremden Ort – so froh gemacht hatte. Geradezu glücklich.

Zu Hause sang immer noch Elvis, und in Jakobs Zimmer kämpften sie schon wieder. Oder noch immer. Er hatte mich trotzdem gehört und stürzte in den Flur.

»Mama! Wo warst du?«

»Essen.«

»Warum hast du nichts gesagt? Ich wusste gar nicht, wo du bist.«

Ich hob wortlos die Schultern, wie er es sonst tat, wenn er keine Lust hatte zu antworten, und ging in mein Zimmer. Er kam hinter mir her.

»Ist was, Mama?«

Ist was? Ich habe eine unglückselige glückselige Affäre mit deinem Vater. Heimlich, verboten, unmöglich. Dein Großvater fängt wieder an, Frauen abzuschleppen und

Elvis Presley zu spielen. Britta wird morgen an der Brust operiert und hat eine Scheißangst zu sterben und außerdem das Gefühl, noch gar nicht gelebt zu haben. Sky fehlt mir mehr, als ich mir hätte vorstellen können, und ich habe den Verdacht, dass sie mir bald ganz fehlen wird. Burkhard ist mal wieder nicht da, und es kommt mir allmählich so vor, als ob er nie da ist, wenn man ihn braucht.

Aber im Moment ist mir alles wunderbar egal. Ich hatte ein Überraschungsmenü im Paradies und bin glücklich.

»Nein. Nichts ist. Jetzt nicht mehr.«

Er sah mich erstaunt an.

»Gute Nacht, Jakob. Schlaf gut.«

Ich schob ihn hinaus und machte die Tür hinter ihm zu.

Brittas Operation am anderen Tag verlief perfekt, sagte der weltbeste Brustchirurg. Es war nur ein kleiner Schnitt nötig gewesen, der so gut heilte, dass sie schon nach drei Tagen entlassen werden konnte. Wir waren alle froh darüber, auch deshalb, weil im Zimmer gegenüber eine arabische Prinzessin lag, mit eigenem Personal und Personenschützern, jungen Frauen in weißen Kitteln – die Klinik wollte keine Männer in grauen Anzügen auf dem Flur stehen haben –, die einen angriffsbereit musterten, wenn man Britta besuchen kam.

Gernot und ich holten sie ab. Der Chirurg hatte ihr bei der letzten Visite außer der Bestrahlung noch eine Chemotherapie empfohlen, damit sie ganz auf der sicheren Seite war. Ich machte mir Sorgen, dass sie nun wieder Angst vorm Sterben bekommen würde, aber so war es nicht.

Gernot fuhr, wir saßen hinten, sie hielt meine Hand und wirkte gelassen und fröhlich.

»Die Bestrahlung ist kein Problem«, sagte sie, »in der Franziskanerstraße gibt's eine radiologische Praxis. Da gehe ich einfach jeden Tag hin, wenn es so weit ist. Und nächste Woche bin ich wieder im Laden.«

Gernot sah sie im Rückspiegel an: »Erst die Chemotherapie, Britta. Er hat doch gesagt, die kommt zuerst.«

»Ich mache keine. Ich will mein Haar nicht verlieren. Ich will nicht, dass mir monatelang übel ist. So viel Zeit habe ich nicht.«

»Du hast alle Zeit der Welt«, sagte Gernot. »Und wir lieben dich auch ohne Haare.«

»Und wie«, sagte ich. »Ohne siehst du sicher wunderschön aus. Und wenn sie erst wieder wachsen und du lauter kurze Locken hast!«

Sie schüttelte den Kopf, machte ihr majestätisches Gesicht, sah nach vorne auf die Straße und antwortete nicht.

Bei ihr zu Hause wollte ich Kaffee kochen und ihre Reisetasche auspacken, doch sie schüttelte wieder nur den Kopf.

»Dann fahre ich in die Buchhandlung, damit Margit gehen kann.«

»Lass Margit im Laden, und nimm du frei.«

»Aber das kostet.«

»Egal«, sagte sie fröhlich. Dabei war sie sonst so sparsam.

Bevor ich ging, schaute ich noch bei Gernot rein, der im Wohnzimmer saß und Zeitung las.

»Pass auf sie auf, Gernot. Irgendwie ist sie mir zu munter.

Und so gelassen. Sie hat anscheinend überhaupt keine Angst mehr. Die haben ihr in der Klinik doch nichts gegeben, oder?«

»Nicht, dass ich wüsste. Danke für alles, Helena.«

Als ich nach Hause kam, parkte Papas Wagen mit geöffneter Hecktür vor dem Haus. Der Rücksitz war heruntergeklappt, ein großer Karton stand darauf, an dem ein Koffer lehnte.

Auch die Haustür war offen. Papa umarmte gerade Sky, streichelte ihre Wange und sagte: »Alles Gute, Herzchen. Ich komme dich oft besuchen, und dann gehen wir essen.«

Papa variiert seine Kosenamen. Herzlein ist für Irene und mich reserviert, Herzchen für Frauen, die nicht mit ihm verwandt sind.

»Was ist denn hier los?«, fragte ich, obwohl ich es wusste.

»Wieso bist du schon da?«, fragte Papa.

»Ich ziehe aus«, sagte Sky.

»Wohin? Hast du eine Wohnung gefunden?«

Sie schüttelte den Kopf: »In mein Geschäft.«

»Hast du da ein Bett?«

»Luftmatratze mit Schlafsack. Das geht schon.«

»Ein Bad? Eine Küche?«

Sie nickte, aber ich wusste, dass es nicht stimmte. Sie hatte mir von ihrem Geschäft erzählt. Es war ein kleiner Altbauladen mit einem großen Altbauklo, in dem es ein Waschbecken mit kaltem Wasser gab, und die Küche bestand aus einer Herdplatte und einem Wasserkocher auf einem Kühlschrank.

»Wo sind überhaupt deine Möbel?«

»Bei einer Freundin auf dem Land.«

Jakob kam mit einem Koffer aus seinem Zimmer: »Wir können fahren.«

Sky streckte mir die Hand hin: »Auf Wiedersehen, Helena.«

Ich schüttelte den Kopf.

»Du ziehst nicht aus. Du bleibst hier.«

»Das geht nicht«, sagte Jakob.

»Du hast gesagt, sie wohnt hier, bis sie eine Wohnung hat. Sie hat aber keine. Und sie kriegt doch auch keine.«

»Wir haben uns getrennt, Mama.«

»Ich habe mich nicht von ihr getrennt. Ich will, dass sie hierbleibt.«

»Wenn Jakob nicht will …«, sagte Sky.

»Ich habe erst auch nicht gewollt, dass du hier wohnst, und das war Jakob scheißegal. Du bist sein Gast, hat er gesagt. Ab jetzt bist du mein Gast, und es ist mir scheißegal, ob es Jakob passt oder nicht.«

»Und wo soll sie wohnen?«, fragte Papa.

»In Mamas Zimmer. Das steht leer, und auf dem Dachboden gibt es genug Möbel. Ich lasse sie doch nicht in diesem kleinen kalten Laden hocken, wenn hier so viel Platz ist.«

Stille. Draußen rumpelte ein Laster durch die Straße. Die Haustür stand immer noch offen.

»Da hat Helena recht, Jakob«, sagte Papa.

Jakob sah mich wütend an.

»Es ist richtig, Jakob«, sagte Papa, »von jedem Standpunkt aus betrachtet. Denk noch mal darüber nach.«

Jakob drückte Papa den Autoschlüssel in die Hand, ging in sein Zimmer und knallte die Tür hinter sich zu.

»Komm, Sky«, sagte Papa. »Wir holen deine Sachen rein.«

Ich ging auf den Dachboden und zog die Schutzhüllen von Mamas Sofa, ihrem Schreibschrank, dem Tisch, dem Korbsessel. Die Seitenlehnen des Sofas ließen sich herunterklappen, sodass ein Bett daraus wurde, und der Schreibschrank hatte außer dem Schreibfach vier geräumige Schubladen.

Ist okay, Mama, oder, dachte ich.

Natürlich war es okay. Ich brauchte gar nicht zu fragen. Ich kannte sie doch.

»Bist du das, Helena?«, rief Papa von unten.

»Ja. Sag Sky, sie soll mal kommen.«

Ich hörte, wie sie die Treppen hinaufrannte. Sie kam atemlos oben an.

Ich zeigte ihr Mamas Möbel.

»Die kannst du für unten haben. Und den Schrank da drüben. Wenn du ein Bücherregal brauchst, sag Bescheid. Irgendwo hier ist eins.«

Sie nickte eifrig.

»Hast du jemanden, der dir hilft, sie runterzutragen? Jakob ja wohl eher nicht. Aber vielleicht die Jungs in den schwarzen Klamotten. Dann tun die hier mal was anderes als Bier trinken und Kippen verteilen.«

Sie grinste.

»Sag ihnen, sie sollen vorsichtig sein. Die Möbel sind von meiner Mutter.«

Sie strich behutsam über das Holz des Schreibschranks: »Ich passe bestimmt gut auf.«

In dieser Nacht schlief sie auf dem Bettsofa in meinem Zimmer. Als ich am anderen Tag nach Hause kam, war Mamas Zimmer fertig eingerichtet, und Sky saß auf dem grün bezogenen Sofa und sah aus wie ein frohes kleines Mädchen. In ihrem Gesicht war nie viel Bewegung, aber wenn sie sich freute, wurde es weicher und heller, als wäre in ihrem Inneren ein Licht angegangen.

»So war's auch bei meiner Mutter«, sagte ich. »Das würde ihr gefallen.«

Ihr Gesicht leuchtete noch mehr.

In der Küche klingelte der Herd. Sie ging hinüber.

Ich sah mich um. Sie hatte keine Bilder aufgehängt, nur oben auf dem Schreibschrank ein paar Postkarten an die Wand gelehnt. Wie Mama. Die Klappe des Schranks war geöffnet, Briefbogen lagen darauf und sogar ein Füller. Sie schrieb an ihre Brieffreunde. Das musste so sein bei Brieffreundschaften, hatte sie mir erklärt. Keine Mails. Richtige Briefe auf Papier. Auch das war wie bei Mama.

Sie streckte den Kopf herein: »Essen ist fertig.«

Sie hatte den Tisch im Wohnzimmer gedeckt und aufwendig gekocht. Thai-Salat, Geflügelcurry, Orangencreme. Wenn sie sich richtig Mühe gab, verdiente ihr Essen genauso einen Stern wie das im Baguette Bleue, fand ich. Jakob war nicht da und kam nicht, und ich aß auch seine Orangencreme.

Sky sah mir zufrieden dabei zu.

»Ich könnte immer für uns kochen. Bis Weihnachten

jedenfalls. Es lohnt sich jetzt nicht, abends offen zu haben. Die Leute lassen sich nicht tätowieren, die gehen Geschenke kaufen.«

»Toll.«

»Ich besorge auch alles dafür«, fügte sie hinzu.

»Noch toller. Hebe die Kassenzettel auf.«

Nun gab es jeden Abend Sterneessen. Wir aßen es allein, denn Burkhard hatte viel zu tun, und Jakob, der immer noch gekränkt war und Sky und mich nicht zu Gesicht kriegen wollte, kam erst spät nach Hause. Oder er ging sofort hinauf zu Papa und verbrachte den Abend bei ihm.

Aber unten bei uns duftete es wunderbar, und oben bei Papa gab es nur Papas Salat. Nach ein paar Tagen tauchte Jakob in der Küche auf, blickte sich finster um, murmelte: »Sagt Bescheid, wenn's Essen gibt«, und verschwand in seinem Zimmer.

Zwei Tage später kam Papa in die Küche.

»Jakob sagt, bei euch gibt's so ein großartiges Abendessen. Kann ich auch mal kommen?«

»Klar. Immer. Du musst nur Sky vorher Bescheid sagen, damit sie genug einkauft.«

Er zog sein Portemonnaie aus der Hosentasche und reichte mir einen Fünfziger.

Ich schüttelte den Kopf.

»Aber das kostet doch, Helena. Jakob sagt ...«

»Ich wohne umsonst bei dir, und Sky wohnt umsonst bei mir. Du bist eingeladen.«

Am Wochenende war Burkhard mal wieder länger da.

»Hör mal«, sagte er, als wir abends im Bett lagen, »dein Vater hat mir erzählt, dass Sky jetzt immer so gut kocht. Wann esst ihr denn so?«

»Gegen acht.«

»Kann ich auch kommen?«

»Sicher. Aber du hast doch so viel zu tun.«

»Das schiebe ich irgendwie ein.«

»Sag Sky Bescheid, wenn du kommst, damit sie genug einkauft.«

»Ich zahle auch was. Dein Vater sagt, es ist erste Klasse und sicher ziemlich teuer.«

Als er am anderen Tag wieder weg war, fand ich auf meinem Schreibtisch einen Hunderter an einem Klebezettel, auf den ein Herz gemalt war, in dem *Dinner* stand.

Ich wusste, dass er es nicht so meinte. Aber ich kam mir wieder vor, als hätte ich ein Stundenhotel. Eines mit Drei-Sterne-Halbpension.

Ab jetzt saßen wir jeden Abend zusammen und aßen, und ich freute mich den ganzen Tag darauf. Es war Familie, wie ich sie lange nicht mehr gehabt hatte. Ich machte mir nur Gedanken wegen Sky.

»Ist das nicht zu viel für dich? Frühdienst in der Tankstellencafeteria, den ganzen Tag im Geschäft, und abends kaufst du noch ein und kochst.«

Sie schüttelte den Kopf, schnaubte verächtlich und schichtete die Kartoffelscheiben für das Gratin noch schneller und unglaublich geschickt in die flache Form.

»Wieso kannst du so gut kochen?«, fragte ich.

»Mein Vater war lange krank, bevor er gestorben ist,

und meine Mutter ist arbeiten gegangen. Einer musste kochen. Meine Geschwister waren zu klein. Erst war es blöd, weil ich nicht wusste, wie es ging. Aber dann hat es Spaß gemacht, und meine Tante hat mir ein Kochbuch geschenkt. Bevor ich Tattookünstlerin wurde, habe ich in der Gastronomie gekocht. Dagegen ist das hier ein Spaziergang.«

Sie goss Sahne über die Kartoffeln. Es duftete nach Muskat. Sie schob die Form in den Ofen und wendete das Kalbsfilet, das in der Pfanne briet.

Die Haustür wurde aufgeschlossen und zugeschlagen. Jakob kam an der Küchentür vorbei und pfiff, damit wir auch ganz sicher wussten, dass er da war und zum Essen geholt werden wollte.

Ich hatte in der Nähe keinen Parkplatz gefunden und musste ein Stück gehen. Armins auffälliger roter Wagen war in sicherer Entfernung geparkt. Ich kam daran vorbei und fing an zu laufen. Die Haustür in der Fanny-Mandelbaum-Straße stand offen, er war schon oben und wartete auf mich, und ich rannte auch die Treppen hinauf.

Er lehnte an der Wohnungstür und tippte etwas in sein Smartphone. Ich warf mich keuchend in seine Arme. Wir hatten uns letzte Woche nicht gesehen, weil er auf einem Werbefilmfestival in Kanada gewesen war.

Er hielt mich fest: »Bin ich froh, dass ich wieder da bin. Du hast mir so gefehlt.«

Ich küsste ihn.

Hinter uns hustete jemand. Die alte Frau, die nebenan

wohnte, sah vorwurfsvoll durch den Türspalt. Ich schloss schnell die Wohnung auf und zog Armin hinein.

»Moment«, sagte er, als ich ihn wieder küssen wollte. »Was läuft da mit Jakob? Er sagt, er mag nicht mehr nach Hause, weil du ihn zwingst, weiter mit seiner Exfreundin zusammenzuwohnen. Die haben sich gerade getrennt, Helena.«

»Dann war er bei dir, wenn er so spät gekommen ist?«

»Ich bin mit ihm essen gegangen. Er musste doch was …«

Ich machte mich von ihm los.

»Der Arme! Sonst wäre er verhungert. Aber jetzt ist alles noch viel schlimmer für ihn. Er muss jeden Abend mit Papa und Burkhard und Sky und mir an einem Tisch sitzen und sich mit dem guten Essen vollschlagen, das Sky kocht. Er muss sich von allem zweimal nehmen und danach vor der Glotze hocken und darf keinen Finger rühren. Armer Jakob. Ich bin die böse Helena. Die Gefängniswärterin. Weißt du das nicht?«

Er sah mich verblüfft an.

»Wann hast du zuletzt mit ihm gesprochen?«, fragte ich.

»Letzte Woche. Bevor ich gefahren bin.«

»Da bist du nicht auf dem Laufenden. Ich sag dir jetzt noch, warum Sky bei uns bleibt, und dann kannst du mich mal.«

Er strich über meine Arme.

»Reg dich doch nicht so …«

Ich schüttelte seine Hände ab.

»Ohne Sky hätte Jakob seinen Liebeskummer nicht so leicht hinter sich gebracht. Dafür war sie gut genug. Jetzt hat er's geschafft, jetzt streitet er sich mit ihr, jetzt soll sie gehen. In ihren kleinen kalten Laden. Aber da kommt sie nicht mehr raus. Sie hat keinen Job, kein Geld und jede Menge Tattoos. Die kriegt keine Wohnung …«

»Doch, kriegt sie. Ich sorge dafür. Ich übernehme auch eine Mietbürgschaft. Oder was du willst.«

»Nichts will ich. Von dir sowieso nicht. Ich will nur, dass sie bleibt. Sie ist seit endlosen Zeiten der erste Mensch, der mal was tut. Sie räumt auf, sie wäscht. Ich komme nach Hause, und sie hat gekocht. Das ist toll, sage ich dir. Wenn's nach mir geht, bleibt sie für immer, und wenn dir das nicht gefällt, kann Jakob ja bei dir wohnen.«

Ich riss die Tür auf: »Und jetzt verschwinde.«

Er schlug die Tür zu und hielt mich fest, als ich sie wieder aufmachen wollte.

Ich blieb still stehen und sah ihn an.

»Du hast dich nicht die letzten zwölf Jahre jeden Tag um ihn gekümmert. Du hast uns verlassen. Du wolltest ja unbedingt Karriere machen. Du warst Wochenendvater und Ferienvater. Du konntest kommen und gehen, wann du wolltest. Du musstest nicht da sein. Ich war ja da. Kümmere du dich erst mal zwölf Jahre allein um ihn. Dann darfst du mir sagen, was ich tun soll und was nicht.«

Er ließ mich los. Er war schrecklich blass geworden. Ich öffnete die Tür.

»Moment«, sagte er mit rauer Stimme, »bitte, Helena. Einen Moment noch.«

Er räusperte sich.

»Es tut mir leid. Das jetzt. Ich hätte dich erst fragen sollen, was los war. Und das damals. Das vor allem. Ich habe solche Scheiße gebaut damals. Das tut mir schon so lange so schrecklich leid.«

Wir standen da und sahen uns an. Es war wieder wie auf der Insel. Wie oben auf der Aussichtsplattform, nachdem wir das erste Mal miteinander geschlafen hatten. Nur dass hier kein kalter Wind wehte. Ich wollte etwas sagen, er auch, aber wir sagten nichts, vielleicht, weil es keine Bedeutung hatte. Wir öffneten gleichzeitig die Arme und umarmten uns.

Wir blieben lange so stehen. Dann hob er mich hoch und trug mich auf das Polstersofa im Wohnzimmer. Er legte sich zu mir, die Sprungfedern quietschten, wir sanken ein bisschen ein und lagen wie in einem Nest. Es war dunkel geworden. Gegenüber war ein Balkon schon weihnachtlich geschmückt, obwohl erst Ende November war, und die Lichterketten an seinem Geländer und der Stern über der Balkontür leuchteten ins Zimmer.

Ich lag in Armins Wärme, spürte seine Muskeln, seinen Atem, seinen Geruch und hatte keine Wünsche mehr. Ich wollte nicht mal mit ihm schlafen. Nicht unbedingt jedenfalls. Es genügte, bei ihm zu sein. Dass er da war und ich bei ihm, war das Einzige, was zählte.

Wir schliefen dann doch miteinander. Zart und behutsam. Auch deshalb, weil das alte Sofa bei jeder Bewegung quietschte, sich hob und senkte. Es war, als schliefe man auf Meereswogen miteinander. Danach deckten wir uns mit der Felldecke zu, die über der Lehne hing, und sahen auf den großen leuchtenden Stern gegenüber.

Irgendwo spielte ein Handy seine Melodie, entfernt, gedämpft. Es hörte auf und fing wieder an.

»Das klingt wie meines«, sagte Armin, beugte sich zu seinen Sachen hinunter und tastete sie ab. »Wo ist das überhaupt? Ich hab's doch vorhin noch in der Hand gehabt, als du die Treppe raufgerannt …«

Er folgte dem Ton, öffnete die Wohnungstür und kam mit seinem Smartphone zurück.

»Ja? Jakob … Keine Ahnung. Wieso? … Ach so. Ja. Nein, das verstehe ich auch nicht. Ja. Mach das. Okay. Bis dann.«

Er schnitt eine Grimasse des Entsetzens.

»Scheiße. Er hat gefragt, ob ich vielleicht weiß, wo du bist. Es ist kurz nach neun. Du wolltest um acht zu Hause sein. Sie machen sich schreckliche Sorgen. Er hat schon überall angerufen. Aber ich konnte doch nicht sagen: Ja, weiß ich. Sie ist hier bei mir.«

Ich sprang vom Sofa und rief Jakob an.

»Mama! Was ist? Wo bist du? Wir machen uns solche …«

»Alles in Ordnung. Tut mir leid. Ich bin unterwegs. In einer Viertelstunde bin ich da.«

»Aber was …«

»Erkläre ich dir später. Die Ampel wird gerade grün.«

Ich legte auf. Armin war schon angezogen und zog den Reißverschluss an seinen Stiefeln zu.

»Ich habe alles vergessen. Verdammt! Wegen dir. Bloß wegen dir habe ich alles vergessen.«

Er hob den Kopf. Sein Gesicht war vom Bücken gerötet.

»Geht mir genauso.«

»Was ist mit Angela?«

»Nicht so schlimm. Ich komme oft zu spät.«

Er küsste mich.

»Bis nächste Woche.«

Ich blieb noch einen Moment unter die Felldecke. Sie war mal teuer gewesen und wahrscheinlich hier gelandet, weil Felle und Samtfutter dünn geworden waren, aber sie lag warm und weich auf meiner Haut. Am liebsten wäre ich unter ihr liegen geblieben, bis nächsten Donnerstag, bis es wieder vier war und Armin kam und klingelte.

Zu Hause stand Papa in der offenen Haustür, als ich aus dem Auto stieg. Ich rannte die Stufen hinauf.

Er nahm mich in die Arme.

»Gott sei Dank. Du lebst und bist gesund. Ich habe solche Angst um dich gehabt. Was war denn?«

Ich hatte mir eine Erklärung überlegt, in der ein Verkehrsstau, der Tai-Chi-Kurs, der länger gedauert hatte, und mein Handy, das ich im Auto nicht finden konnte, vorkamen. Sie war blöd, aber mir war so schnell keine bessere eingefallen.

Sky brachte das Essen, das sie für mich warm gehalten hatte, und Jakob schenkte mir ein Glas Wein ein.

»Also, das verstehe ich nicht«, sagte Papa. »Warum hast du nicht angehalten und dein Handy gesucht?«

»Weil ich im Stau stand … fuhr, meine ich. Stop-and-go, weißt du.«

»Du hättest gleich anrufen sollen, als der Kurs zu Ende war.«

»Ich dachte, ich fahre schon mal los und telefoniere während der Fahrt.«

»Das soll man sowieso nicht, Helena. Wo findet dieser Kurs überhaupt statt?«

»An der Volkshochschule.«

»Und wie heißt die Kursleiterin?«

Ach, verdammt. Ich hätte zur Not ein paar Übungen vormachen können, aber ich hatte mir nicht überlegt, wie die Kursleiterin hieß.

»Weiß ich nicht. Ich kann mir den Namen nie merken.«

Er stand auf und zog die Jacke an, die über der Stuhllehne hing. Sie war aus dunkelgrauem Leder, ebenso die Hose, die er trug. Seine neue Montur. Er war so begeistert davon, dass er ständig darin herumlief und sich anscheinend nur zum Schlafen von ihr trennte. Wie ein kleiner Junge, der seine neuen Fußballschuhe nicht mehr ausziehen will. Die Montur stand ihm gut, und wenn er steifbeinig vom Motorrad stieg, groß und schlank in dunklem Leder, und den Helm abnahm, war er mit dem schmalen Gesicht und dem Schnurrbart gleichzeitig Hell's Angel und Gentleman. Und unwiderstehlich.

Ich hatte so gehofft, dass Gertie blieb. Sie war Anfang sechzig und Heilpraktikerin, färbte ihr Haar nicht und fuhr ein lindgrünes Fahrrad mit einem Weidenkorb am Lenkrad. Sie passte gut zu Papa, fand ich. Zu dem von früher. Als er noch nicht wieder gesund und mit dem Fahrrad unterwegs gewesen war, war es auch gegangen. Zu dem Mann in der Montur auf der röhrenden 1700-Kubik-Maschine passte sie nicht. Ich hatte sie auch noch nie auf dem Beifahrersitz gesehen. Schon deshalb nicht, weil sie nur lange Röcke und flatternde Schals und weite Mäntel trug, mit denen selbst Fahrradfahren schwierig war.

Papa kam um den Tisch herum und sah mich ernst an.

»Pass in Zukunft besser auf dein Handy auf, ja? Hast du

keine Freisprecheinrichtung? Lass dir unbedingt eine installieren. Auf meine Kosten. Und ruf immer sofort an.«

Er strich mir über die Wange: »Versprich es mir, Helena. Ich bin ein alter Mann und halte solche Sorgen um meine Kinder nicht aus.«

»Mach ich ja, Papa.«

Er küsste mich und ging hinaus, und seine Cowboystiefel machten ein lautes Geräusch auf dem Küchenboden.

Ich wollte die Küche aufräumen, um allein zu sein, doch ich durfte nicht, weil Jakob und Sky auch so froh waren, dass ich noch lebte. Stattdessen musste ich Burkhard, Irene, Britta und sogar Kerstin anrufen, die zwar alle schon wussten, dass ich noch lebte, es aber noch mal von mir hören wollten. Sie hatten sich auch solche Sorgen gemacht und waren jetzt auch so erleichtert und ermahnten mich, in Zukunft sofort anzurufen. Das tat ich doch sonst immer. Was war denn mit mir los?

Ich fing an mich zu hassen. Ich kam aus der Nummer nicht mehr raus und musste alle belügen, die mir lieb waren und mich liebten und etwas Besseres verdienten.

Ich verkroch mich ins Bett und wünschte mir, nicht auf dieser Welt zu sein. Schlafen ist eine gute Möglichkeit, vorübergehend nicht zu existieren, aber gerade als ich einschlief, klingelte das Telefon. Es war Armin.

»Alles wieder gut?«, fragte er.

Nichts ist gut, verdammt noch mal.

»Geht so. Warum sprichst du so komisch? Von wo rufst du an?«

»Vom Gästeklo. Das ist am weitesten weg.«

Er und Angela und die Mädchen bewohnten eine riesengroße Altbauwohnung, in der man vom einen bis zum anderen Ende eine Zeitlang unterwegs war.

»Dann rede doch vernünftig.«

»Lieber nicht«, sagte er leise und ließ Wasser rauschen.

»Dann telefoniere nicht mit mir, wenn du nicht vernünftig mit mir reden kannst.«

Ich legte auf. Er rief wieder an, aber ich schaltete die Mailbox ab, machte das Handy aus und zog mir die Decke über den Kopf.

Auf Armin herumzuhacken führt jetzt auch nicht weiter, sagte meine innere Stimme. Du bist selber schuld an deiner Misere. Mach Schluss mit dieser unglückseligen Affäre. Das hat doch alles keinen Sinn und keine Zukunft und bringt nichts als Leid und Unglück.

Sie übertreibt gern. Und sie liebt billige Dramatik. Aber sonst hatte sie recht.

10

Wenn die Ladentür aufging, erklangen die ersten Takte von »Kling, Glöckchen, klingelingeling«. Einer von Brittas Söhnen hatte das installiert. Ihr gefiel es, mir ging es schrecklich auf die Nerven.

Jemand öffnete die Tür so heftig, dass der Mechanismus die Melodie gleich zweimal spielte. Es war Caroline.

»Hallo, Helena. Ist Britta nicht da?«

Ich senkte die Stimme: »Sie ist zur Bestrahlung.«

»Ach ja. Natürlich.«

Sie warf ihren Kamelhaarmantel über den Tresen, stellte ihre 3000-Euro-Handtasche daneben und sagte: »Bringst du mir einen Kaffee?«

Ich trug Mantel und Tasche ins Büro und brachte Kaffee, und sie stöckelte auf ihren hohen Absätzen durch den Laden, stapelte Bücher auf dem Tresen, legte Stifte, Mauspads, Briefbeschwerer, Notizbücher dazu und schließlich Geschenkpapier, Band und Schleifen, damit ihre Sekretärin die Sachen einpacken konnte.

Sie kauft immer alle ihre Weihnachtsgeschenke bei uns.

Vor allem die Werbegeschenke für die Firmen, die Mitarbeiter in ihre Erfolg-im-Beruf-Kurse schicken.

Schließlich ließ sie sich auf die Bank in der Leseecke sinken und winkte mit ihrem Kaffeebecher.

Ich kam mit der Kanne und goss nach.

»Und?«, sagte sie und musterte mich kühl. »Du hast so gut ausgesehen, als du von dieser Insel zurück warst. Das ist doch noch gar nicht so lange her. Wo ist das hin? Du siehst aus wie …«

Jetzt ging das wieder los.

»So sehe ich immer aus, wenn ich müde bin.«

»… jemand, der keine Luft mehr kriegt. Dem alles zu schwer ist und das Leben zu eng. Geht mich ja nichts an, aber du solltest mal ein bisschen Platz schaffen, damit du dich wieder bewegen kannst.«

Das hatte sie schön gesagt.

»Dass ich es nicht vergesse. Ich brauche den Schlüssel für die Wohnung.«

»Jetzt? Sofort?«

Sie nickte.

»Morgen vielleicht? Ich bringe ihn dir.«

Sie schüttelte den Kopf und hielt die Hand auf. Ich holte ihn.

Armin stand schon wartend vor der Haustür, als ich in die Fanny-Mandelbaum-Straße kam, eng dagegen gedrückt, weil es nieselte. Ich schob meine Arme unter seine Jacke, und er zog die Jacke um mich und hielt mich in seiner Wärme umarmt. Jemand öffnete die Tür, ein dicker Junge mit Earphones in den Ohren, der erschrak, als wir fast auf ihn fielen, und sich mit einem kühnen komischen Sprung in Sicherheit brachte.

Armin nahm meine Hand und zog mich Richtung Treppe.

»Ich habe keinen Schlüssel mehr.«

»Seit wann?«

»Seit vorhin. Caroline war da. Sie braucht die Wohnung wieder.«

»Scheiße, verfluchte. Wo gehen wir hin?«

»Ins Café drüben am Platz. Ich will sowieso mit dir reden.«

Ich wollte nicht wirklich. Ich wollte mit ihm ins Bett und an nichts denken, was schwierig war. Über nichts reden, was schwierig war. Schon gar nicht über unsere Affäre.

Rede nicht darüber, sonst verfliegt der Zauber, und du landest wieder in der Wirklichkeit.

Aber Caroline hatte recht. Meine innere Stimme hatte recht. Ich musste ein Ende machen. Ich hatte jetzt auch keinen Schlüssel mehr.

In dem Café war ich zuletzt an dem sonnigen Augusttag gewesen, als Armin mich gefragt hatte, ob ich mit auf die Insel fuhr. Alte Männer hatten Straßenschach gespielt, Kinder waren kreischend umhergerannt, und ich hatte unter der Markise gefrühstückt und *Krieg und Frieden* gelesen.

Jetzt saßen dort nur ein paar Raucher, und der Platz lag grau und leer im Nieselregen. Auch das Café war ziemlich leer, aber warm und gemütlich, und hinter dem Tresen standen wie damals drei freundliche Jungs.

Wir trugen den Kaffee zu einer Fensternische mit zwei

braunen Ledersesseln. Er schlürfte den Schaum von seinem Cappuccino und sah mich fragend an.

»Und? Worüber willst du reden?«

»So geht das nicht weiter mit uns. Wir müssen Schluss machen.«

Er zuckte zurück und setzte die Tasse hart auf die Untertasse.

»Ich will diese heimliche Affäre nicht mehr. Ich liebe dich. Ich will mit dir leben. Ich will dich nicht einmal die Woche sehen, sondern jeden Tag. Und jede Nacht.«

Es war gut, dass er die Tasse schon abgestellt hatte. Jetzt wäre sie ihm aus der Hand gefallen. Er starrte mich an, sein Gesicht wurde blass, er stand abrupt auf und ging hinaus. Ich sah ihm zu, wie er vor dem Café hin- und herging. Schließlich blieb er bei einem der Raucher stehen, zeigte fragend auf die Zigarettenschachtel, zog eine heraus und zündete sie an. Er sog den Rauch tief ein und ging weiter hin und her. Als er mit der Zigarette fertig war, kam er herein und ließ sich in den braunen Sessel fallen.

»Seit wann rauchst du wieder?«

»Seit eben.«

Er trank von seinem Kaffee, dann gab er sich einen Ruck.

»Das geht nicht, Helena. Ich lebe mit Angela. Und den Mädchen. Die kann ich nicht verlassen.«

»Damals hast du es gekonnt, bei Jakob und mir.«

»Ja. Eben. Es hat dir wehgetan und vor allem Jakob und mir auch, und es hat so verdammt viel kaputt gemacht. Das mache ich nicht noch mal.«

»Aber das ist jetzt ganz was anderes. Die Mädchen sind viel größer als Jakob, die sind bald erwachsen …«

»Elf und dreizehn. Die eine ist in der Pubertät, die andere kommt bald rein. Glaubst du, denen macht's nichts aus, wenn ich gehe?«

»… und du und ich, wir wissen jetzt ganz sicher, dass wir zusammengehören. Ich weiß es jedenfalls. Du nicht?«

»Das haben wir damals auch gedacht. Damals waren wir auch ganz sicher. Und dann war's doch nicht so. Was ist, wenn das wieder passiert? Wenn ich Angela und die Mädchen verlasse, und wir merken wieder, dass es mit uns nicht funktioniert?«

»Was ist, wenn ich Burkhard verlasse und es funktioniert nicht mit uns? Dann stehe ich ziemlich blöd da. Aber das ist mein Risiko. Ich liebe dich. Ich dachte, du … Oder war das mit mir bloß eine spannende Urlaubs- und Freizeitbeschäftigung?«

Er sah mich eindringlich an mit seinen dunklen Augen.

»Du weißt ganz genau, dass es nicht so ist. Ich liebe dich auch. Vermutlich liebe ich dich mehr als irgendjemand anderen auf der Welt. Außer Jakob natürlich. Wenn ich könnte, hätte ich dich schon längst gefragt, ob du mich noch mal heiratest. Aber ich …«

»Kann es sein, dass du ein verdammter Feigling bist? Dass du dich nicht traust, was zu riskieren?«, fragte ich so laut, dass die beiden Frauen am nächsten Tisch die Köpfe drehten und mich entrüstet betrachteten.

»Kann gut sein«, sagte er. »Aber ich liebe Angela auch. Und die Mädchen. Wir leben seit zehn Jahren zusammen, wir drei. Wir leben sehr gut zusammen. Das mache ich nicht einfach kaputt.«

»Du liebst mich am meisten, hast du gerade …«

»Stimmt. Aber man muss ja mit dem Menschen, den man am meisten liebt, nicht zusammenleben. Nicht unbedingt.«

Darauf wusste ich keine Antwort und wurde wütend.

»Was für eine schöne Weisheit. Wo hast du die her? Gibt es die irgendwo zu kaufen?«

»Nein. Ich denke bloß schon eine ganze Weile darüber nach.«

»Hast du auch darüber nachgedacht, was mit uns werden soll?«

Er verzog das Gesicht, als täte ihm etwas weh.

»Ich habe gehofft, es geht so weiter mit uns. So ohne Worte. Einfach und selbstverständlich. Wie es die ganze Zeit war.«

»Für immer?«, fragte ich.

»Darüber habe ich nicht so genau nachgedacht.«

Einer der Jungs vom Tresen kam mit einem Tablett vorbei und streckte die Hand nach meiner Tasse aus: »Kann ich die schon mitnehmen?«

Zwischen seinem Handgelenk und dem Ellenbogen hatte er ein Tattoo: eine Tanne, Gras, Blumen, darüber Vögel in der Luft. Ich zeigte darauf, und er drehte bereitwillig den Arm. Noch ein Baum, noch mehr Gras, Blumen, Vögel. Es sah aus wie das Paradies.

»Schön«, sagte ich.

Er lächelte mich an. Er hatte eine blond gefärbte Haartolle in der Stirn und ein freundliches Gesicht und sah aus, als wäre ihm noch nie etwas Schlimmes zugestoßen. Und er hatte das Paradies auf dem Unterarm, das Paradies, das ich gerade verlor, weil Armin nicht mit mir leben wollte.

Ich fing an zu weinen.

Er stellte die Tasse erschrocken wieder hin.

»Kann ich euch noch was bringen?«

Ich schüttelte den Kopf.

Er kam aber zurück und stellte ein Tellerchen mit zwei von den edlen Pralinen, die es hier gab, auf den Tisch. Auf der einen war ein Herz aus Zuckerguss.

Ich schluchzte laut auf. Der Junge verstand nun gar nichts mehr und ergriff die Flucht.

Armin sah mir eine Weile zu, dann aß er die Pralinen, zog mich hoch und half mir in meine Jacke.

Das Straßenschach draußen war umgeben von Bäumen und Büschen. Wir standen unter einem der Bäume, und er hielt mich fest, bis ich nicht mehr weinte. Auch danach blieben wir stehen und hielten uns noch fester umarmt. Wir gingen erst, als es immer stärker regnete und der Regen über unsere Gesichter lief.

Hinter der Glastür des Cafés stand der Junge mit dem Tattoo und sah besorgt zu uns herüber. Ich strengte mich an und lächelte und winkte ihm zu, und er winkte erleichtert zurück.

An meinem Auto in der Fanny-Mandelbaum-Straße standen wir auch noch lange, eng umarmt. Wir hätten irgendwo hineingehen oder uns unterstellen sollen, aber dies war der Abschied, und es gab nur noch eines zu tun, ins Auto zu steigen und wegzufahren und uns nie mehr wiederzusehen. Außer, wenn Jakob Examen machte. Oder heiratete. Oder Kinder kriegte.

Schließlich holte ich den Autoschlüssel aus der Tasche.

»Sehen wir uns noch mal? Reden wir noch mal?«, fragte er.

»Wozu? Worüber? Was du willst, will ich nicht, und ich will was, was du nicht willst.«

»Du kannst so verdammt tough sein.«

Bloß manchmal, dachte ich. Und nur aus Notwehr.

Ich setzte mich ins Auto und fuhr. Von meinem Hosensaum tropfte es, aus meiner Jacke drang die Nässe in den Sitz. Als ich nach Hause kam, war es kurz vor sieben, und Sky sah mich mit ihren Eichhörnchenaugen erschrocken an.

»Du bist ja total nass. Und dein Kurs ist doch noch gar nicht zu Ende.«

»Doch, ist er. Für immer. In alle Ewigkeit.«

»Du siehst aus wie …«

»Ich sehe nicht nur so aus. Ich bin das große Gespenst. Huh!«

Sie fragte nicht, warum ich aussah wie eine Irre und mich auch so benahm. Sie hatte ja sowieso eine Ahnung.

»Ich mache was Gutes zu essen«, sagte sie. »Nur für uns, die anderen sind nicht da. Und Glühwein. Mit einem Schuss Schnaps. Irgendwo habe ich mal eine Flasche Kirschwasser gesehen. Wo war das bloß?«

Als ich am anderen Morgen aufwachte, war ich in der Hölle. Mir war heiß und übel, ich hatte schrecklichen Durst, alles tat mir weh, und wenn ich die Augen öffnete, konnte ich nur verschwommen sehen, weil eine Art Nebel im Zimmer war, vielleicht vom Rauch des Feuers, das in der Hölle brannte. Ich machte die Augen wieder zu und hoffte, dass das Feuer bald nicht mehr so heiß brennen würde.

Aber es brannte immer heißer.

Irgendwann sagte eine Stimme, ich müsse aufstehen, es sei halb neun, ich müsse doch ins Geschäft, und ich sagte, das ginge nicht, ich könne mich nicht bewegen. Jemand fasste an mein Gesicht, und die Stimme sagte: Du bist ganz heiß, du glühst ja, du hast Fieber.

Es war still, dann spürte ich etwas im Ohr und andere Stimmen waren zu hören, tiefere, dunklere.

»Vierzig zwei«, sagte die eine.

»Sie ist gestern in den Regen gekommen und bis auf die Haut nass geworden«, sagte die andere. »Und ist offenbar noch länger so unterwegs gewesen.«

»Ah ja. Wie geht es Ihnen, Frau Seeger?«

Ich sagte, dass ich mich nicht bewegen und nicht richtig sehen konnte, weil Nebel im Zimmer war, aber er verstand mich nicht.

»Einfach nicken oder den Kopf schütteln: Haben Sie Schmerzen? Gliederschmerzen? Kopfweh, Halsweh, Bauchweh? Ist Ihnen übel? Können Sie meine Finger gut erkennen? Heben Sie bitte mal den Arm.«

Ich tat, was er sagte.

»Das hat sie als Kind manchmal gehabt. Plötzlich hohes Fieber. Meine Frau hat dann Wadenwickel gemacht, und es ging immer schnell vorbei.«

»Ah ja. Es wird jetzt sicher auch bald besser. Wissen Sie, wie man Wadenwickel …«

»Ich weiß, wie Wadenwickel gehen«, sagte die helle Stimme von vorhin.

»Sie muss viel trinken, Wasser, Tee, Suppe. Wenn es ihr schlechter geht, bitte sofort anrufen. Morgen früh schaue ich wieder vorbei. Oder heute Abend, je nachdem.«

Die Stimmen entfernten sich.

Jemand schlug die Bettdecke zurück und berührte meine Waden, und sie wurden kalt. Ich bekam etwas zu trinken, schluckte eine Tablette und schlief ein. Als ich aufwachte, waren meine Waden warm und mein Kopf kühler, ich hatte nicht mehr solche Schmerzen, mir war nicht mehr so übel, ich konnte wieder sehen. Draußen vor dem Fenster war es dunkel, hier drinnen brannten Lampen, und ich konnte alles gut erkennen.

Burkhard und Papa saßen links und rechts auf meinem Bett, Jakob und Armin standen am Fußende. Ich verstand nicht, warum sie alle da waren, sogar Armin, und mich so ernst und besorgt ansahen, aber dann wurde mir klar, dass es dafür nur einen Grund geben konnte.

»Bin ich tot?«

Jetzt lächelten sie.

»Nein, Herzlein«, sagte Papa. »Gott sei Dank nicht. Wie geht's dir?«

»Besser. Ich kann wieder reden. Ich sehe auch wieder was.«

»Was war denn, Helena?«, fragte Burkhard. »Sky sagt, du warst so nass, dass deine Kleider getropft haben. Was hast du gemacht?«

Ich sah Armin an.

»Ich bin in den Regen gekommen.«

»Warum hast du dich nicht untergestellt?«

In Armins Gesicht zuckte es.

»Ich weiß nicht. Ich kann mich nicht erinnern.«

»Lass sie doch, Burkhard«, sagte Jakob, »sie hat Fieber. Sie ist krank.«

»Ich geh dann mal«, sagte Armin. »Ich habe vorhin mit Jakob telefoniert, und er hat gesagt, dass du so krank bist, und da wollte ich nur kurz … Also dann. Alles Gute, Helena.«

Ich sah ihm nach. Wenn ich hätte tun können, was ich wollte, wäre ich aufgestanden und mit ihm gegangen, um bei ihm zu bleiben. Für immer. Wo du hingehst, da will ich auch hingehen.

Aber ich musste hierbleiben und ohne ihn leben. Für immer. Weil er nicht mit mir leben wollte.

Geh zum Teufel, dachte ich. Lass dich nie wieder hier blicken.

Ich machte die Augen zu.

»Du brauchst Ruhe, Herzlein«, sagte Papa. »Sky bringt dir was zu essen. Hühnersuppe. Sie hat Hühnersuppe für dich gekocht.«

Ich hörte ihn aufstehen und hinausgehen.

»Armin? Willst du auch einen Teller Hühnersuppe?«

Sky brachte die Suppe, und Burkhard fütterte mich damit.

»Du hast plötzlich so hohes Fieber, nur weil du nass geworden bist? Das verstehe ich nicht. Es könnte eine ernsthafte Infektion sein. Oder Grippe. Die fängt auch so an. Aber dann würde es dir nicht jetzt schon besser gehen. Und dein Vater sagt ja, du hast so was als Kind öfter gehabt.«

Ich kaute auf einem Stückchen Hühnerfleisch herum und nickte.

Er kratzte den letzten Rest Suppe aus der Tasse und schob mir den Löffel in den Mund.

»Ich schlafe heute Nacht hier. Wenn was ist, gib einfach Laut. Denk daran, ich bin da. Okay?«

Ich war so müde von der Anstrengung des Essens, dass ich nicht mal mehr nicken konnte, bevor ich einschlief. In der Nacht wachte ich auf. Ein Kindernachtlicht steckte in der Steckdose, und Burkhard schlief in seinem blauen Schlafsack neben dem Bett auf dem Boden, wie ein Wächter.

Er blieb den ganzen Samstag bei mir, sprach mit dem Arzt, brachte Tee und Suppe, maß Fieber, gab mir die Medikamente, sah Sky dabei zu, wie sie Wadenwickel machte, und saß mit seinem Laptop auf dem Boden an meinem Bett, während ich schlief. Wenn ich aufwachte, sah er mich prüfend an, hielt den Handrücken an meine Stirn und fragte, wie es mir ging.

Nur als Britta am Nachmittag vorbeikam und eine Weile bei mir saß, ließ er mich aus den Augen und fuhr in die Praxis, aber erst, nachdem er sie ermahnt hatte, ihn sofort anzurufen, falls etwas wäre.

Sonntagmittag maß er noch mal Fieber, stellte fest, dass ich nur noch Temperatur hatte, rollte seinen Schlafsack ein und klappte den Laptop zu.

»Was immer das war, es ist besser. In ein paar Tagen bist du wieder gesund.«

Er sah sich um: »Wo ist dein Handy?«

»In meiner Tasche.«

Er machte es an und legte es auf den Nachttisch.

»Damit ich dich immer erreichen kann. Ich lasse es klingeln, bis du drangehst, auch wenn du wach wirst, okay?«

Er beugte sich über mich und küsste mich. Ich legte die Arme um seinen Hals.

»Danke. Es war so schön, dass du immer da warst.«

»Ich will doch, dass du mir erhalten bleibst. Du würdest mir schmerzlich fehlen«, sagte er in dem trockenen ironischen Ton, den er immer anschlug, wenn ihm etwas naheging.

Er küsste mich noch mal und zog den Kopf aus meiner Umarmung.

»Ich melde mich. Du hast eine Nachricht von Armin. Der will wahrscheinlich auch wissen, wie es dir geht.«

Mein Herz machte einen Sprung, der mir den Atem nahm. Ich riss das Handy vom Nachttisch. Er wollte doch mit mir leben!

Aber die Nachricht war vom Donnerstag, nachdem wir uns im Regen getrennt hatten. Er hatte sie aufgesprochen, als wäre sie ein Brief.

Helena, Liebste,
du bist schon vor einer Weile gefahren, und ich sitze immer noch im Wagen. Ich kann nicht vor und nicht zurück. Ich will hinter dir herfahren und dich zurückholen. Das geht nicht. Denn ich will ja nach Hause zu Angela und den Mädchen. Aber das geht auch nicht, weil ich hinter dir herfahren will. Gibt es nicht eine Geschichte von einem Esel zwischen zwei Heuhaufen, der verhungert, weil er sich nicht für einen entscheiden kann? Nein, du bist kein Heuhaufen, aber ich bin ein Esel, das ist sicher.
Ich muss dir etwas sagen, was ich dir nie erzählt habe, auch wenn jetzt wahrscheinlich nicht der beste Moment dafür ist.
Ich habe es damals schrecklich bereut, dass ich dich verlassen habe, dich und Jakob. Schon bald. Ich hätte zu dir zurückkommen sollen und dir sagen, dass ich Scheiße gebaut habe und ob wir's noch mal versuchen, aber das konnte ich nicht. Ich war auf diesem Ich-mach-mein-Ding-ich-bin-der-Größte-Trip, und vielleicht muss man so unterwegs sein, wenn man eine Firma gründet und sich durchsetzen und Erfolg haben will – ich konnte mir und dir einfach nicht eingestehen, dass ich einen Fehler gemacht hatte.
Ich hab's weggeschoben, habe gearbeitet wie wild, habe lauter blöde Affären gehabt, damit ich nicht mehr an dich denken musste, an dich und uns beide. Es war eine schreckliche Zeit. Ich will nicht jammern – für dich war sie bestimmt schrecklicher. Dann habe ich Angela kennengelernt und mich in sie verliebt, in sie und die Mädchen. Gott, war ich froh. Ich hatte wieder eine Frau, die ich liebte, und eine Familie. Ich war wieder wo zu Hause. Und ich habe mir geschworen, diesmal mache ich es richtig, diesmal baue ich keinen Scheiß, diesmal bleibe ich dran.

Und das tue ich auch, Helena. Ich kann einfach nicht anders. Ich kann Angela nicht sagen: Das war's doch nicht mit uns, ich liebe Helena, ich gehe zurück zu ihr. Schon gar nicht kann ich das den Mädchen antun. Wenn wir als Erwachsene einander verlassen, ist das unser Risiko, weil wir eine Beziehung eingegangen sind. Aber Kinder? Die haben es sich nicht ausgesucht, die haben sich nicht irgendwann für mich entschieden. Die kriegen dich vorgesetzt als Vater oder Stiefvater, die hatten keine Wahl. Bei Jakob habe ich das schon so verdammt falsch gemacht, das mache ich nicht noch mal.

Er schwieg, und ich hörte ihn atmen und den Regen auf das Autodach trommeln. Dann holte er tief Luft und sprach weiter.

Was soll ich sagen? Dass es mir leidtut? Dass ich dich liebe? Stimmt, ist aber viel zu wenig. Es klingt so schwach. Für manches gibt es einfach keine Worte. Dafür, wie leid es mir tut, wie sehr ich dich liebe, gibt's keine. Keine, die passen. Dafür, wie es ist, mit dir zusammen zu sein, gibt's auch keine Worte. Oder dafür, wie es ist, ohne dich zu sein.
Ich kann mir überhaupt nicht vorstellen, ohne dich zu sein. Ich wünschte, wir hätten alles so lassen können, wie es war. Ich wünschte, wir hätten nicht darüber reden müssen …
Ich liebe dich.
Armin

Er hatte gleich aufgelegt, kein Atmen war mehr zu hören, kein Regen auf dem Autodach. Stille. Dann kam die Computerstimme: *Sie hatten eine Nachricht von Armin, Donnerstag, 4. Dezember, 18 Uhr 37.* Ich drückte wieder und wieder auf Wiederholen und hatte seine Stimme wieder und wieder im Ohr.

Die Tür öffnete sich, und Sky streckte den Kopf herein.

»Ich backe Kuchen. Was willst du, Apfelkuchen oder Käsekuchen?«

Ich wusste keine Antwort. Ich wusste gerade auf nichts eine Antwort. Etwas Großes, Schweres war auf mich gefallen, und ich lag darunter, plattgedrückt, stumm, tot.

»Telefonierst du?«

Ich schüttelte den Kopf.

Sie kam näher, nahm mir das Telefon aus der Hand und lauschte der Computerstimme.

»Ach, der. Der ruft schon die ganze Zeit bei Jakob an und will wissen, wie es dir geht. Damit kann der mal aufhören. Der soll sich doch verpi…«

Sie verschluckte, was sie hatte sagen wollen, und drückte mit einer heftigen Bewegung auf eine Taste am Telefon.

»Nicht löschen!«

»Hab ich nicht. Obwohl's besser wäre.«

Sie sah mich streng und besorgt an. Sie hatte das Haar zu einem Knoten oben auf dem Kopf geschlungen, trug Mamas alte Küchenschürze und gab mir, trotz ihrer Tattoos und obwohl sie fast zwanzig Jahre jünger war als ich, das Gefühl, wieder eine Mutter zu haben.

»Soll ich Burkhard anrufen? Herbie? Jakob holen?«

Ich schüttelte den Kopf.

»Na gut. Ich mache Käsekuchen und Apfelkuchen. Dann kannst du's dir aussuchen.«

An der Tür drehte sie sich noch mal um: »Und sag Bescheid, wenn was ist. Ich bin da. Die ganze Zeit. Du brauchst bloß rufen.«

Sie wollte mein Handy mitnehmen. Ich streckte die Hand danach aus. Sie kam widerstrebend zurück und legte es auf den Nachttisch. Ich hörte, wie sie im Flur mit Jakob sprach.

»Du kannst dem Armin mal sagen, er soll sie auf keinen Fall anrufen. Der macht ihr bloß Stress. Stress hat sie genug gehabt. Sie braucht Ruhe.«

Jakobs Antwort konnte ich nicht verstehen.

»Doch. Sag dem Bescheid. Sonst mach ich's. Der soll sie in Frieden lassen.«

Ich mochte den abfälligen Ton, in dem sie von ihm redete. Als wäre er der unmöglichste Mann auf Gottes Erde. Der unmöglichste im ganzen Universum.

Sagt mir ausgerechnet jetzt, wie sehr er mich vor zwölf Jahren noch geliebt hat, nachdem er gegangen ist. Dass er damals nicht den Mut hatte zurückzukommen. Sagt mir, wie sehr er mich jetzt liebt. Macht mir eine große Liebeserklärung. Aber kommt auch jetzt nicht zu mir zurück, sondern bleibt bei Angela. Weil er sich das irgendwann mal fest vorgenommen hat. Weil er den Mädchen nicht wehtun will. Sehr anständig von ihm. Aber was ist mit mir? Was wird aus mir?

Ich hätte mir am liebsten die Decke über den Kopf gezogen und so getan, als wäre ich tot, aber ich widerstand der Versuchung. Das hatte Zeit bis später. Ich musste erst Ordnung machen in meinem Leben. Wie Armin. Er hatte mich aus seinem rausgeworfen und war zu Angela zurückgekehrt. Das musste ich auch tun. Ihn ganz aus meinem Leben zu entfernen, würde dauern. Aber ich konnte schon mal damit anfangen.

Ich nahm das Handy vom Nachttisch und löschte seine Nachrichten. Die meisten waren kurz und sachlich, wann wir uns wo treffen konnten, dass wir unsere Verabredung verschieben mussten, dass er plötzlich Zeit oder leider doch keine hatte. Dass er sich auf mich freute. Ich hatte sie alle gespeichert, selbst die von der Insel waren noch drauf. Nur die letzte war wirklich wichtig, aber ich löschte auch sie. Ich kannte sie sowieso auswendig.

Ich blieb noch eine Weile liegen, dann stand ich auf und ging ins Bad, langsam und wackelig.

Sky kam aus der Küche. »Was machst du hier?«

»Ich gehe mich waschen.«

»Na gut. Aber schließe nicht ab. Damit wir reinkönnen, falls du umfällst.«

Ich hatte nicht die Absicht umzufallen. Ich duschte kalt, suchte das Fläschchen mit Kreislauftropfen aus dem Spiegelschrank und probierte aus, ob ich unbemerkt an der Küche und an Sky vorbeikam, aber sie hörte mich sofort und stand schon im Flur.

»Ich lege mich wieder hin«, sagte ich. »Stör mich nicht. Lasst mich einfach schlafen.«

Ich zog mich an, schrieb eine beruhigende Nachricht und legte sie aufs Bett, kletterte durchs Fenster und schlich am Haus entlang zur Straße und zu meinem Auto. Es roch muffig, die Sitze waren noch feucht, und ich war von der kleinen Anstrengung völlig erschöpft, aber ich schaltete die Heizung an und fuhr.

Ich hatte Glück und fand vor Burkhards Haus einen freien Parkplatz. Neben der Haustür hing sein Schild: Dr. Burkhard Dost, Zahnarzt. Die Praxisfenster im Hochparterre waren dunkel. Der alte Holzaufzug des Jugendstilhauses wartete schon hinter seiner Gittertür und fuhr mich ins Dachgeschoss. Burkhard hat keine Klingel, sondern einen Türklopfer aus Messing, und sein Schlag hallte laut durchs Treppenhaus.

Burkhard öffnete, zuckte zurück und sah mich erschrocken an.

»Helena! Was machst du hier? Wieso bist du nicht im Bett? Wie konnten sie dich weglassen? Du darfst noch nicht aufstehen.«

»Sie wissen nicht, dass ich weg bin. Ich bin durchs Fenster geklettert.«

»Warum?«

»Sonst wäre ich an Sky und Jakob nicht vorbeigekommen. Ich wollte doch unbedingt zu dir.«

Er schüttelte den Kopf. Aber es gefiel ihm auch.

Er machte mir ein Bett auf dem Sofa, maß Fieber, brachte Teetassen und telefonierte, während in der offenen Küche der Wasserkocher zu summen begann.

»Hallo, Jakob. Ich bin's, Burkhard. Helena ist bei mir … Doch, doch, schau mal in ihr Zimmer … Körperlich geht's ihr gut, aber sonst ist sie irgendwie daneben. Was ist bloß los mit ihr? … Jetzt bleibt sie erst mal hier, und ich passe auf sie auf … Nein, ich bringe sie rüber, heute Abend oder morgen früh … Ja, ich sage vorher Bescheid. Bis dann.«

Genau. Ich war irgendwie daneben, aber körperlich ging es mir gut. Ich lag unter seiner Kaschmirdecke auf seinem Sofa, sah durch die Glastüren auf die Dachterrasse, die Baumwipfel des Parks und die Kirchtürme der Innenstadt und stopfte mich mit seinen guten schottischen Butterkeksen voll.

Ich war lange nicht mehr hier gewesen. Als wir frisch verliebt waren, hatten wir uns öfter hier getroffen, aber dann war es Gewohnheit geworden, dass er zu mir kam. Er hatte seine Wohnung gerne für sich.

Er stellte die Teekanne auf das Stövchen und sah verblüfft auf den leeren Keksteller.

»Hast du die etwa alle gegessen?«

Ich nickte.

»Du bist ja wieder so gut wie gesund. Bloß noch …«

Er ging die Keksschachtel holen.

Bloß noch ein bisschen daneben. Aber das kriegen wir auch wieder auf die Reihe.

Wir tranken Tee und sahen auf die Terrasse, wo die Sonne auf die Kübelpflanzen schien und die letzten Blätter des Fächerahorns glutrot leuchten ließ. Es war ganz still, nirgendwo telefonierte jemand, Elvis sang nicht, es gab keine Gespräche im Flur, keine Musik aus Jakobs Zimmer, niemand kam herein und fragte oder wollte etwas. Es gab bloß uns zwei und sonst nichts.

»War eigentlich eine gute Idee von dir herzukommen.

Zeitpunkt und Ausführung sind vielleicht nicht optimal, aber …«

»Der Zeitpunkt ist perfekt. Du weißt gar nicht, wie sehr. Die Ausführung war auch nicht schlecht. Du hättest mich sehen sollen, wie ich durchs Fenster geklettert und ums Haus geschlichen bin.«

Er lachte und legte den Arm um mich.

Wir verbrachten den Nachmittag auf dem Sofa. Abends holte er bei seinem Lieblingsitaliener etwas zu essen und einen guten Wein. Wir tranken die Flasche aus, danach kam er zu mir unter die Decke und wir schliefen miteinander. Ganz leise und unaufgeregt, für alles andere war ich viel zu erschöpft. Und doch war es besonders.

Es kam mir vor, als ob wir seit langer Zeit zum ersten Mal wieder miteinander schliefen. Das war nicht so, aber irgendwie stimmte es doch. Seit den Tagen mit Armin auf der Insel gab es zum ersten Mal nur noch uns beide, Burkhard und mich, und niemanden sonst.

»Du bist ja wieder ganz da«, sagte er und meinte das Fieber und dass ich es hinter mir hatte.

»Ja, bin ich«, sagte ich und meinte nicht das Fieber, obwohl das mit Armin vielleicht auch so etwas wie ein Fieber gewesen war. »Noch nicht ganz, aber fast.«

Wir schafften es nicht ins Bett, sondern schliefen auf dem Sofa ein. In der Nacht wachte ich auf. Burkhard lag auf der Seite, das Licht der Lampe auf dem Tisch neben dem Sofa fiel auf sein Gesicht. Er wirkt im Schlaf immer so friedlich, glatt und rotwangig, als wäre er fünf und nicht Anfang fünfzig. Ganz anders als Armin, der sich mit zerzausten

Haaren, feuchter Stirn und angestrengtem Gesichtsausdruck ins Kissen drückt, als wäre die Nacht sein Feind.

Ich liebe dich, Burkhard, dachte ich. Ich komme zu dir zurück. Und ich bin froh, dass es wieder klar ist zwischen uns. Dass es keinen Dritten mehr gibt, von dem du nichts weißt. Aber ab jetzt will ich eine richtige Beziehung. Keine Besuchsbeziehung, Schmetterlingsbeziehung, Stundenhotelbeziehung. Ich will mit dir leben. Mit dir zusammenwohnen. Keine halben Sachen. Wenn ich Armin schon nicht haben kann, will ich etwas Richtiges mit dir.

11

Weihnachten.

Weihnachten war Mamas Fest. Sie schmückte alles, selbst in die Bäume im Garten hängte sie goldene Sterne. An den Adventssonntagen waren alle – Nachbarn, Freunde, wir – zu Kaffee und Plätzchen eingeladen, und alle kamen. Sie kaufte die schönsten Geschenke und hatte den schönsten Weihnachtsbaum. Sie machte das beste Büfett am Heiligen Abend und die beste Gans am ersten Feiertag. Und ganz ohne Stress. Wir mussten nicht ständig nett und glücklich sein, nur weil sie sich solche Mühe gegeben hatte. Wir durften auch streiten. Aber das taten wir nicht, denn wir liebten Mamas Weihnachten genauso wie sie.

Unser erstes Jahr ohne sie war schrecklich, das erste Weihnachten noch schrecklicher. Wir waren so klug gewesen, die Adventssonntage ausfallen zu lassen, aber Weihnachten konnten wir nicht ausfallen lassen, also feierten wir es. Mit schönen Geschenken und einem schön geschmückten Baum. Alles so schön wie bei Mama. Bloß ohne sie.

Die drei Tage waren die Hölle, garniert mit Tannennadelduft, Kerzenschein und dem Geruch der gebratenen Gans, die Irenes Mann Georg, der begnadete Hobbykoch, genauso zubereitete, wie Mama es getan hatte. Sie war auch genauso gut, und wir aßen und lobten sie, und danach war mir sterbensschlecht geworden, und ich war ins Bad geschlichen und hatte sie wieder herausgewürgt. Leise, damit es keiner merkte.

Diesmal sollte es besser werden. Noch ein Jahr war vergangen, und es stimmt, dass die Zeit Wunden heilt. Das Jahr war schwierig gewesen, Weihnachten sollte leicht und schön sein. Froh und friedlich.

Ich dachte angestrengt darüber nach, wie wir das schaffen konnten. Als ich gerade damit fertig war, rief Irene an.

»Dir geht's jetzt wieder richtig gut, oder?«, fragte sie.

»Doch, schon.«

»Dann müssen wir mal über Weihnachten reden. Was sollen wir tun? Ausfallen lassen und in die Karibik fliegen wäre das Einfachste. Geht nicht. Wieder bei euch? In Mamas Haus? Das bringt uns um. Wir könnten bei mir feiern, auch wenn's ziemlich eng …«

»Kein Problem. Ich habe schon alles geplant. Wir feiern hier, aber anders. Nicht Mamas Weihnachten, unseres. Ohne Gans und Büfett. Sky macht das Essen.«

»Sky ist ein tolles Mädchen. Wer kauft ein? Soll ich?«

»Nein. Jakob und Sky kaufen ein.«

»Gut. Wir zahlen, Georg und ich. Und wir bringen die

Getränke mit. Was ist mit dem Weihnachtsbaum? Wer backt Plätzchen?«

»Ich bitte Papa, dass er den Weihnachtsbaum besorgt. Jakob und Burkhard schmücken ihn. Aber anders. Sky backt die Plätzchen. Aber ganz andere.«

»Tolle Idee. Und so einfach. Wieso ist mir das nicht eingefallen? Liegt ja eigentlich nahe.«

So nahe nun auch wieder nicht, dachte ich. Hat eine Weile gedauert, bis ich darauf gekommen bin.

»Wie auch immer. Toll, Helena. Jetzt kann ich mich endlich auf Weihnachten freuen.«

Alle freuten sich darauf. Ich musste nur noch Papa bewegen, mitzumachen. Er sprach nie von Mama, verließ den Raum, wenn andere es taten, und sein Gesicht verschloss sich, wenn es um etwas ging, das mit ihr zu tun hatte.

»Wegen Weihnachten, Papa«, sagte ich, »wir müssen mal darüber reden.«

Er zog die Augenbrauen zusammen und ließ den Blick unruhig durchs Zimmer schweifen.

»Wir feiern es. Aber ganz anders. Ich meine, anders als früher. Anders als alle Weihnachten bisher. Verstehst du? Du feierst doch mit, oder?«

Er zögerte. Letztes Jahr hatte er mit blassem versteinertem Gesicht dagesessen, bei Bedarf den Mund zu einer Art Lächeln verzogen und abends zu viel getrunken. Dieses Jahr war ihm zuzutrauen, dass er sich aufs Motorrad schwang und davonfuhr.

»Alle freuen sich darauf, und ohne dich wäre es nichts.«

Er gab sich einen Ruck und nickte.

»Und du kaufst den Baum?«

Jetzt lächelte er sogar ein bisschen: »Ja, Herzlein. Mache ich.«

Sky freute sich am meisten. Sie buk viele Sorten Plätzchen, trug nur noch Ohrringe, die aussahen wie Christbaumkugeln, und hatte ihr Zimmer mit Tannenzweigen, riesigen roten Schleifen, hässlichen Engels- und Rentierfiguren und einem wagenradgroßen Adventskranz geschmückt. Auf der Fensterbank reihten sich Christrosen und Weihnachtssterne, es duftete nach Räucherstäbchen der Duftrichtung *Christmas Joy*, und sie saß mit einem glücklichen Lächeln an Mamas Schreibschrank, plante das Essen, blätterte in Kochbüchern und verfasste Einkaufslisten.

Sie kam mir vor wie ein kleines Mädchen, das zum ersten Mal richtig Weihnachten feiert.

»Ist ja auch so«, sagte Jakob. »Ihr Vater war doch so lange krank, und ihre Mutter war Supermarktleiterin. Wenn die am 24. nach Hause kam, wollte sie nichts mehr von Weihnachten hören. Bloß die Füße hochlegen und zwei Tage lang schlafen und glotzen.«

Sky schloss ihren Laden schon eine Woche vor Heiligabend, Irene und Georg kamen am Abend vorher, Burkhard wollte die drei Tage ganz bei uns bleiben, weil ich mir sonst nichts von ihm gewünscht hatte, und Papa hatte eine wunderschöne Tanne gekauft, groß, dicht und dunkelgrün. Keine Blautanne wie bei Mama. Er hatte das Prinzip begriffen und schien sich nun auch ein bisschen zu freuen.

Ich musste noch die letzten Stunden des Weihnachtsgeschäfts überstehen, in denen verzweifelte Männer die Buchhandlung überrennen und praktisch alles kaufen, was sich verschenken lässt. Um zwei verschloss Britta die Ladentür und ließ die Kunden einzeln raus, damit kein neuer hereinschlüpfte. Als der letzte gegangen war, drehte sie das Geschlossen-Schild um und rief: »Lass alles fallen, Helena. Rühr keinen Finger mehr. Wir feiern.«

Sie lief in die Küche und kam mit einer Champagnerflasche und Gläsern zurück.

»Aber ich kann jetzt nichts trinken. Ich muss noch fahren.«

Sie holte einen Fünfziger aus der Kasse: »Taxigeld.«

Sie goss einen schnellen Schuss in jedes Glas und stieß mit mir an. Sie hatte die hellen Locken oben auf dem Kopf zu dem Knoten geschlungen, der bei jungen Frauen gerade Mode ist, und sah mit den großen blauen Augen, roten Wangen und raschen Bewegungen auch sehr jung aus. Und sehr hübsch.

»Auf das Leben, die Liebe, die Freude.«

»Was meinst du damit, Britta?«

»Was ich sage. Leben, Liebe, Freude.«

Sie schob das Shirt im Ausschnitt ihres Pullovers und den BH ein Stück beiseite, und ich sah die feine rosa Narbe auf ihrer Brust und die Reste eines schwarzen Filzstiftkreuzes darüber.

»Gestern war die letzte Bestrahlung. Ich habe es hinter mir. Noch mal duschen, dann ist das Kreuz auch weg.«

Sie trank ihr Glas leer und goss es wieder voll.

Fünf Wochen Bestrahlung, fünfmal in der Woche. Sie

war jeden Tag hingegangen, entspannt und furchtlos, und war überhaupt geradezu fröhlich gewesen in der letzten Zeit, aber nun war es doch eine Erleichterung, dass es vorbei war.

Wir haben es beide hinter uns, dachte ich, sie Krebs und Bestrahlung und ich die Affäre mit Armin. Sie hat eine Narbe und die Reste eines Filzstiftkreuzes auf der Brust, und ich habe eine paar starke Erinnerungen, ein großes Bedauern und einen Herzbruch, der oft sehr wehtut. Aber alles wird verheilen und sich wegwaschen und irgendwann kaum mehr zu sehen und nur noch schwach zu erinnern sein.

Ich ließ mein Glas an ihres klirren: »Auf das Leben.«

In den Schaufenstern brannte Licht, in der Leseecke saßen wir im Halbdunkel, damit die Verzweifelten, die an der Ladentür rüttelten, nicht sahen, dass wir noch da waren. Wir sprachen wenig, wir hatten so viel geredet in den letzten Tagen. Wir tranken nur langsam die Flasche aus und stießen immer wieder an. Auf das Leben, die Liebe, die Freude. Gab es etwas Besseres, auf das man trinken konnte?

Als die Flasche leer war, waren wir völlig erschöpft, aber wenn du außerdem beschwipst und champagnerselig bist, macht es dir nichts mehr aus. Im Gegenteil.

»Stehen lassen, alles stehen lassen«, sang Britta, als ich die Gläser wegräumen wollte, »ich ruf nur noch ein Taxi. Ein Taxi? Nein! Zwei Taxis, drei Taxis, vier Taxis …«

Die Taxen hielten gleichzeitig vor der Buchhandlung, und ihre Fahrer stiegen aus. Ein kleiner alter Mann mit Turban und ein großer kräftiger Mann in den Vierzigern mit dunklem Haar und Bart, der aussah wie ein Räuberhauptmann.

»Welchen willst du?«, fragte Britta. »Turban oder Räuber?«

»Ich nehme den Turban.«

Sie kicherte: »Mhm. Dann kriege ich den Räuber.«

Sie lief auf sein Taxi zu, und seine Augen leuchteten auf bei ihrem Anblick. Sie sah umwerfend aus. Ich hatte sie gerade umarmt und wusste, dass sie auch so duftete, nach Wärme, ein bisschen Chanel Nr. 5 und jeder Menge Frau.

Ich musterte sein Gesicht, hoffte, dass er glücklich verheiratet und außerdem ein gefestigter Charakter war, und prägte mir auf alle Fälle die Wagennummer ein, als er an uns vorbeifuhr.

Der alte Mann mit dem Turban, der mir die Autotür aufhielt, bemerkte meinen Blick und verstand meine Sorge: »Ist gut Kollege. Sehr gut Kollege. No need to worry.«

Ich ließ mich in den Sitz sinken, er schloss sanft die Tür und fuhr mich nach Hause. Alles gut, dachte ich. Ab jetzt gibt's frohe Weihnachten. Frohe, friedliche Weihnachten.

Es funktionierte nicht mal vierundzwanzig Stunden. Der Heilige Abend war noch froh und friedlich, auch das Frühstück am anderen Morgen, das sich bis Mittag hinzog. Danach fing es an schiefzugehen.

»Burkhard ist rübergefahren in seine Wohnung«, sagte Jakob. »Er ist um vier zurück, soll ich dir ausrichten. Spätestens zum Essen.«

»Wie kommst du darauf?«

»Er hat's mir gesagt.«

»Wann?«

»Eben.«

Ich sprang auf, rannte zur Haustür und riss sie auf. Sein Fahrrad war weg. Ich lief auf die Straße. Er auch.

»Verdammt noch mal!«

»Was hast du?«, fragte Irene, die mir gefolgt war. »Warum soll er nicht …«

»Weil er mir versprochen hat, die drei Tage hierzubleiben. Nicht rüberzufahren, kein einziges Mal. Das war alles, was ich mir zu Weihnachten gewünscht habe. Und jetzt verdrückt er sich einfach. Heimlich!«

»Er ist ein Schmetterling. Er kann nicht anders.«

»Es ist schlimmer geworden, seit ich hier wohne. Rein, raus, rein, raus. So will ich nicht weiterleben.«

»Ach, Helena. Weißt du, was Hannah Arendt zu Mary McCarthy gesagt hat, als Mary mit achtundvierzig den Mann ihres Lebens kennengelernt und sich total in ihn verliebt hat?«

Nein, verdammt. Ich wollte es auch nicht wissen.

»Du kannst einen Mann nicht ändern. Nimm ihn wie besehen, oder lass es.«

»Du hast leicht reden. Du hast deinen Mann fürs Leben seit zwanzig Jahren, und an dem gibt es nichts zu ändern, weil er perfekt ist. Jedenfalls für dich.«

»Stimmt. Vielleicht sollte ich meinen Mund halten. Obwohl – du könntest noch mal suchen. Mary McCarthy hat den Mann ihres Lebens mit achtundvierzig gefunden. Du bist erst vierundvierzig.«

Ich hatte ihn schon, dachte ich. Ich habe ihn verloren und wiedergefunden und wieder verloren. Weil er so ein verdammter Idiot ist. Sicher habe ich auch was falsch gemacht. Aber noch eine Chance kriege ich nicht. Nicht mit Armin, nicht mit einem anderen. Zwei Chancen waren sowieso schon ein großes Geschenk. Viele kriegen nicht mal eine.

Die Sehnsucht nach Armin überflutete mich wie eine Woge, die mir bis zum Hals stieg und immer höher, bis ich kaum noch Luft bekam.

Fahrradklingeln. Ich drehte mich um.

Gerties Gewänder flatterten, und der Weidenkorb vor der Lenkstange war nicht wie sonst mit Papierblumen umwunden, sondern mit grünen Zweigen.

Sie lehnte das Rad an den Zaun und winkte: »Frohe Weihnachten!«

»Frohe Weihnachten«, rief ich zurück.

Oben in der Haustür erschien Papa. Gertie eilte die Treppe hinauf, jubelte: »Frohe Weihnachten, Herbert«, und verschwand mit ihm im Haus.

»Wer ist das?«, fragte Irene.

»Gertie.«

»Wer ist Gertie?«

»Papas neueste … Wie soll ich sagen? Geliebte klingt so blöd. Flamme? Kurzzeitlebensabschnittsgefährtin?«

»Was soll das heißen: neueste?«

»Keine von den alten.«

»Willst du damit sagen, es gab mehrere?«

»Ja.«

»Warum weiß ich nichts davon?«

»Ich wollte mit dir darüber reden, aber du wolltest nicht. Nur wenn's um Leben oder Tod geht, hast du gesagt. Für alles andere hättest du keine Zeit. Aber Papa lebt ja. Sehr gut, wie du siehst.«

Sie trat zurück und sah mich entrüstet an. Ihre Wangen waren hochrot, ihre braunen Augen ganz rund, wie immer, wenn etwas wichtig oder schwierig wird.

»Du hättest darauf bestehen müssen. Mich zwingen, dir …«

»Bist du verrückt? Ich muss dauernd auf was bestehen. Dazu habe ich bei dir nicht auch noch Lust. Ich sorge hier schon für alles. Wenn ich ausnahmsweise mal was mit dir besprechen will, hast du keine Zeit. Und jetzt machst du mir Vorwürfe, weil ich dich nicht mit Gewalt dazu bringe, mir zuzuhören.«

»Du kannst dir nicht vorstellen, wie es ist, eine Schule zu leiten. Noch dazu so eine große. Da hat man manchmal keine Kraft mehr. Keine Energie übrig. Da geht gar nichts mehr … Du hast deinen ruhigen Job in der Buchhandlung.«

»Und du bist nur Schulleiterin geworden, weil ich mich um Papa kümmere, seit Mama tot ist. Ganz allein. Sonst wärest du immer noch Mitarbeiterin im Direktorat. Du hast deine ganze Karriere doch nur machen können, weil andere jede Menge Arbeit für dich erledigen. Georg bei euch zu Hause, ich hier.«

»Irene! Helena!«, sagte jemand hinter uns.

Es war Georg, die Lesebrille heruntergeschoben, sein

liebstes Weihnachtsgeschenk, den neuen Band der Kafka-Biografie, unter dem Arm.

»Könnt ihr bitte drinnen weiter – äh – diskutieren? Nicht hier draußen? Mitten auf der Straße?«

Er ging hinein, und wir stapften hinter ihm her. Er verzog sich wieder in mein Zimmer, ich warf mich im Wohnzimmer aufs Sofa, Irene schlug die Tür zu und lehnte sich dagegen.

»Also: Wie viele Frauen waren es bei Papa?«

»Vier. Frau Prössl, Gloria, Annemarie und jetzt Gertie.«

»Vier! Das mit Frau Prössl war Ende September. Vor drei Monaten. Vier Frauen in drei Monaten! Das ist doch ... das ist doch ...«

»Nicht nymphoman. Bestenfalls sexsüchtig. Aber Burkhard sagt, Papa schläft auch nicht öfter mit einer Frau als er mit mir. Nur eben mit verschiedenen. Man könnte es häufig wechselnden Geschlechtsverkehr nennen.«

»Häufig wechselnder Geschlechtsverkehr. O Gott!«

Sie schnaubte laut, starrte auf den Weihnachtsbaum und dachte nach.

»Ist das mit dieser Gertie jetzt was Festes?«

Ich hob die Schultern.

»Was glaubst du?«

»Ich glaube gar nichts mehr. Ich hoffe es.«

»Was können wir tun? Mit ihm reden und ihm sagen, er soll damit aufhören?«

»Was ist, wenn er Nein sagt? Oder: Das geht euch nichts an?«

»Eben. Und irgendwie ist es auch peinlich.«

»Ha! Wem sagst du das.«

Sie kam herüber, kniete sich vor das Sofa und nahm meine Hände.

»Es tut mir so leid, Helena. Ich habe dich ganz allein gelassen. Ich war schrecklich egoistisch. Mein Job ist natürlich wichtig, aber … Und du hast so recht. Ich verdanke dir sehr viel, weil du hier alles machst. Danke, danke, danke. Ab jetzt rufst du sofort an, wenn was ist, und ich bin präsent und komme auch sofort, wenn's sein muss. Versprochen. Großes Ehrenwort.«

Sie hob die flache Hand zum Indianerschwur.

»Verzeihst du mir?«

Was blieb mir übrig? Ich nickte, und sie seufzte erleichtert.

»Weißt du was? Lass uns erst mal abwarten. Diese Gertie bleibt vielleicht. Die sieht doch auch nett aus. Die passt zu ihm, finde ich. Die ist wahrscheinlich die Richtige. Da bin ich mir sogar ziemlich sicher. Eigentlich hundertprozentig.«

So ist Irene. Kaum ist das Schlimmste vorbei, die Selbstzweifel und die schreckliche Einsicht, etwas falsch gemacht zu haben, ist sie wieder oben auf und weiß alles besser.

Sie setzte sich neben mich.

»Woher weißt du die Namen von diesen Frauen? Hat er sie dir vorgestellt?«

Ich schüttelte den Kopf.

»Im Gegenteil. Er spricht nie von ihnen. Tut beinahe so,

als gäbe es sie gar nicht. Aber er sitzt mit ihnen auf dem Balkon, und man hört sie reden. Wenn Elvis nicht gerade singt. Er spielt immer Elvis Presley, wenn sie da sind.«

Die Tür öffnete sich, und Jakob schaute herein.

»Schöne Grüße von Papa. Er wünscht dir Frohe Weihnachten.«

»Wieso?«

»Wieso nicht? Wir haben gerade telefoniert.«

Verdammt, dachte ich. Mein Freund hat sich heimlich verdrückt, und mein Exmann, wegen dem ich einen Herzbruch habe, der scheußlich wehtut, wünscht mir Frohe Weihnachten. Ausgerechnet. Das hat mir gerade noch gefehlt.

Ich nahm den großen Plätzchenteller vom Tisch und durchwühlte ihn nach Skys Walnusskipferln, die fast so gut waren wie die von Mama. Irene biss in einen Lebkuchendoppeldecker mit Marmeladenfüllung und Schokoladenüberzug.

»Mhm. Die Kleine kann was. Müssten wir ihr nicht beim Kochen helfen?«

»Sie ist Profi. Sie mag keine Hausfrauen in ihrer Küche, die alles besser wissen, aber nichts besser können. Nur Jakob darf helfen. Der läuft bei ihr als ungelernte Kraft.«

Burkhard war zum Essen wieder da. Er hatte einen Anflug von schlechtem Gewissen im Gesicht und es geschafft, einen Strauß Tulpen aufzutreiben, der nicht nach Tankstelle aussah.

»Verdammt noch mal, Burkhard. Ich will keine Blumen. Ich will, dass du dableibst. Du hast es mir versprochen. Mir zu Weihnachten geschenkt. Es war das Einzige, was ich mir gewünscht habe.«

»Es ging nicht anders. Anna hat angerufen. Sie ist bei ihren Großeltern in Bielefeld. Da gab's ein Problem, und ich musste helfen. In Ruhe, von zu Hause aus, verstehst du?«

Anna ist seine Tochter. Bestimmt hatte sie angerufen und auch wirklich ein Problem gehabt, aber er hatte es als Vorwand benutzt, damit er wegkonnte. Luft kriegen, weil es ihm zu eng wurde.

»Warum bist du abgehauen, ohne mir was zu sagen?«

»Es musste schnell gehen, ich habe dich nicht gleich gefunden, und Jakob war in der Nähe.«

»Ich war im Wohnzimmer. Mich zu finden, hätte zwei Minuten gedauert.«

»Daran habe ich in dem Moment gar nicht gedacht. Ich hatte nur Annas Stimme im Ohr.«

Burkhard festzunageln ist auch wie Fischefangen mit der Hand. Du hast keine Chance. Du wirst nur nass dabei.

Ich starrte auf die Tulpen. Sie waren hellgelb und dufteten zart und süß.

Ich hätte sie ihm am liebsten vor die Füße geworfen und ihn rausgeschmissen, damit er Weihnachten allein verbrachte, in seiner hübschen Dachwohnung, in der er so gerne alleine war.

Aber Irene hatte im Wohnzimmer den Tisch gedeckt, Georg öffnete gerade die Champagnerflasche, Papa hatte *Tafelmusik des Barock* aufgelegt und Jakob, der den Kellner gab, brachte Brot und Butter. Sie sahen unauffällig zu uns rüber und hofften, dass wir kämen und alles froh und friedlich wäre.

So wie ich es mir gewünscht hatte. Für mich, für uns alle. Vor allem für Papa, in dessen Gesicht die Anstrengung zu lesen war, Weihnachten ohne Mama zu feiern und trotzdem nicht zu verzweifeln.

Ich nahm Burkhards Hand: »Komm. Wir feiern erst mal.«

Wir feierten so froh und friedlich, dass ich alles andere vergaß. Erst spät in der Nacht fiel es mir wieder ein. Ich lag wach und dachte an Armin, der jetzt neben Angela im Bett lag und schlief. Oder mit ihr schlief. Sie liebte, wie er mich geliebt hatte.

Und morgen früh wacht er neben ihr auf, dachte ich. Morgen Abend schläft er wieder neben ihr ein. In ihrer gemeinsamen Wohnung. Jeden Morgen, jeden Abend, ihr Leben lang. Sie werden immer zusammen sein, ihr Leben lang.

Und ich? Was ist mit mir?

Bilder von Armin und Angela zogen durch meinen Kopf. Ich sah sie im Dunkeln vor mir wie in einem Film. Ich hatte Angela vor Jahren kennengelernt, sie war eine zierliche blonde Frau, hübsch und freundlich, die mich an die Prinzessinnen in den Bilderbüchern meiner Kindheit erinnerte. Wie sie jetzt aussah, wusste ich nicht, aber meine Erinnerung reichte völlig, um sie zur Hauptfigur in meinem nächtlichen Film zu machen.

Als ich merkte, dass ich vor Schmerz und Schrecken leise ächzte, machte ich das Licht an. Vielleicht war der

Film im Hellen nicht so schlimm wie im Dunkeln. Aber es half nicht.

Ich weckte Burkhard.

»Ich muss mit dir reden.«

»Worüber?«

»Über uns.«

»Jetzt?«

»Ja.«

Er stopfte sich seufzend das Kissen unter dem Kopf zurecht.

»Wir müssen was ändern. Ich halte es nicht mehr aus mit dir. Dieses Hin und Her und Rein und Raus. Das hier ist kein Stundenhotel mit Halbpension! Ich will mit dir zusammenwohnen. Richtig mit dir leben.«

»Das ist nicht mein Ding, Helena. Ich hab's dir gleich gesagt, und du warst einverstanden. Und es war doch auch immer gut.«

»Jetzt ist es nicht mehr gut. Schon die ganze Zeit nicht. Und heute sowieso nicht.«

»Es tut mir leid, dass ich vorhin verschwunden bin. Passiert nicht wieder. Ich versprech's dir.«

»Ich will nicht, dass du mir was versprichst«, sagte ich heftig. »Ich will, dass es anders wird.«

Er legte mir die Hand auf die Stirn: »Du hast kein Fieber.«

»Nein, habe ich nicht. Ich bin nicht krank. Ich will bloß mit dir leben. In einer Wohnung. Oder in einem Haus, damit du genug Raum für dich hast. Genug Luft!«

Er legte den Arm um mich.

»Ist ja gut. Ich hab's verstanden. Wir finden einen Weg. Aber können wir das morgen machen? Nicht mehr heute Nacht? Ich bleibe auch bestimmt da und gehe nicht weg. Okay?«

»Okay.«

Ich war lange nicht mehr auf dem Dachboden gewesen. Nicht mehr, seit Mamas Möbel wieder in dem kleinen Zimmer standen, das jetzt Skys Zimmer war.

Er war weit und hoch und hatte noch mehr Raum als die anderen Stockwerke, weil es hier oben keinen Flur und keine Treppe gab. Man konnte ihn zu einer schönen großen Wohnung ausbauen. Mit einer schönen großen Dachterrasse.

Die Verhandlungen mit Burkhard über unsere zukünftige Lebensform waren nicht einfach gewesen. Er hatte schließlich vorgeschlagen, dass wir in zwei Wohnungen in einem Haus leben könnten, und ich hatte widerstrebend Ja gesagt. Es war die einzige Möglichkeit, mit der er sich anfreunden konnte, und mittlerweile gefiel sie ihm sehr gut. Er hatte sogar mit seinem Hausbesitzer gesprochen und ihn gebeten, die nächste frei werdende Wohnung für mich zu reservieren. Es würde eine Weile dauern, von dort zog nicht so schnell jemand weg, und die Wohnungen waren teuer – Jugendstilhaus am Park –, aber er konnte sich ja an der Miete beteiligen. Er fand die Lösung ideal.

Ich nicht. Ich wollte nicht so lange warten. Ich wollte auch nicht in sein Haus ziehen, wo nur Leute mit Geld wohnten, die schlank, schön und teuer angezogen waren, sich selber toll fanden und den Rest der Welt minderwertig. Aber ich sagte nichts. Unsere Verhandlungen waren schwierig gewesen, ich wollte das Ergebnis nicht gefährden. Ich würde nach einer besseren Lösung suchen.

Ich sah hinauf ins Gebälk. Durch die Dachfenster auf der Südseite schien die Sonne und warf Lichtstreifen auf den Holzboden, in denen Staubflocken schwirrten.

Das war die Lösung. Zwei Wohnungen in einem Haus. Ich konnte hierbleiben. Ich brauchte nicht darüber nachzudenken, was ohne mich aus Jakob und Papa wurde. Papa und Irene waren einverstanden. Ein Baukredit war auch kein Problem. Geld war gerade sehr billig.

Ich ging zurück zur Tür. Hier standen Kisten und Kartons, Möbel, abgenutzte Gartenkorbsessel, alte Fahrräder. Der Küchenschrank meiner Großmutter, hinter dessen Glastür sie die Sahnebonbons für Irene und mich aufbewahrt hatte. Ein Spiegel und Bilder in nachgedunkelten Goldrahmen lehnten an der Wand. Ganz hinten neben einem Kaminvorsprung ein Regal, in dem Kartons, Körbe, Blechdosen aufgereiht waren. Sehr ordentlich und sehr verstaubt. Auf den Kartons konnte ich die Schrift meiner Großmutter erkennen. *Gummiringe, Klammern für Einmachgläser. Lederflecken, Stoffreste, Wolle.* Auf einen hatte sie mit großen schwungvollen Buchstaben *Herbert Martin* geschrieben.

Neben dem Karton mit Papas Namen war noch einer so groß beschriftet. *Sophie Helene* stand darauf. Es war der Name seiner Schwester. Sie war mit siebzehn oder achtzehn gestorben, an einem durchbrochenen Blinddarm, irgendwann Ende der Fünfziger. Ihr Tod war so schrecklich für ihn gewesen, dass er fast nie über sie sprach.

Ich hatte nicht gewusst, dass sie mit zweitem Vornamen Helene geheißen hatte.

Ich zog den Karton aus dem Regal und trug ihn zu einem Sonnenlichtstreifen, damit ich seinen Inhalt erkennen konnte. Zwei Puppen, darunter Mädchenkleider in allen Größen, eine Stofftasche, mit Kreuzstich bestickt, ein bunter selbst gestrickter Schal. Ein Paar winzige Babyschuhe, ein Paar weiße Ballerinas mit Lederschleife in Erwachsenengröße. Als hätte meine Großmutter die ersten und die letzten Schuhe ihrer toten Tochter aufbewahren wollen, so wie sie aus jedem Lebensalter ein Kleid aufgehoben hatte. Ganz unten Bücher, ein Tagebuch, das verschlossen war, ein Poesiealbum und eine Blechdose, in der mal Kekse gewesen waren. Ich klappte den Deckel auf. Sie enthielt lauter Briefe in geöffneten Umschlägen, gerichtet an Sophie Kant, geschrieben von Ph. R. Wegener. Nur der Name als Absender, keine Adresse. Die Schrift war groß und klar, noch nicht so ausgeprägt wie jetzt, aber schon zu erkennen. Ich zog den Brief aus einem der Umschläge. Er begann mit *Liebste Helena* und endete mit *Dein Roberto.*

Ich hatte es gleich gewusst, als ich den Namen auf dem Karton las, aber es war trotzdem ein Schock, den Brief zu sehen, der genauso aussah wie die Briefe, die ich bekommen hatte. Jetzt verstand ich, warum er keine Antwort erwartet hatte, jedenfalls keine auf Papier. Tote antworten nicht mehr. Jedenfalls nicht auf Papier.

Ich legte alles außer der Blechdose sorgfältig zurück und

versuchte nicht daran zu denken, wie meiner Großmutter wohl zumute gewesen war, als sie die Sachen ihrer toten Tochter zusammenpackte. Ich stellte den Karton wieder ins Regal und nahm die Dose mit.

Unten herrschte Stille, die müde, zufriedene Stille des Neujahrstages. Das alte Jahr hast du hinter dir, das neue ist neu und noch nicht wirklich da. Papa war mit der Maschine unterwegs, weil wir immer noch Motorradwetter hatten statt Winterwetter. Jakob und Sky hockten verschlafen auf dem Sofa im Wohnzimmer und tranken Kaffee. Burkhard schlief noch.

Ich ging in mein Zimmer und leerte die Dose mit den Briefen auf dem Sofa aus. Erst wollte ich sie lesen, aber dann dachte ich, dass es nicht richtig war, auch wenn die Empfängerin seit Langem tot und der Schreiber ein alter verwirrter Mann war. Sie waren nicht für mich bestimmt.

Aus einem der Umschläge war ein Foto herausgefallen. Es zeigte ein junges Paar vor einer Mauer. Er war schlank und dunkelhaarig und viel größer als sie. Sie trug ein Kleid mit Blockstreifen auf dem weiten Rock und die weißen Ballerinas aus dem Karton auf dem Dachboden. Auch das Kleid mit den bunten Streifen war darin gewesen. Ihr Haar war kurz, ihr schmales Gesicht mit den großen Augen erinnerte mich an Papa. Sie sahen einander nicht an, sie blickten in die Ferne, aber sie standen so vertraut nebeneinander und hielten sich so selbstverständlich an der Hand, als ginge es gar nicht anders. Als würden sie das für immer und ewig tun. Das hatten sie ja auch vorgehabt.

Ach, verdammt. Der Mann auf dem Foto erinnerte mich an Armin und das Bild an unser Hochzeitsbild. Armin ist darauf auch so groß und schlank und dunkel, ich trage auch ein Kleid mit weitem Rock, bei dem man noch nicht sieht, dass ich schwanger bin, und wir stehen auch so nebeneinander, Hand in Hand, als würde es nie mehr anders sein. Verdammt. Muss ich immer an Armin denken?

Ich legte das Foto wieder in den Umschlag und schichtete die Briefe in die Dose.

Burkhard kam herein, ausgeschlafen und fröhlich: »Da bist du. Was ist das?«

»Nichts«, sagte ich. »Habe ich auf dem Dachboden gefunden. Hat meiner Tante gehört. Papas Schwester.«

»Was ist mit Frühstück?«, fragte er. »Hier? Oder woanders? Im Botticelli zum Beispiel?«

»Hier.«

Er aß hungrig, ich trank nur Kaffee, ich hatte schon gefrühstückt und auch sonst keinen Hunger. Die Sehnsucht nach Armin schlug mir auf den Magen.

Sky war im Bad, in dem es heftig rauschte. Jakob saß auf dem Sofa, aß Croissants und las Zeitung.

Das Licht fiel auf sein Profil und den üppigen Lockenkopf, er hing zurückgelehnt im Polster, die langen Beine von sich gestreckt, und sah genauso aus wie Armin. Wie Armin ausgesehen hatte zu der Zeit, als das Hochzeitsfoto gemacht wurde. Verdammt, verdammt.

Ich stand auf, setzte mich neben Burkhard und lehnte den Kopf an seine Schulter.

»Was ist?«

»Hier sitze ich lieber.«

Er legte den Arm um mich.

So war es gut. Viel besser. Die Sehnsucht nach Armin verkroch sich leise fauchend wieder in ihre Höhle. Um es noch besser zu machen, tat ich etwas Dummes. Ich überfiel Burkhard mit meinem Plan, den Dachboden für ihn auszubauen.

Er legte das angebissene Brötchen auf den Teller und sah mich erschrocken an: »Dachboden? Ausbauen? Aber ich habe doch eine Wohnung.«

Alarm. Error! Error! Error!

»Ach, vergiss es. Wir reden ein andermal darüber. Ist nicht wichtig.«

Der Alarm war nicht mehr abzuschalten.

»Wie meinst du das, Helena? Was stellst du dir da vor?«

Ich erklärte es ihm, und der Ausdruck in seinem Gesicht wandelte sich von Erschrecken zu Entsetzen.

»Aber das haben wir doch alles schon besprochen«, sagte er. »Und wir waren uns einig, dass du drüben bei mir einziehst, wenn eine Wohnung frei wird.«

Hinter ihm auf dem Sofa hob Jakob den Kopf und sah alarmiert zu mir herüber.

Ich warf ihm einen Mach-dir-keine-Sorgen-Blick zu.

»Nein, waren wir nicht. Ich habe bloß nichts gesagt, weil ich erst nach einer anderen Lösung suchen wollte.«

Er erhob alle Einwände, die möglich waren, und ich hatte lauter gute Antworten darauf. Das Dachgeschoss war schöner, größer, ruhiger und billiger, alle waren einverstanden, ich würde mich um alles kümmern, er brauchte nur einzuziehen. Jakob drüben auf dem Sofa lauschte aufmerksam und nickte zustimmend.

»Na gut«, sagte Burkhard, als ihm nichts mehr einfiel, »dann werde ich wohl nächste Woche umziehen. Mit fliegenden Fahnen.«

Er war gereizt und wurde ironisch. So ist er ganz selten. Es ist ein sehr schlechtes Zeichen.

»Das meine ich doch nicht.«

»Was bleibt mir übrig? Was soll ich sonst tun?«

»Du kannst Nein sagen.«

»Wie denn? Nachdem du es schon mit allen besprochen hast und alle so begeistert sind und es überhaupt die einzig wahre Lösung ist? Wie soll ich da noch Nein sagen?«

Du kannst mich mal, hätte ich antworten sollen, aber ich schaffte es nicht.

»Lass uns ein andermal darüber reden, bitte.«

»Wozu? Ist ja alles besprochen und entschieden.«

»Nein, ist es nicht. Es tut mir leid, Burkhard.«

Er stand auf und sah auf mich hinunter. Seine fröhliche Gelassenheit war verschwunden, sein Gesicht war blass, verkniffen und hatte etwas Oberlehrerhaftes.

»Das hilft mir jetzt auch nicht. Ich fahre dann mal rüber. Wenn ich darf. Wenn alle einverstanden sind.«

Er trampelte hinaus, suchte seine Sachen zusammen, mit lauten, vorwurfsvollen Bewegungen, und schlug die Haustür hinter sich zu. Das tat er sonst auch nie. Niemals. Er war nie laut.

Ich fing an den Tisch abzuräumen. Jemand strich über meine Schulter.

»Arme Mama«, sagte Jakob.

Ich drehte mich um. Er nahm mich vorsichtig in die Arme.

»Dabei ist es so eine gute Idee. Er überlegt es sich bestimmt noch.«

»Glaube ich nicht.«

»Aber du bleibst doch hier, oder?«

»Das wäre mir am liebsten. Auf keinen Fall ziehe ich in dieses blöde Jugendstilhaus am Park.«

Er ließ mich los, und ich wandte mich wieder dem Tisch zu.

»Lass nur«, sagte er. »Das mache ich.«

Ich ging in mein Zimmer.

Auf dem Schreibtisch stand die Blechdose mit Robertos Briefen an meine Tante Sophie Helene. An Helena. Ich wollte sie nicht lesen. Warum sollte ich sie aufheben? Ich fand, ich sollte sie ihm schicken. Der Name im Absender war Ph. R. Wegener. R stand für Robert. Für Roberto. Ph. war wahrscheinlich die Abkürzung für Philip.

Ich gab Philip Wegener im Telefonbuch ein und erwartete jede Menge Einträge, aber es kam nur einer. Philip Wegener, Deichstraße 15, in einer Stadt mit einer Eins am Beginn der Postleitzahl. Ich sah auf der Karte nach. Ein kleiner Ort in Mecklenburg-Vorpommern. Er lag auf einer Halbinsel. Am Meer.

Am Meer. Am Meer ist alles gut. Immer. Egal, was.

Ich wählte die Nummer. Kurzes Klingeln, dann wurde abgehoben.

»Wegener?«

»Sind Sie Philip Robert Wegener?«

»Ja.«

»Mein Name ist Helena Seeger. Mein Mädchenname war Kant. Ich bin …«

»Ich weiß, wer Sie sind. Ich freue mich, dass Sie anrufen.«

12

Der Flug nach Rostock ging immer freitags. Also morgen früh. Normalerweise hätte ich keinen Platz mehr bekommen, aber am zweiten Januar war es kein Problem. Es war auch nicht schwierig, allen zu erklären, dass ich eine Woche an die Ostsee fahren wollte, wo ein alter Schulfreund von mir wohnte, der sich überraschend gemeldet hatte.

»Natürlich kriegst du nächste Woche frei«, sagte Britta. »Du kannst ein bisschen Urlaub brauchen. Du hast dich von diesem Fieber nie richtig erholt.«

Jakob fuhr mich zum Flughafen.

»Ich gehe nicht dran, falls Burkhard anruft«, sagte ich. »Ich will meine Ruhe haben. Dann ruft er vielleicht bei dir an. Ist das okay?«

»Klar. Das mache ich schon, Mama.«

Er hatte gewartet, bis ich die Sicherheitskontrolle hinter mir hatte, und noch mal heftig gewinkt, mit beiden Armen, die Finger zum Victory-Zeichen gespreizt.

Als wir in der Luft waren und die Anschnalllämpchen erloschen, brachten sie Kaffee, Tee und die Schokoriegel mit Karamellfüllung, die ich so gerne esse und selbst nie kaufe, weil sie so viele Kalorien haben. Aber jetzt hatte ich keine Lust darauf. Denn kaum hatten sich die Türen geschlossen, war mir aufgefallen, was für eine Idiotin ich war.

Was hatte ich mir bloß dabei gedacht, an einen unbekannten Ort zu einem unbekannten alten Mann zu fliegen, von dem ich nicht wusste, ob er noch verschroben oder schon verrückt war?

Nichts natürlich, wie meistens, sagte meine innere Stimme. Du hast nur Meer gesehen, auf Google Maps, und Meer gehört, am Telefon, und schon hat sich dein Verstand ausgeschaltet. Deine Denkfähigkeit. Deine Vernunft. Das bisschen, was du davon hast.

Ich hätte seine Briefe an meine Tante auf dem Dachboden gefunden und wolle sie ihm schicken, hatte ich gesagt.

»Aber das ist nicht nötig. Bei Ihnen sind sie gut aufgehoben. Bringen Sie sie mal vorbei. Wenn Sie sowieso Ferien machen wollen. Hier ist es sehr schön. Wir haben den Nationalpark und großartige Strände. Unser Weststrand ist berühmt. Mögen Sie das Meer?«

»O ja. Ich liebe das Meer.«

»Na also. Kommen Sie. Wann haben Sie Lust?«

»Bald«, sagte ich und dachte: sofort. So schnell wie möglich. Raus hier und ans Meer.

»Kommen Sie einfach gleich, wenn Sie Zeit haben. Ich würde mich sehr freuen. Wir haben gerade gar keine Touristen und gutes Wetter. Sie können bei einer befreundeten Pensionsinhaberin wohnen. Kostenfrei natürlich. Und das Meer ist herrlich um diese Jahreszeit.«

Ich hatte nur noch Ja gesagt, gebucht, gepackt und mich aufs Meer gefreut.

Das Meer. Das Meer ist auf jeden Fall da, egal, was das für ein Ort ist und wie sonderbar der alte Mann. Ich werde ihn nicht oft zu Gesicht kriegen, die Pension, in der er mich untergebracht hat, ist ein Stück entfernt von seinem Haus, und er hat Arthritis im Knie und kann kaum gehen. Ich werde ihn ein paarmal besuchen und den Rest der Zeit am Meer entlanglaufen. Dastehen und draufschauen.

Weil er selbst nicht fahren konnte, hatte mir der alte Mann einen Bekannten geschickt, der mich abholte, einen schweigsamen grauhaarigen Bartträger, der zum Gruß mit zwei Fingern an die Schläfe tippte und auch während der Fahrt nichts sagte, sondern mich nur hin und wieder im Rückspiegel musterte. Die Fahrt dauerte ziemlich lange, die Straße verlief zwischen tristen grünbraunen Wiesen mit spärlichen Knicks und Baumgruppen, aber ich dachte: Ich fahre ans Meer. Ich sah es kurz zwischen Dünen, silberglänzend, dann verschwand es wieder. Als wir in den Ort kamen, fuhr er bis in seine Mitte, wo es einen Supermarkt, eine Bank, Restaurants und Geschäfte gab, bog in eine Allee, die aus kräftigen, jetzt blattlosen Bäumen bestand, und hielt vor einem grün gestrichenen Holzhaus mit roten Fensterrahmen.

Am Gartentor stand der Mann von dem Foto. Er war fast fünfzig Jahre älter als damals, aber gut zu erkennen, denn das Alter schien ihn kaum berührt zu haben. Seine Haltung war leicht und aufrecht, das braun gebrannte Gesicht hatte wenig Falten, nur sein Haar war weiß geworden.

Er nahm meine Hand und half mir beim Aussteigen, trat ein wenig zurück, sah prüfend in mein Gesicht und lächelte: »Ja. Ja! Herzlich willkommen.«

»Sieh mal, Mohrle«, sagte er zu dem Hund, der neben ihm stand und mich auch prüfend betrachtete, »das ist sie. Von der ich dir so viel erzählt habe. Jetzt ist sie endlich da.«

Der Hund war weiß, bis auf einen braunen Flecken am Rücken und zwei an den Ohren.

»Mohrle?«, fragte ich erstaunt.

Er lachte.

»Ein Kosename. Kosenamen sind so irrational wie die Liebe. Eigentlich heißt er Moritz. Moritz Wegener. Nicht wahr, Mohrle?«

Der Hund sah zu ihm hoch und wedelte. Es war einer von diesen kleinen gefleckten Terriern, aber hübscher als die meisten, mit langen geraden Beinen, gut geformtem Kopf und Körper und einem klugen Gesichtsausdruck.

Der Fahrer hupte kurz und fuhr weiter.

»Mein …«

»Knut bringt das Gepäck direkt in die Pension. Wir trinken erst mal Tee.«

Das Haus stand auf einem großen Grundstück und hatte eine Glasveranda. Hier hatte er den Teetisch gedeckt, vor einem Kaminofen, in dem Holzscheite brannten. Er zeigte mir das Bad, damit ich mir die Hände waschen konnte, wir tranken Tee, und ich aß zwei Stücke von dem Apfelkuchen, während er und der Hund mir dabei zusahen.

»Und was können wir jetzt für unseren Gast tun, Mohrle?«, fragte er, als ich fertig war.

»Ich möchte gern ans Meer«, sagte ich.

»O ja, natürlich. Ich bin nur gerade ein ganz schlechter Begleiter. Das Knie. Hoffentlich ist es bald besser. Aber Mohrle kommt mit, als Aufpasser und Wegweiser.«

Er brachte meinen Mantel und wandte sich an den Hund: »Seebrücke, Strand westwärts, und am Strom zurück. Nicht zur Kirche, hörst du? Die zeige ich ihr selber, wenn ich wieder einigermaßen zu Fuß bin.«

Am Gartentor bog der Hund nach rechts und lief zielstrebig geradeaus. War ich zu weit zurück, blieb er stehen und wartete. Wir überquerten einen Deich und einen Fluss und kamen auf einen ansteigenden Weg zwischen Verkaufsbuden, die jetzt verrammelt und verschlossen waren. Oben angekommen konnte ich es endlich sehen: das Meer, grünblau mit weißen Schaumwellen. Eine Seebrücke führte hinaus.

Ich wollte an den Strand, aber der Hund stand schon auf den Bohlen der Brücke, sah mich an und lief weiter. Ich folgte ihm bis zu ihrem Ende, einer Plattform weit draußen über dem Meer, stand am Geländer und sah auf all das Blau unter mir und bis zum Horizont. Der Hund lag in der gesammelten Haltung einer ägyptischen Sphinx neben meinen Füßen, blickte auch hinaus und sprang erst auf, als ich mich umdrehte, um zurückzugehen.

Am Anfang der Brücke dirigierte er mich nach rechts. Der Strand war breit, der Sand hell und fein, wir waren fast allein, und ich wäre, eingehüllt in Wind, Wellenrauschen und Möwengeschrei, immer weitergegangen, aber er ließ mich nicht. Nach einer Weile bog er ab, lief eine Düne hinauf und sah sich auffordernd nach mir um.

Ich folgte ihm auf dem Dünenpfad und durch ein Waldstück. Wir kamen an einen glatt daliegenden Fluss zwischen Schilfufern, gingen unter lichten Bäumen auf dem Uferweg, an Holzbrücken vorbei, die sich wie auf japanischen Bildern über den Fluss schwangen. Bei der dritten lief er nach rechts, und wir waren wieder auf dem Weg, der zu dem grünen Holzhaus führte.

Es dämmerte, und der alte Mann stand am Gartentor und wartete auf uns. Er beugte sich hinunter und kraulte den Hund.

»Hast du ihr alles gezeigt?«

»O ja. Auf der Seebrücke war es so schön. Und am Fluss. Ohne ihn wäre ich immer noch irgendwo am Strand und würde in der Dunkelheit nicht so schnell zurückfinden.«

Er strahlte, weil ich den Hund lobte.

»Jetzt gibt's was Gutes zu essen.«

Mohrle aß in der Küche, für uns beide war in dem großen Raum gedeckt, der nach hinten zum Garten lag und mit Polstersesseln, einem Schreibtisch, Bücherregalen und einem runden Tisch mit Stühlen möbliert war. Er fragte nach meinem Leben, während wir aßen, ich erzählte von Jakob und dass ich Buchhändlerin war, und dann sprachen wir über Bücher, denn er las viel.

Schließlich öffnete er die Tür zum Garten, um Mohrle hinauszulassen, und ging mit, um Luft zu schnappen, unsicher in seinen Bewegungen, denn er hatte ziemlich viel Rotwein getrunken. Als er wieder hereinkam, blieb er stehen, sah hinunter auf den Hund, der zu ihm hochblickte, und dann auf mich und sagte: »Mohrle und ich würden Sie gerne Helena nennen. Dürfen wir?«

»Natürlich. Gerne.«

»Es ist uns eine Ehre und eine Freude. Mohrle wurde ja schon vorgestellt. Ich bin Philip.«

Er setzte sich schwer auf den Stuhl.

»Es tut mir leid. Ich bin heute Abend nicht mehr einsatzfähig. Das Knie. Und wir haben nicht oft so besonderen Besuch. Mohrle bringt Sie jetzt zur Pension. Irgendwo hier ist der Schlüssel, aber ich weiß nicht wo. Sie können klingeln, Marita ist bestimmt noch wach. Frühstück gibt's morgen bei uns, ab halb neun. Dann bin ich wieder ganz da.«

Er wandte sich an den Hund: »Zu Marita, Mohrle. Und komm gleich zurück. Nicht stromern gehen. Ich warte auf dich.«

Mohrle geleitete mich durch ein paar Straßen und um ein paar Ecken zur Pension, die in einem himmelblauen Haus untergebracht war und Pension Treibholz hieß. Eines der Erdgeschossfenster war vom bläulichen Licht eines Fernsehers erhellt, und die Haustür wurde geöffnet, noch ehe ich klingeln konnte.

»Sie sind's«, sagte Marita, die kurze weiße Haare hatte und einen türkisfarbenen Jogginganzug trug, »hab Sie schon erwartet. Kommen Sie rein.«

Sie griff in eine Dose, die auf der Garderobenablage stand, reichte Mohrle einen Keks, den er behutsam zwischen die Zähne nahm, und sah ihm kopfschüttelnd nach, als er davonlief.

»Hat er Sie hergebracht?«

Ich nickte.

»Die beiden sind ein verrücktes Paar. Total verrückt.«

Kann man wohl sagen, dachte ich.

Als ich am anderen Morgen zum Frühstück kam, stand Mohrle am Gartentor und sah mich eindringlich an: Geh gar nicht erst rein, lohnt nicht, wir hauen gleich ab ans Meer.

Die Haustür wurde geöffnet.

»Lass sie in Ruhe, Mohrle«, rief Philip. »Erst gibt's Frühstück. Nachher macht sie vielleicht einen Spaziergang mit dir.«

Er kam mir entgegen. Seine Bewegungen waren wieder leicht, sein Gesicht frisch und ausgeruht.

»Hätten Sie Lust?«

»Und ob.«

»Er kann ohne mich raus, aber dann muss er in der Nähe bleiben. Er ist sehr froh, dass Sie da sind. Er hat den Eindruck, dass Sie auch gerne weit laufen.«

Im großen Zimmer war der Tisch gedeckt.

»Tee oder Kaffee? Wie möchten Sie das Ei? Gekocht, Spiegelei, Rührei? Mit Speck oder Schinken? Hier ist Kräuterquark. Da sind Krabben und Heringssalat. Mögen Sie überhaupt Fisch zum Frühstück?«

Das Frühstück war so gut wie gestern das Abendbrot, und als ich mittags von einem langen Spaziergang zurückkam, stellte sich heraus, dass Philip auch sehr gut kochte.

So verging das Wochenende. Philip kümmerte sich um das Essen, und Mohrle und ich waren stundenlang unterwegs, am liebsten am Meer, aber auch am Fluss, den sie hier Strom nannten. Samstagnachmittag lieh ich mir Maritas Fahrrad und fuhr durch den Wald zum Weststrand, und Mohrle lief voraus und zeigte mir den Weg. Der Weststrand war unberührter und wilder, mit seinen Kliffs, windverwachsenen Bäumen und hohen Wellen, es gab jede Menge Stöckchen zum Werfen und dicke Stämme Treibholz. An einem von ihnen machten wir Picknick, denn Philip hatte uns Proviant mitgegeben. Danach saßen wir noch eine Weile in der Sonne und sahen den Möwen zu, die sich die Brotbrocken holten, die ich hingestreut hatte.

Es war so zauberhaft wie letztes Jahr auf der Insel, obwohl dies nur eine Halbinsel und es nicht September war, sondern ein zu warmer Januar, und ich nicht verliebt war, sondern nur zu Besuch bei einem sonderbaren alten Mann, der mit seinem Hund sprach.

Zwischendurch war mir Philip zu sonderbar. Wenn er mich ansah, innehielt, verstummte, den Blick von mir abwandte und wortlos hinausging, in ein anderes Zimmer oder in den Garten und erst nach längerer Zeit wiederkehrte.

Montagmorgen brachte ich die Blechdose mit seinen Briefen mit, öffnete sie und zeigte auf das Foto, das obenauf lag: »Ich sehe doch gar nicht aus wie sie. Warum gucken Sie mich immer so an?«

Er griff danach.

»Ach, da ist es. Danach habe ich so lange gesucht. Dann habe ich's ihr also geschickt. Daran konnte ich mich nicht mehr erinnern.«

Er betrachtete es mit einem sehnsüchtigen, liebevollen

Lächeln, das herzzerreißend war, legte es behutsam auf den Tisch und sagte: »Stimmt. Hier ist die Ähnlichkeit nicht so groß.«

Er stand auf, öffnete eine Tür in der Rückwand des Raumes und winkte mir herüberzukommen.

Es war sein Schlafzimmer. Ein Bett, ein Schrank, eine Kommode, ein Stuhl, lauter schlichte Möbel aus hellem Holz. Am Fenster eine einfache Kunststoffjalousie. Überall an den weiß verputzten Wänden hingen Fotos. Fotos von ihr. Schwarz-weiß, farbig, manche stark vergrößert.

»Hier. Sehen Sie. Und das hier. Da sind Sie ihr besonders ähnlich. Das schmale Gesicht, die Augen, der Mund, der Hals. Ihr Haar und ihre Augen waren dunkler, aber das ist der einzige Unterschied.«

Er ging an den Wänden entlang und zeigte auf immer mehr Fotos, blieb davor stehen, erzählte ihre Geschichte, vertiefte sich in ihren Anblick, versank in der Erinnerung.

Die ersten Bilder sah ich mir genau an. Das mit der Ähnlichkeit stimmte. Danach blickte ich nur noch flüchtig hin und wünschte mir, bald hier herauszukommen, denn die Sehnsucht und Liebe in seiner Stimme und in allem, was er sagte, waren kaum zu ertragen.

Irgendwann hielt ich es nicht mehr aus.

»Es tut mir so leid«, sagte ich unbeholfen. »Es war so früh und so …«

Vermeidbar, hatte ich sagen wollen, aber das klang verdammt blöd.

»Ich meine, eine Blinddarmentzündung – das hätte ja nicht bedeuten müssen, dass …«

Er gab einen schrecklichen Laut von sich, gemischt aus Schmerz und Wut.

Der Hund, der sich im Wohnzimmer in einem Sonnenfleck auf dem Teppich ausgestreckt hatte, kam herüber und legte sich dicht neben ihn.

»Stimmt. Hätte es nicht. Überhaupt nicht. Wenn sie gleich zum Arzt gegangen wäre, als es anfing wehzutun. Wenn sie was gesagt hätte. Aber sie hat sich gar nicht darum gekümmert. Und ich war nicht da. Ich war beim Bund. Ich habe nicht dafür sorgen können, dass sie … Sie war so allein ohne mich. Wir waren das erste Mal so lange getrennt. Die Kaserne war weit weg, und man konnte ja damals nicht jederzeit und überall telefonieren, so wie heute. Ihr war alles egal, weil ich nicht da war. Sie hat sich mit einer Wärmflasche ins Bett verkrochen. Mit einer Wärmflasche. Auf den entzündeten Blinddarm.«

Er blieb vor einem Foto stehen, das sie lachend zeigte, und strich zart darüber.

»Wäre ich bloß da gewesen. Hätte sie mich doch anrufen können! Erst als sie schon im Krankenhaus war, hat sie ihren Eltern gesagt, dass sie mich holen sollen. Was mit uns ist. Dass wir eine Liebesbeziehung haben. Ich bin sofort gefahren. Wenigstens bin ich noch rechtzeitig gekommen. Sie war noch bei Bewusstsein. Ich habe noch Auf Wiedersehen sagen können. Ich konnte bei ihr sein, als sie …«

Er stöhnte und sah mit blinden Augen zum Fenster. Dann drehte er sich abrupt um und stapfte ins Wohnzimmer. Er hinkte stark.

»Komm, Mohrle. Wir machen jetzt eine ganz große Runde.«

Der Hund kam überrascht hoch, sah hinter ihm her und blickte dann zu mir: Findest du das gut? Das ist doch nicht okay, oder?

»Nein, ist es nicht«, sagte ich, »aber wir können ihn bestimmt nicht davon abhalten. Pass gut auf ihn auf.«

Die Tür schlug zu. Ich flüchtete aus dem Schlafzimmer und suchte mir etwas zu tun, damit ich beschäftigt war und nicht anfing zu weinen und womöglich nicht mehr aufhören konnte.

Ich räumte den Frühstückstisch ab, spülte das Geschirr, beschloss zu kochen und ging zur Ortsmitte. Ich sah mir die Auslagen der Geschäfte an, betrachtete in einem kleinen Museum prähistorische Funde, Schiffsmodelle und ausgestopfte Tiere und fand in einem alten Kapitänshaus eine Teestube, wo ich Tee trank und hausgemachten Kuchen aß. In einem Andenkenladen kaufte ich mir ein Bernsteinarmband und im Supermarkt die Zutaten fürs Mittagessen. Auf dem Rückweg ging ich in der Pension vorbei und nahm die vier Briefe von Roberto an Helena mit, die ich letztes Jahr bekommen hatte.

Die Haustür war angelehnt, als ich kam, und die Tür zu Philips Schlafzimmer geschlossen. Der Hund hatte mich an der Tür begrüßt und streckte sich jetzt gähnend auf dem Wohnzimmerteppich, als würde er sagen: Gott sei Dank, alle wieder in der Hütte, und alles so weit okay, wie's aussieht.

Ich bereitete das Essen vor, setzte mich in einen der

Polstersessel, rückte für Mohrle beiseite, der auf den Sitz sprang und es sich an meinem Bein bequem machte, und las die Briefe noch mal.

Als ich damit fertig war, fing es an zu dämmern. Die Schlafzimmertür öffnete sich, und Philips weißes Haar schimmerte in dem grauen Licht. Er schaute suchend in den Raum.

»Bist du das, Helena?«

»Ja.«

»Wie schön, dass du da bist.«

Er setzte sich in den Sessel gegenüber, sah mich an und lächelte. Ich wusste, dass es die andere Helena war, die er im Zwielicht sah und anlächelte. Ich wollte Licht machen, damit er seinen Irrtum bemerkte, aber sein Gesicht war so weich, offen und glücklich, dass ich sein Glück nicht stören mochte. Erst als es ganz dunkel war, knipste ich die Lampe an.

Sein Blick veränderte sich.

»Jetzt habe ich einfach du gesagt.«

»Wurde auch Zeit. Du bist schließlich mein Onkel. Sozusagen.«

Er lachte: »Stimmt.«

Ich wies auf die Briefe, die auf dem Tisch lagen.

»Warum habt ihr euch Helena und Roberto genannt?«

»Ach, das war Kinderkram. Aus unseren zweiten Vornamen haben wir noms d'amour gemacht. Wir waren dreizehn und vierzehn, als wir uns verliebten, und fanden es romantisch.«

»Warum hast du mir überhaupt geschrieben? Du wusstest doch, dass ich es war und nicht sie. Dass sie gar nicht mehr … Ich habe gedacht, es gibt diese Helena irgendwo. Ich bin sogar zur Post gegangen und habe versucht sie zu finden. Oder dich.«

Er dachte nach.

»Wenn du so ein alter Mann bist wie ich, kannst du es dir erlauben, die Grenze zwischen der äußeren Realität und deiner inneren ein bisschen zu verwischen. In meiner Innenwelt ist sie ja immer da. Dann fand ich die Todesanzeige deiner Mutter in der Zeitung und sah deinen Namen und stellte fest, dass es draußen in der Wirklichkeit wieder eine Helena Kant unter dieser Adresse gab. Also habe ich meine Innenwelt und die Wirklichkeit überblendet und dir geschrieben, als wärst du sie. Als wäre sie auch draußen wieder da … Es war einfach schön, verstehst du. Nein, verstehst du nicht. Kannst du gar nicht. Es ist ziemlich verrückt und verworren, nicht wahr?«

»Ich finde es ganz klar. Du erklärst sehr gut.«

»Das hat sie auch oft gesagt: Du erklärst so gut, Roberto. Vielleicht zu gut. Pass auf, dass du es nicht zu Tode erklärst.«

Er schwieg eine Weile, dann holte er tief Luft, und es klang wie ein Seufzer. Der Hund neben mir hob den Kopf und sah zu ihm hinüber.

»Gott, wie ich sie liebe.«

Als ich am anderen Morgen zum Frühstück kam, wedelte Mohrle nur kurz zur Begrüßung und lief die Treppe hinauf in den ersten Stock.

»Wir haben uns überlegt, ob du nicht bei uns wohnen willst«, sagte Philip. »Oben. Du hättest dein eigenes Bad. Und den ersten Stock für dich. Wir sind immer unten.«

Das Zimmer hatte alte Nussbaummöbel, einen bunt gemusterten Orientteppich, Stiche an den Wänden und weiße Raffgardinen. Auf dem Bett und dem Sessel am Fenster lagen bestickte Kissen. Es war offensichtlich das Zimmer einer Frau.

»Hübsch«, sagte ich. »Wessen Zimmer ist das?«

»Das Gästezimmer. Meine Schwester kommt mich manchmal besuchen.«

»Und sonst?«

»Was meinst du mit sonst?«

»Wer kommt dich sonst besuchen?«

»Niemand.«

»Früher auch nicht?«

Er schüttelte den Kopf.

»Nie? Hast du nie eine … Bist du immer allein gewesen?«

»Ach so. Das meinst du.«

Er setzte sich aufs Bett und legte sein Bein hoch.

»Ich hab's versucht. Ein paar Jahre nach ihrem Tod. Und später auch noch manchmal. Aber es ging nicht. Ich konnte nicht mit einer anderen Frau leben. Eine andere lieben. Es war ja nicht sie. Es hätte nicht gestimmt. Es wäre nicht richtig gewesen.«

»Aber dann warst du schrecklich einsam.«

»Nein. Gar nicht. Ich war Bauingenieur. Ich war immer unterwegs. Habe in der ganzen Welt gebaut. Brücken, Fabriken, Schulen. Staudämme. Da bist du nicht einsam. Da sind immer viele Menschen, da gibt's viel Arbeit, und abends bist du müde und schläfst gut.«

Ein ganzes Leben lang allein. Ich sprang auf von dem Sessel, in dem ich gesessen hatte.

»Ich hole meinen Koffer. Komm, Mohrle.«

»Willst du nicht erst frühstücken?«

Ich lief die Treppe hinunter, wo der Hund, der viel schneller war als ich, schon an der Tür stand.

Nun war es hier noch schöner. Aber die Zeit verging so schnell. Auf der Insel hatte ich zweieinhalb Wochen gehabt, hier hatte ich eine, von der die Hälfte schon vorüber war. Mein Flug am Freitag ging frühmorgens. Ich versuchte auf den anderen Rückflug am Sonntagabend umzubuchen, doch die Maschine war voll.

»Ich muss jetzt jeden Tag nutzen«, sagte ich.

»Das musst du sowieso«, sagte Philip, »du hast keine Ahnung, wie kurz das Leben ist.«

Er saß viel mit hochgelegtem Bein und machte Knieumschläge mit einer Flüssigkeit, die einen sonderbaren Namen hatte und einen zweifelhaften Geruch, und von der Marita behauptete, sie würde jede Entzündung in kürzester Zeit beseitigen. Er wollte mir unbedingt noch selbst die Kirche zeigen.

Der Hund und ich gingen immer schon vor dem Frühstück hinaus und brachten frische Brötchen mit. Später waren wir stundenlang am Meer unterwegs und kehrten durch die duftenden Kiefernwälder hinter den Dünen zurück. Wir fuhren zum Weststrand, blieben einen ganzen

Nachmittag dort, suchten nach Bernstein und fanden sogar ein kleines Stück. Jeden Tag gingen wir ein paarmal auf die Seebrücke und schauten aufs Meer, zuletzt abends, wenn Stille herrschte bis auf das Rauschen der Wellen, Himmel und Meer dunkel waren und es kein Licht gab außer ein paar gelb leuchtenden Laternen, die wie kleine Monde über uns hingen.

Und zu Hause saß Philip an einem der Verandafenster und wartete auf uns.

Ich hatte mich bestimmt nicht verlieben wollen. Ich liebte schon zwei Männer, das reichte. Aber man kann sich auch in einen verrückten alten Mann mit einem entzündeten Knie und einen weißen Hund mit braunen Flecken verlieben. Es ist nicht aufregend, doch es tut auch nicht weh. Es tut einfach nur gut.

Besonders, wenn die Liebe so erwidert wird.

Morgens beim Wachwerden hörte ich leises Schnarchen und fühlte etwas Warmes an meinem Bein. Es war der Hund, der auf der Bettdecke lag und schlief. Er zuckte, streckte sich, atmete tief und schnarchte weiter.

»Das hat er noch nie getan, dass er bei jemand anderem schläft«, sagte Philip. »Wenn's dich stört, schmeiß ihn raus. Er schnarcht. Und lass ihn nicht aufs Bett. Ein Hund gehört auf den Boden.«

Es störte mich nicht, und ich ließ ihn oben. Ich mochte seine Wärme an meinem Bein.

Er wurde jedes Mal sorgfältig gesäubert, wenn wir von unseren Spaziergängen nach Hause kamen.

»Wir müssen auf uns achten«, hörte ich Philip sagen,

während er ihm in der Küche Beine und Pfoten abwischte. »Wir haben Damenbesuch. Immer appetitlich bleiben. Und es ist ja nicht irgendeine Dame. Es ist Helena. Wir wollen doch, dass es ihr bei uns gefällt.«

Er tat alles dafür, kochte, was mir schmeckte, suchte aus seinen vielen Büchern die heraus, die mich vielleicht interessierten, las mir daraus vor, was mir vielleicht gefiel, und erzählte Geschichten aus seinem Leben, die ich vielleicht spannend fand. Zwischendurch veränderte sich sein Gesicht, wenn er mich ansah, es wurde weich und offen, und ich wusste, dass er nun seine innere und die äußere Wirklichkeit überblendete, dass er seine Helena sah und nicht mehr mich und sich freute, dass sie bei ihm war.

Anfangs war es mir unheimlich, aber dann merkte ich, dass er es unter Kontrolle hatte und nach einer Weile von selbst in die äußere Welt zurückkehrte. Er gab sich einen Ruck, sein Gesicht wurde konzentrierter, sein Blick auch, er sah nach dem Hund und lächelte mir zu, als wolle er sagen: Da bin ich wieder.

Maritas Wundermittel verbreitete überall im Haus seinen sonderbaren Geruch, aber es half auch. Donnerstagmorgen war Philip leichter zu Fuß, und die beiden hatten sich schön gemacht, als ich herunterkam. Mohrle trug ein braunes Halsband mit weißen Sternen, passend zum Fell, und Philip ein fein gestreiftes Hemd unter einem Pullunder mit Norwegermuster. Nach dem Frühstück zog er seine neue Cabanjacke mit den großen Hornknöpfen an und reichte mir den Arm, als wir vorm Gartentor standen.

»Zur Kirche«, rief er dem Hund zu, der vorauslief und am Deich zum ersten Mal rechts abbog.

Es war eine Seemannskirche, erklärte er mir auf dem Weg, deren Turm früher den Schiffen als Wegweiser gedient hatte, damit sie den Hafen fanden. Sie lag am Rand des Waldes, der den Strom umgab: ein roter Backsteinbau mit weißen Sprossenfenstern und einem stämmigen hölzernen Turm. Innen war sie hell und einfach mit weißen Wänden und grau lackierten Bänken, aber auch üppig und märchenhaft mit dem bunten Barockaltar und einem riesigen gläsernen Kronleuchter, den die Mannschaft eines geretteten Schiffes vor zweihundert Jahren gespendet hatte. Am schönsten waren die großen hölzernen Segelschiffe, die von der Decke herabhingen, sodass es aussah, als segelten sie durch die Kirche.

Draußen vor dem eisernen Friedhofstor saß wartend der Hund.

»Zum Hafen, Mohrle. Sag Knut Bescheid, dass wir kommen.«

Der Hafen lag an einer weiten Wasserfläche, die am Ende der Halbinsel eine Verbindung zum Meer hatte. Die Sonne ließ das Wasser glitzern, der Wind kräuselte seine Oberfläche, an Holzstegen waren Segelboote vertäut. Philip wurde immer langsamer, obwohl ich ihn stützte, und es dauerte eine Weile, bis wir ein weiß gestrichenes Holzhaus mit dem Schild *Fischrestaurant* auf dem Dach erreichten. Mohrle saß auf der Verandastufe und bellte, und Knut kam heraus und nahm Philips anderen Arm.

»Wieso läufst du rum, Phil? So wird das nie besser mit deinem Knie.«

»Ich wollte ihr noch die Kirche zeigen. Und den Hafen und deinen Laden hier. Ab morgen ist sie nicht mehr da. Und kälter wird es auch. Dann kann ich immer noch zu Hause sitzen.«

Ein Fensterplatz war für uns reserviert, Wasser und Weißwein standen schon auf dem Tisch.

»Fischplatte ist gleich fertig«, sagte Knut. »Was wollen Sie dazu? Phil nimmt Salzkartoffeln. Es gibt auch Bratkartoffeln oder Kartoffelsalat.«

Der Fisch schmeckte so gut wie mir Fisch noch nie geschmeckt hatte, draußen leuchtete blau das Wasser, weiter hinten wartete das Meer auf mich, neben meinem Stuhl lag Mohrle und hatte seine Schnauze auf meinen Fuß gelegt, und vor mir saß Philip und lächelte mich an.

Ich ließ die Gabel sinken und seufzte.

»Irgendwas nicht in Ordnung?«

»Ich will nicht nach Hause. Ich will bei euch bleiben.«

Der Hund hob den Kopf und wedelte. Philip legte seine Hand auf meine.

»Du kannst jederzeit wiederkommen. Ruf einfach einen Tag vorher an. Und nächstes Mal holen wir dich selber ab, Mohrle und ich.«

Früh am anderen Morgen fuhren sie mit zum Flughafen. Knut hielt in seinem blauen Mercedes vor der Tür, wir setzten uns nach hinten, und ich nahm Mohrle auf den Schoß, weil Knut keine Hundehaare auf seinen Polstern haben wollte. Aber er wartete geduldig, als die beiden mit mir hineingingen, beim Einchecken neben mir standen und mich zur Kontrolle begleiteten.

Ich umarmte Philip.

»Du wirst uns sehr fehlen«, sagte er und hielt mich fest. »Wir werden gar nicht wissen, was wir ohne dich tun sollen.«

Der Hund drückte seinen warmen Körper gegen mein Bein.

Schließlich riss ich mich los.

»Die Abflughalle ist im ersten Stock«, sagte Philip. »Da kannst du noch mal runterschauen. Wir warten auf dich.«

Ich beeilte mich durch die Sicherheitsschleuse zu kommen, suchte schnell meine Sachen zusammen, rannte die Rolltreppe hinauf und an die Fensterfront, die zum Eingang hin lag.

Da unten standen sie und blickten hinauf. Philip winkte, der Hund wedelte, und auch Knut war ausgestiegen und tippte mit zwei Fingern an die Schläfe. Ich winkte zurück, so lange, bis Knut die beiden ins Auto trieb und fuhr. Vor dem Flughafen war eine weite, freie Fläche, nur von Straßen durchzogen, und ich sah dem blauen Wagen nach, bis er am Horizont verschwand.

13

Zu Hause war es kalt und nass. Stürmischer Wind wehte, als ich aus dem Flughafengebäude kam, und es regnete.

»Jetzt wird's Herbst«, sagte der Taxifahrer. »Im Januar! Und im März kommt dann der Winter, oder wie sehe ich das?«

Als er vor dem Haus hielt, regnete es stark. Die Haustür wurde geöffnet, Sky lief mit einem Regenschirm die Stufen hinunter und brachte mich trocken ins Haus.

»Was machst du denn hier? Wieso bist du nicht im Laden?«

Sie sah mich unbehaglich an.

»Wegen … Wegen Herbie …«

»Was ist mit ihm?«

»Er hatte einen Unfall.«

Ich rannte die Treppe hinauf.

»Aber es ist nicht schlimm«, rief sie hinter mir her.

Ich riss die Wohnzimmertür auf. Papa saß im Sessel, hatte ein Bein hochgelegt und erinnerte mich an Philip. Nur dass sein Bein weiß leuchtete, denn Fuß und Unterschenkel waren eingegipst. Am Sessel lehnten Krücken.

»Hallo, Herzlein. Wie schön, dass du wieder da bist.«

»Papa! Was ist passiert?«

»Ich bin mit der Maschine gestürzt. Die Straße war nass. Ist aber nichts Ernstes. Bloß ein paar Lackschäden.«

»Und was ist mit dir?«

»Ach, nur ein Wadenbeinbruch, kein Problem«, sagte er, als hätte er jeden Tag einen. »Ein glatter Bruch. Wird ganz schnell heilen. Meine Knochensubstanz ist die eines Vierzigjährigen, sagt der Arzt.«

»Wann war das?«

»Vorgestern.«

»Wieso habt ihr mich denn nicht …«

»Wozu? Du konntest nichts tun. Du hättest dir bloß Gedanken gemacht.«

»Wir müssen überlegen, wie wir dich versorgen.«

»Das macht Sky.«

»Aber die muss doch in ihren Laden.«

»Sie sagt, es ist kein Problem.«

Einen Moment lang war ich gekränkt. Sie brauchten mich nicht. Nicht mal im Notfall. Es war völlig egal, ob ich da war oder nicht. Aber dann dachte ich: Sei nicht albern. Sei dankbar, dass sie ihren Kram allein regeln. Dann kannst du dich um deine Angelegenheiten kümmern.

Ich küsste ihn.

»Ich bin so froh, dass es nichts Schlimmes ist.«

Er streichelte mein Gesicht.

»Wie war's an der Ostsee?«

»Sehr schön.«

»Setz dich doch. Erzähl.«

»Ein andermal.«

Unten kam Sky aus der Küche. Sie sah aus wie ein sehr angestrengtes Eichhörnchen.

»Wieso ist es kein Problem, dass du nicht im Laden bist, wenn du dich um Papa kümmerst?«, fragte ich.

»Er läuft nicht mehr. Letzten Herbst war Baustelle, weil sie Glasfaserkabel verlegt haben. Ab März ist wieder Baustelle, weil sie die Radwege verbreitern und den Straßenbelag erneuern. Ich habe Stammkunden, aber ich brauche auch Laufkundschaft. Eigentlich kann ich sofort zumachen und mir einen anderen Laden suchen. Aber so billig finde ich keinen mehr, und einen teuren kann ich mir nicht leisten.«

Ich legte behutsam den Arm um sie.

»Und? Was machst du?«

»In der Tankstelle haben sie mir einen guten Job angeboten. Kein Frühdienst mehr. Die Leitung der Cafeteria. Da würde ich auch mal richtig gut verdienen.«

»Na, siehst du.«

Sie stöhnte: »Ich wollte nie wieder in die Gastronomie. Ich bin doch Tattookünstlerin.«

Der Herd klingelte. Sie ging in die Küche.

Ich hörte den Anrufbeantworter vom Flurtelefon ab und brachte den Koffer ins Schlafzimmer. Burkhard hatte nicht angerufen. Ich sah die Post durch. Er hatte auch nicht geschrieben.

Draußen schlug der Regen auf die Terrasse, und vom Dach des Vogelhäuschens, das Sky aufgestellt hatte, tropfte es. Die Sehnsucht nach Armin, die am Meer ihre Kraft verloren hatte, wurde in meinem Inneren wieder ganz wach, würde bald aus ihrer Höhle kriechen und ihre Zähne schmerzhaft in mein Fleisch schlagen.

Ach, verdammt.

Ich dachte an das grün gestrichene Haus, an Philip und den Hund, an ihren Frieden und ihre Freundlichkeit. An den Strom. An den Duft der Kiefern hinter den Dünen. An die Schiffe, die durch die Kirche segelten. An das Meer. Am liebsten wäre ich sofort zu all dem zurückgekehrt.

Ich raffte mich auf und packte meinen Koffer aus.

Abends rief Burkhard an.

»Wie war's an der Ostsee?«

»Woher weißt du, dass ich da war?«

»Dein Vater hat's mir erzählt.«

»Wann?«

»Irgendwann. Wir haben uns im Biosupermarkt getroffen.«

Ach so.

»Ich möchte morgen mit dir essen gehen. Um halb zwölf? Ich hole dich ab.«

Versöhnungsessen. Und ob ich Lust hatte.

»Mach dich schön. Wir gehen ins Baguette Bleue.«

Ich machte mich sehr schön und stand am anderen Tag schon wartend vor dem Haus, als er kam. Er küsste mich kurz und wendete, statt zum Voltaireplatz weiterzufahren.

»Aber wir wollen doch ins Baguette Bleue.«

»Die öffnen erst um zwölf. Ich habe für halb eins reserviert. Vorher zeige ich dir noch was. Eine Überraschung.«

Er fuhr durch den Park, bog in seine Straße ein und hielt

vor seinem Haus. Wir gingen hinein, aber er öffnete nicht die Aufzugtür, sondern nahm meine Hand und lief mit mir die Treppe hinauf. Im ersten Stock blieb er vor einer Wohnung stehen und klingelte. Eine junge Frau öffnete.

»Da sind wir«, sagte Burkhard fröhlich.

Sie strahlte mich an: »Wie schön, dass Sie gleich Zeit haben.«

Sie war zart, hübsch und schwanger. Sie wollten nächste Woche heiraten, ihr Freund und sie, und in das Haus im Grünen ziehen, das sie gerade gefunden hatten. Darum war die Wohnung kurzfristig frei. Ich konnte sie noch in diesem Monat übernehmen.

Ich begriff erst jetzt, in welchem Film ich gelandet war. Es war der falsche, ich hatte eine Hauptrolle darin und hätte sie gerne zurückgegeben. Aber die Inhaberin der anderen weiblichen Hauptrolle war schwanger und glücklich, und ich brachte es nicht fertig, ihr Glück zu trüben oder womöglich Schwangerschaftskomplikationen zu verursachen, indem ich meinem Lebensgefährten, wie sie Burkhard nannte, einen Tritt gab und ihn fragte, ob er noch alle Tassen im Schrank hatte.

Also spielte ich mit, besichtigte die Wohnung, bewunderte den begrünten Hinterhof, betrachtete die Waschmaschine und die Küchenzeile, die ich günstig übernehmen konnte, und sagte nichts. Ich war erst am Ende dieser Szene wieder dran.

»Sehr schön«, sagte ich, als wir alles gesehen hatten. »Ich sage Bescheid. Heute Abend. Spätestens morgen früh.«

»Aber Ihr Lebensgefährte sagte doch …«

»Was hast du gesagt?«, fragte ich meinen Lebensgefährten.

»Na, dass es ideal ist. Die Wohnung, der Zeitpunkt, alles. Das ist es ja auch, oder?«

Ich wandte mich wieder zu ihr.

»Ich habe bis eben, als wir bei Ihnen geklingelt haben, nichts davon gewusst. Sie verstehen sicher, dass ich …«

»Ach so. Ja, natürlich. Aber …«

Sie sah Burkhard an, ich auch, und er wurde rot unter unseren Blicken. Selbst seine Kopfhaut leuchtete rötlich durch das kurze helle Haar.

Ich gab ihr die Hand.

»Ich wünsche Ihnen alles Gute. Zur Hochzeit, für die Geburt und überhaupt für Ihr ganzes Leben.«

»Oh, vielen Dank«, sagte sie, errötete auch und ließ meine Hand gar nicht wieder los, »das ist so lieb von Ihnen.«

Sehr lieb von dir, höhnte meine innere Stimme. Aber was ist mit dir? Wer wünscht dir alles Gute? Was wird aus deinem Leben?

Als ich nach Hause kam, fing es an zu dämmern. Jakob und Sky saßen im Wohnzimmer vor dem Fernseher und sahen ihre Lieblingssitcom, eine sonderbare Serie über eine paar ziemlich verrückte Wissenschaftler und eine ziemlich normale Kellnerin.

»Hallo, Mama«, sagte Jakob, »war's gut?«

»Nein. Scheußlich.«

»Im Baguette Bleue?«

»Da waren wir gar nicht. Wir waren im Park und haben uns gestritten. Und wir haben uns getrennt, glaube ich.«

Ich war ganz durcheinander. Streiten mit Burkhard ist auch wie Fischefangen mit der Hand. Wenn du das drei Stunden lang im Park bei Nieselregen gemacht hast, kannst du froh sein, wenn du geistig einigermaßen überlebst.

Jakob machte den Fernseher leise: »Ihr habt euch …«

»Warum?«, fragte Sky.

»Ich will mit ihm zusammenleben, in einer Wohnung oder in einem Haus. Das geht nicht für ihn. Er will, dass ich in eine Wohnung in seinem Haus ziehe. Die ist im ersten Stock, und er wohnt im Dachgeschoss. Das geht nicht für mich. Am Schluss haben wir beide gesagt: Dann geht es eben nicht mit uns. Das klingt nach Trennung, oder?«

Sky merkte, dass ich nicht mehr richtig funktionierte. Sie brachte eine Wolldecke und breitete sie über mich.

»Du hast noch gar nichts gegessen, oder? Willst du ein bisschen Hühnersuppe? Ich habe Hühnersuppe gekocht für Herbie.«

Ich nickte, und sie brachte mir einen Teller Hühnersuppe, auf Thai-Art mit Ingwer, Currypaste und Koriander, warm und belebend.

Jakob holte Bier, weil nun ein paar besonders gute Folgen ihrer Lieblingssitcom kamen, ich setzte mich zwischen die beiden aufs Sofa, Sky deckte mich wieder zu, wir tranken Bier und sahen die Geschichten von den Wissenschaftlern und der Kellnerin. Sie waren sehr komisch, ich lachte laut, und Bier und Lachen sorgten dafür, dass ich wieder normal wurde und sofort einschlief, als ich ins Bett ging.

Mitten in der Nacht wachte ich auf, weil meine innere Stimme mich etwas fragte. So laut, dass ich es im Raum zu hören glaubte. Ich machte das Licht an und sah auf die Uhr. Halb vier. Wenn sie mich um diese Zeit weckt, ist es ernst.

Wie ist das nun mit Burkhard, fragte sie, wie soll das weitergehen?

Keine Ahnung. Ich kann mich nicht entscheiden.

Soll es so weiterlaufen, fragte sie, dass er kommt und geht, wie er will? Oder willst du drüben in dieser Wohnung zum Hinterhof hocken, ohne deinen Sohn und deinen Vater und den Garten, und darauf hoffen, dass er vorbeikommt? Oder dass du zu ihm rauf darfst. Willst du das? Willst du klein beigeben, du mieser Feigling?

Will ich nicht. Aber wenn ich mich von ihm trenne, bin ich wieder allein.

Es gibt noch andere Männer auf der Welt, sagte sie.

Für mich? Ich bin vierundvierzig.

Denk an die Frau, von der Irene erzählt hat, sagte sie, die den Mann ihres Lebens erst mit achtundvierzig getroffen hat.

Irene. Ich rufe Irene an. Auch wenn's nicht um Leben und Tod geht oder um Papa und seine Frauen oder sonstige Notfälle, sondern bloß um mich.

Meine innere Stimme fand offenbar, dass es eine gute Idee war, und ließ mich weiterschlafen.

Ich stand früh auf, um anzurufen, denn Irene nutzt die Morgenstunden auch sonntags zur Arbeit und saß bestimmt schon am Schreibtisch. Der Anrufbeantworter ging dran.

»Ich bin's, Helena. Ich muss dich unbedingt sprechen. Sofort.«

Sie hob ab: »Ja? Was ist? Ich bin gerade mitten in …«

»Ich muss mit dir reden.«

»Ein Notfall? Ist was mit Papa?«

»Nein, mit mir. Es ist auch kein Notfall, aber es ist wichtig.«

»Geht gar nicht im Moment. Ich rufe an, sobald …«

»Wenn du jetzt nicht mit mir redest, rede ich nie wieder mit dir.«

Ihre Stimme veränderte sich: »Okay. Was ist?«

Ich erzählte es ihr.

Sie zögerte nicht einen Moment, als ich fertig war.

»Du musst dich von ihm trennen. Das denke ich schon immer. Seit du ihn kennst. Ein Mann, der nicht mit dir leben will, ist kein guter Mann. Er kann nett sein, und Burkhard ist nett, aber er ist nicht wirklich gut.«

Sie überlegte.

»Außer natürlich, du bist der Typ Frau, die auch kein Zusammenleben will. Dann stimmt es. Aber das bist du ja nicht.«

»Wenn ich mich von ihm trenne, bin ich wieder allein.«

»Du findest einen anderen.«

»Ich bin Mitte vierzig.«

»Es gibt massenhaft Männer, die eine tolle Frau Mitte vierzig suchen«, behauptete sie. »Genauso eine wie dich.«

»Wo denn?«

»In der Buchhandlung zum Beispiel. Da kommen doch dauernd Männer rein. Und die sind auch noch interessiert und gebildet. Die lesen!«

»Da habe ich noch nie einen gefunden.«

»Weil du nicht richtig gesucht hast. So was muss man systematisch angehen. Ich komme rüber, und wir besprechen es, du und ich und Britta. Okay? Kann ich jetzt weiterarbeiten?«

Ich sagte nichts.

»Und melde dich unbedingt wieder, wenn was ist.«

»Nächstes Mal schicke ich vorher einen Drohbrief.«

Sie seufzte.

»Entschuldige, Helena. Aber zwei Kilometer von hier, an einem Ort, der Andreas-Asam-Gymnasium heißt, versammeln sich morgen wieder tausenddreihundert Schüler und neunzig Lehrer und erwarten, dass ich alles manage und für alles die Verantwortung übernehme. Ich habe nicht gewusst, was für ein Druck das ist. Ich habe Angst, dass ich mich nicht daran gewöhne. Dass ich es vielleicht nicht …«

Ihre Stimme wurde immer dünner. Sie räusperte sich.

»Es ist das größte altsprachliche Gymnasium Süddeutschlands. Ich bin die erste Frau, die es leitet. Das stand sogar in der Zeitung. Jeder weiß es. Was ist, wenn ich es nicht schaffe? Wenn ich aufgeben muss?«

»Du musst nicht aufgeben. Du schaffst es.«

»Woher willst du das wissen?«

»Weil du es immer geschafft hast.«

»Was heißt das schon? Das heißt gar nichts. Du hast ja keine Ahnung, wie es ist, wenn man – wenn man nicht mehr weiterweiß. Nicht mehr kann, nicht mehr …«

Sie brach ab und legte schnell auf.

Ich weiß, wie das ist, dachte ich. Ich und der Rest der

Welt. Nur du nicht. Dir ist immer alles gelungen. Sofort und perfekt. Jetzt kannst du mal was nicht gleich, und schon drehst du durch. Wenn du noch ein bisschen durchhältst, wirst du merken, dass es weitergeht.

Ich rief wieder bei ihr an. Aber es war ständig belegt. Sie würde mir sowieso nicht glauben. Sie wusste ja immer alles besser. Sie musste es selber herausfinden.

Ich erinnerte mich lieber an die Entschiedenheit, mit der sie gesagt hatte, dass ich mich von Burkhard trennen musste, weil ein Mann, der nicht mit mir zusammenleben wollte, kein guter Mann war. Ich zog mich schnell an und fuhr durch den Park, bevor die Erinnerung daran verblasste und mir keine Kraft mehr gab.

Burkhard kam gerade vom Joggen, als ich vor seinem Haus hielt, und war nicht begeistert von meinem Anblick. Er braucht nach einem Streit immer erst einmal Luft. Noch mehr als sonst.

»Du?«

»Ich muss mit dir reden.«

»Jetzt?«

Ich nickte. Er setzte sich widerwillig auf die Stufe vor der Haustür. Hier, hätte ich fragen können. Aber es war eigentlich schon egal.

»Und?«

»Ich trenne mich von dir.«

Er sah zu mir hoch, die Stirn gerunzelt, das schöne Gesicht rot und feucht von Laufen: »Das ist nicht dein Ernst.«

»Doch.«

»Warum?«

»Ich will mit dir zusammenleben, und du willst es nicht.«

»Das ist nicht mein Ding. Ich habe es dir gleich am Anfang gesagt, und du warst einverstanden. Das war unsere Abmachung.«

»Ja. Aber ich habe keinen lebenslangen Vertrag unterschrieben. Jetzt ist es anders.«

Die Haustür öffnete sich, und die schwangere junge Frau von gestern kam heraus, zusammen mit einem jungen Mann, der ebenso hübsch war wie sie und auch so glücklich aussah.

»Gut, dass wir uns treffen«, sagte ich. »Dann kann ich es Ihnen gleich sagen. Ich nehme die Wohnung nicht.«

»Hab ich mir schon gedacht.«

Sie gab mir die Hand: »Ich wünsche Ihnen auch alles Gute. Für Ihr ganzes Leben.«

Die beiden lächelten mir zu, und ich sah ihnen nach, wie sie Arm in Arm über die Straße zum Park gingen.

Ich drehte mich wieder zu Burkhard: »Und?«

Er blickte den beiden auch hinterher und sah mich nicht an.

»Ich halte mich an unsere Abmachung.«

»Okay. Dann gehe ich jetzt.«

Ich ging langsam, damit er Zeit hatte hinterherzukommen. Aber als ich mich ins Auto setzte und hinübersah, saß er immer noch auf der Stufe vor der Haustür. Er hatte die Unterarme auf die Knie gelegt und den Kopf darauf. Wie jemand, der nicht weiterweiß. Oder einfach nur müde ist vom Joggen.

Ich wartete den ganzen Tag darauf, dass Burkhard vielleicht doch noch kam, und erzählte niemandem, dass wir uns getrennt hatten, denn vielleicht war es ja nicht so. Aber als ich nachts wach lag, wurde mir klar, dass er nicht kommen würde. Er konnte nicht. Er konnte nicht tun, was ich wollte. Dabei saß er bestimmt auch in seiner Wohnung und wartete darauf, dass ich kam.

Er kann nur tun, was für ihn richtig ist, dachte ich.

Philip fiel mir ein, wie er im Gästezimmer auf dem Bett gesessen und gesagt hatte: »Ich konnte doch nicht mit einer anderen Frau leben. Eine andere lieben. Es war nicht sie. Es hätte nicht gestimmt. Es wäre nicht richtig gewesen.«

Und du, fragte meine innere Stimme, was ist für dich richtig?

Verdammt, du weißt ganz genau, was für mich richtig ist. Armin ist für mich richtig. Armin und mit ihm leben. Armin lebt auch gerne mit anderen Menschen zusammen, mit einer Frau und Kindern, und am liebsten hätte er noch ein paar Hunde und Katzen. Aber Angela mag keine Tiere in der Wohnung. Ich hätte auch gerne einen Hund oder eine Katze.

Ich verbrachte den Rest der Nacht in wirren Träumen von Armin, der in einem großen Haus mit lauter Hunden und Katzen wohnte und auf mich wartete. Aber ich schaffte es nicht, all die Tore aufzuschließen und über die vielen Zäune zu klettern, die den Weg zu ihm versperrten, und war froh, als der Wecker klingelte und ich aufstehen und zur Arbeit gehen konnte.

Der Januar hatte so schön begonnen, in dem grün gestrichenen Haus am Weg zum Meer, zusammen mit dem alten Mann und seinem Hund. Nun wurde er zum scheußlichsten Januar, den ich je erlebt hatte. Die Tage waren grau und nass, in den Nachten wurde es kalt. Ich schlief unruhig oder lag wach, dachte an Armin, der nicht mit mir leben wollte, an Burkhard, der es auch nicht wollte, und haderte mit mir, weil ich, statt einen Mann zu haben wie andere Frauen, erst eine Weile zwei und nun gar keinen mehr hatte, dafür aber doppelten Liebeskummer. Verlassenskummer. Trennungskummer.

Morgens lag Frost in der Luft, die Straßen waren glatt, die anderen Autofahrer genervt, und auf der mühsamen Fahrt in die Buchhandlung fing ich an, am Sinn des Lebens zu zweifeln.

Britta war immer schon da, wenn ich kam, und umso fröhlicher. Sie sang. Es klingt sonderbar, wenn Britta singt, weil sie die Töne nicht trifft. Keinen einzigen. Darum singt sie selten, nur wenn sie allein ist oder so übermütig, dass sie alle Rücksicht vergisst. Jetzt sang sie oft. Manchmal sogar, wenn Kunden da waren.

Sie hatte die Nachricht, dass ich mich von Burkhard getrennt hatte, mit Beifall aufgenommen: »Gut. Finde ich sehr gut.«

Komisch. Sonst war sie bei Beziehungsproblemen unbedingt dafür, dass man sich Mühe gab und es noch mal probierte. Klar. Sie war seit fast vierzig Jahren verheiratet. Das schaffte man nur, wenn man sich viel Mühe gab und es immer wieder probierte.

»Wirklich?«, hatte ich gefragt.

»Ja. Du brauchst einen Mann, der richtig mit dir lebt. Burkhard will das nicht. Also musst du dich von ihm trennen, und wir suchen dir einen neuen.«

Das tat sie ab jetzt. Bei uns im Laden. Es sollte doch kein Problem sein, einen zu finden. Wir hatten einen großen Kundenstamm und genug Auswahl. Und dann die Laufkundschaft: Täglich kamen neue herein. Als ich sagte, Irene hätte die Idee auch schon gehabt, telefonierte sie mit ihr, und danach wurde die Suche systematisiert.

»Sieh mal, Helena.«

Sie legte bunte Kärtchen neben die Kaffeebecher auf den Tisch, rosafarbene für ungebundene Männer, hellgrüne für solche, die wahrscheinlich zu haben waren.

Sie tippte auf eine rosa Karte: »Ingenieur, Mitte vierzig, geschieden. Hat Weihnachten mit Freunden auf den Kanaren verbracht. Nur mit männlichen. Hatte letztes Mal eine Einkaufstüte aus dem Supermarkt dabei und eine Packung Hemden aus der Reinigung. Es gibt also keine Freundin, die einkauft oder sich um die Wäsche kümmert. Gut angezogen, teure Schuhe, verdient gut. Ist groß genug für dich, dunkler Typ, sieht nicht umwerfend aus, ist aber nett. Das ist ja sowieso das Wichtigste. Sportlich und gesundheitsbewusst. Hat ein Buch über Ernährung gekauft und war kürzlich in Joggingklamotten da. Merk dir den Namen. Ach, ich wünschte, ich könnte sie fotografieren. Dann wüsstest du sofort Bescheid. Ich gebe dir ein Zeichen, wenn er wiederkommt.«

Ich hielt ihre Hand fest, als sie nach den beiden anderen Karten griff.

»Danke, Britta. Das ist lieb von dir. Aber können wir damit warten? Ich bin noch gar nicht richtig von Burkhard getrennt. Er kommt nachher bei mir vorbei und holt seine Sachen. Um drei. Kann ich früher gehen?«

»Natürlich kannst du. Ach was, fahr gleich. Arme Helena. Ich denke an dich.«

Burkhard war pünktlich um drei da, duftete frisch geduscht und trug seine neue graue Jacke, als hätte er sich besonders schön machen wollen. Die Unsicherheit in seinem Gesicht machte ihn noch anziehender.

Er runzelte die Stirn: »Hallo, Helena.«

»Komm rein.«

Ich zeigte auf die braunen Papiertüten, die auf der Flurkommode standen: »Ich habe schon alles zusammengepackt.«

Er beachtete sie nicht, sondern sah mich an.

»Und? Wie geht's dir?«

»Geht so. Den Umständen entsprechend.«

Er nickte: »Mir auch. Sollen wir nicht …«

O ja. Uns umarmen und ins Bett gehen und einfach alles vergessen.

»Was?«

»Noch mal miteinander reden?«

»Wozu? Ich will was, was du nicht willst, und du willst was, was ich nicht will.«

Das hatte ich kürzlich schon mal gesagt. Zu Armin bei unserem Abschied im Regen.

»Wir könnten es grundsätzlich so lassen, wie es ist«, sagte er. »Und ich verspreche dir, dass …«

Armin hat wenigstens zugehört, dachte ich.

»Nein. Ich will es nicht mehr so, wie es ist. Ich will es anders haben. Ich will einen Mann, der mit mir lebt.«

»Das hast du doch früher nicht gewollt.«

»Doch, habe ich. Aber ich habe getan, was du wolltest. Jetzt tue ich, was ich will.«

Sein Blick wanderte sehnsüchtig über mein Gesicht. Er sagte nichts mehr, er sah mich nur beinahe bittend an.

Ich schüttelte den Kopf.

Er nickte, langsam und widerstrebend, holte seine Tüten von der Kommode und ging zur Tür. Ich öffnete sie für ihn.

»Also dann«, sagte er, »mach's gut, Helena.«

»Du auch.«

Was für eine beschissene Art Abschied zu nehmen, dachte ich.

Er ging zum Wagen und verstaute die Tüten umständlich im Kofferraum. Als ich merkte, dass er sich nicht mehr umsehen würde, drehte ich mich um und ging wieder ins Haus.

Drinnen war es still. Nur von oben war ein leises Plok-Plok zu hören, weil Papa auf den Krücken unterwegs war. Jakob lernte für die Semesterprüfungen, Sky machte die Buchhaltung für ihren Laden.

Auch in mir war es still. Die Stille nach dem Sturm, der Entscheidung, dem Ende. Ich suchte nach etwas, womit ich sie vertreiben konnte, damit sie nicht so in mir dröhnte. Am besten etwas mit Lärm und Bewegung.

Ich putzte. Es war sowieso nötig. Ich riss die Fenster

auf, schüttelte Kissen und Decken aus, staubte ab, wischte feucht, polierte Holzflächen mit Möbelpolitur, bezog mein Bett frisch. Als ich den Staubsauger herausholte, klingelte es.

Sky ging öffnen. Eine Frau in Motorradmontur kam herein, zierlich, hübsch, das graue Haar sehr kurz geschnitten. Sie trug auch Motorradstiefel und Motorradhandschuhe, hatte den Helm unter dem Arm und sah aus wie eine Amazone. Sie winkte mir freundlich zu, lief die Treppe hinauf, klopfte an Papas Wohnzimmertür, öffnete, rief leise: »Ich bin's, Simone«, und machte die Tür ebenso leise hinter sich zu.

Ich wandte mich zu Sky: »Wer ist das? Habe ich was verpasst?«

»Die war schon ein paarmal da. Ist wohl seine Neue.«

»Aber er hat ein Gipsbein!«

Sie hob die Schultern. Genau. Was hatte das damit zu tun?

»Und Gertie?«

Sie hob wieder die Schultern.

Ich machte den Staubsauger an, ließ ihn mit Schwung über das Parkett und gegen die Türrahmen poltern und zerrte ihn schließlich so rücksichtslos die Treppe hinauf, dass er mit lautem Geräusch gegen die Stufen schlug.

Auf dem Treppenabsatz hielt ich inne. Unten standen Sky und Jakob und blickten verständnislos zu mir hoch.

Sie hatten recht. Das musste auch anders gehen.

Ich rannte die Treppe hinauf und riss die Tür zu Papas Wohnzimmer auf.

Er saß mit der Frau, die Simone hieß, auf dem Sofa, sein Gipsbein auf dem Sessel, und trank Tee.

»Ich muss mit dir reden, Papa.«

»Jetzt?«

»Ja.«

»Kann das nicht warten, Helena? Ich habe gerade …«

»Nein, jetzt sofort.«

Die Frau stand auf: »Ich gehe dann mal. Ich habe sowieso nicht mehr viel Zeit.«

Sie nahm ihre Jacke, Helm, Handschuhe, sagte: »Bis bald, Herbert, wir telefonieren«, sah mich mit hochgezogenen Augenbrauen an, als sie an mir vorbeiging, und zog die Tür mit demonstrativer Sanftheit hinter sich zu.

Papas Augenbrauen waren auch hochgezogen.

»Was soll das, Helena? Was fällt dir ein?«

»Ich habe deine ständig wechselnden Weiber so satt. Diese verdammte Rumfickerei! Schon wieder eine Neue. Ich dachte, Gertie wär's jetzt. Wann fängt Elvis wieder an zu singen? Und wann kommt die Nächste?«

Sein Gesicht verschloss sich, und er schüttelte mit kurzen knappen Bewegungen den Kopf.

»Ich wüsste nicht, was dich das angeht.«

»Ich wohne hier.«

»Ich wohne auch hier. Und in meinem eigenen Haus kann ich ja wohl tun, was ich will.«

Dagegen konnte ich nichts sagen. Auch sonst fiel mir nichts mehr ein. An der Tür drehte ich mich noch mal um.

»Und was ist mit Mama? Die ist noch keine zwei Jahre

tot. So wie du dich aufführst, kommt es mir vor, als ob es sie nie gegeben hätte.«

Ich machte die Tür so leise hinter mir zu wie die Frau eben und ging die Treppe hinunter zu meinem Staubsauger. Als ich ihn aufhob, hörte ich es poltern, als fiele ein Stuhl um, und dann ein lautes heftiges Plok-Plok-Plok, so heftig, dass der Boden bebte. Die Tür wurde aufgerissen.

»Kommst du noch mal, Helena?«

Papas Stimme klang fremd, sein Gesicht war rot und verzerrt. Er lehnte schwer atmend am Türrahmen.

»Wo hast du deine Krücken? Du darfst auf dem Gips nicht gehen!«

Ich lief nach oben, brachte ihn zurück zum Sofa, stellte den Stuhl auf und hob sein Bein darauf. Er ließ sich widerwillig helfen, und als er wieder richtig saß, holte er tief Luft und sah mich an.

»Wegen deiner Mutter, Helena. Mir kommt es vor, als ob sie gerade erst gestorben ist. Für mich ist es, als ob sie jeden Tag wieder stirbt. Ich kann es einfach nicht akzeptieren, dass sie nicht mehr da ist. Ich kann nicht damit abschließen. Ich schaffe es nicht … Aber das ist so schwer zu ertragen, weißt du? Auf Dauer jedenfalls. Nur wenn ich Motorrad fahre und wenn – wenn ich mit einer Frau zusammen bin, kann ich sie vergessen. Eine Zeitlang wenigstens.«

Ach so, dachte ich.

»Aber – aber würde fürs Vergessen nicht eine reichen? Ich meine, nur eine Frau?«

»Nach einiger Zeit funktioniert es nicht mehr. Dann …«

Er brach ab und schüttelte den Kopf über sich selbst.

»Ich weiß ja, wie unreif und pubertär ich mich aufführe. Kindisch und armselig. Ich weiß. Aber es tut so gut, wenn ich mal nicht an sie denken muss. Wenn sie mir mal nicht fehlt. Wenn es mal nicht so wehtut, dass sie – dass sie weg ist.«

Ich dachte an Philip.

»Und wenn du es aushältst? Man kann es doch irgendwann auch aushalten. Damit leben.«

Er war einen Moment still. Dann sah er mich wütend an. So hatte er mich noch nie angesehen.

»Vielen Dank für den guten Rat, Helena. Du musst ja wissen, wie es ist, wenn man fünfzig Jahre mit einem Menschen zusammenlebt, und dieser Mensch ist plötzlich nicht mehr da. Du hast ja so viel Erfahrung mit langjährigen Beziehungen. Wie lange hat die mit Armin gedauert? Acht Jahre? Neun? Wie lange läuft das jetzt mit Burkhard? Vier Jahre? Und das ist noch nicht mal eine richtige Beziehung. Der Mann kommt ja nur vorbei, auf Besuch, zum Essen, zum Übernachten.«

»Stimmt. Du hast ganz recht. So ist es. Deswegen habe ich mich von ihm getrennt. Vor einer halben Stunde.«

Sein Gesicht wurde weich.

»Ach, Herzlein. Und da sage ich so was … Verzeih mir bitte. Ich bin ein dämlicher alter Idiot.«

Er streckte mir die Hand hin, und ich setzte mich neben ihn aufs Sofa.

»Ist es sehr schlimm?«

»Geht so.«

»Du bist ein wunderschönes kluges Mädchen, und da draußen gibt es jede Menge Männer für dich. Du findest sofort wieder einen. Wir müssen diesmal nur darauf achten, dass er wirklich zu dir passt.«

Ach, Papa. Draußen bin ich kein schönes Mädchen, sondern nur eine ganz gut aussehende Mitvierzigerin. Und die vielen Männer, die es gibt, suchen junge Frauen. Mittvierzigerinnen sind draußen nicht der Renner.

Andersrum ist es einfacher. Ein gut erhaltener Siebziger wie du braucht bloß irgendwo vom Motorrad zu steigen, vor einem Biergarten oder auf einem Supermarktparkplatz, und schon kleben lauter Frauen jenseits der fünfzig an ihm, die Torschlusspanik haben und unbedingt noch einen Mann finden wollen.

Es klopfte an der Tür, sie wurde vorsichtig geöffnet, und Jakob streckte den Kopf herein.

»Alles in Ordnung?«

»Ja«, sagte ich. »Warum?«

»Als ich dich zuletzt gesehen habe, bist du die Treppe raufgerast und hast die Tür aufgerissen und rumgebrüllt, und diese Frau kam ganz schnell raus. Und dann hat's furchtbar gepoltert.«

»Ach so. Ja, alles okay.«

»Jakob«, sagte Papa, »schau doch mal in den Kühlschrank. Da steht noch eine Flasche Biochampagner. Und bring Gläser mit, und hol die Kleine rauf.«

»Gibt es was zu feiern?«

»Nein«, sagte ich. »Sieht alles ziemlich beschissen aus. Mal sehen, wie es weitergeht. Hoffentlich wird's besser. Wir trinken auf die Hoffnung.«

Es wurde kalt. Der Himmel war eisig grau, und alles – Bäume, Sträucher, Gras, die Steinplatten des Weges – war mit einer feinen Frostschicht überzogen, die auch tagsüber nicht taute. Sky hatte noch mehr Vogelhäuschen aufgestellt und stapfte mit besorgtem Gesicht durch den Garten, um Futter nachzufüllen.

Sie kam wieder rein und machte schnell die Tür hinter sich zu.

»Das ist nicht nötig«, sagte ich. »Man muss nur bei geschlossener Schneedecke füttern, habe ich gelesen. Jetzt finden sie ihr Futter allein.«

»Wie denn? Was? Alles ist gefroren. Wie sollen sie da was finden? Wenn wir nichts tun, verhungern sie. Ich will nicht in einer Welt leben, in der alle Vögel gestorben sind.«

Sie stapfte hinaus und ins Bad, und ich hörte, wie sie heftig den Schlüssel drehte. Sie war missmutig und gereizt, denn sie haderte mit sich, weil sie ihr Geschäft geschlossen und den Job als Leiterin der Tankstellencafeteria angenommen hatte. Sie hatte eine berühmte Tattookünstlerin werden und nie wieder in der Gastronomie arbeiten wollen. Und die Tankstellencafeteria war noch nicht mal Gastronomie, sondern nur ein Plastikschuppen mit Billigfutter und Fertigfutter und Chemiefutter für einen Haufen Idioten, die den Unterschied sowieso nicht schmeckten.

Die Badezimmertür öffnete sich, Sky stapfte durch den Flur und kam noch mal herein.

»Zum Ersten räume ich das Zimmer. Also jetzt am Wochenende. Ich habe eine Wohnung.«

Ich sah sie fragend an.

»Die Wohnung von meiner Vorgängerin. Ist gleich um die Ecke von der Tankstelle und nicht so furchtbar teuer. Da kann ich wenigstens sparen für meine Weltreise. Essen tue ich ja in der Arbeit.«

Sie wollte hinausgehen, aber ich sagte: »Sky?«

Sie sah ärgerlich über die Schulter.

»Wenn du hierbleibst, sparst du viel mehr. Die Miete zum Beispiel.«

Sie drehte sich um und kam vorsichtig näher: »Ich kann hierbleiben? Ich dachte, ich kann hier nur wohnen, solange ich kein Geld habe und keine Wohnung …«

»Ich wäre froh, wenn du bleibst. Du würdest mir schrecklich fehlen.«

»Oh, Helena! Das wäre so toll. Supertoll. Hier ist es so – wahnsinnig schön! Aber ich zahle auf jeden Fall Miete.«

»Tust du nicht. Ich zahle auch keine. Und Papa will bestimmt kein Geld von dir.«

In ihrem Gesicht löste sich die letzte Spannung, und es wurde weich und hell und immer heller.

»Aber dann kann ich … Dann kann ich …«

Sie schwieg und rechnete.

»… in spätestens fünfzehn Monaten fahren. Und die große Weltreise machen, nicht bloß die kleine. Die ganze Welt sehen! Schon in fünfzehn Monaten.«

Sie kam noch näher und küsste mich zaghaft auf die Wange. Das hatte sie noch nie getan.

»Danke. Ich muss sofort Bescheid sagen, dass ich die Wohnung nicht nehme.«

Sie flatterte hinaus. Kein Stapfen mehr. Flattern. Wie ein Schmetterling.

Ich hörte, wie sie mit heller fröhlicher Stimme telefonierte, mit Jakob sprach, der früh aufstand, weil er für seine Abschlussklausur lernen musste, und leichtfüßig die Treppe hinauflief, um für Papa Frühstück zu machen.

Na toll, dachte ich. Noch so ein lebensfroher Schmetterling in meiner Nähe. Wenigstens singt dieser nicht.

Der andere sang, als ich in die Buchhandlung kam. Ein Lied, das gerade überall und ständig zu hören war und davon handelte, wie zwei Verliebte atemlos in der Nacht unterwegs sind. Bei Britta nervte mich wenigstens nur der Text, denn die Melodie war nicht zu erkennen, weil sie die Töne nicht traf.

Wenn sie nicht lächelnd mit Kunden sprach, sang und summte sie vor sich hin. Zwischendurch machte sie mich mit einem neckischen Nicken, Augenrollen oder dezenten Blick auf Männer aufmerksam, die vielleicht für mich in Frage kämen.

Gegen Mittag, als gerade niemand im Laden war, hielt ich es nicht mehr aus.

»Britta! Was ist? Wieso bist du so widerlich fröhlich?«

»Weil's mir gut geht.«

»Warum?«

»Das Leben ist so schön.«

»Warum?«

Sie holte tief Luft: »Wie soll ich dir das erklären?«

Sie dachte nach.

»Ich zeige es dir.«

Sie drehte das Geschlossen-Schild um, klebte einen Zettel daran, auf dem *Wegen dringender Familienangelegenheiten – wir bitten um Ihr Verständnis. Montag sind wir wieder für Sie da, Ihre Britta von Langen* stand, machte das Licht im Laden aus, ging ins Büro und telefonierte.

Ich ging hinter ihr her.

»Aber wir können doch jetzt nicht einfach …«

»Doch, können wir. Machst du mal frischen Kaffee?«

Sie räumte eine Seite des Schreibtisches leer, stellte Teller und Becher darauf und gruppierte drei Stühle darum.

Als der Kaffee fertig war, klopfte jemand an die Ladentür. Sie sah nach, wer es war, und öffnete. Es war ein großer kräftiger Mann mit grau meliertem Haar und Bart. Der Taxifahrer, der aussah wie ein Räuberhauptmann. Der sie Heiligabend nach Hause gefahren hatte. Er sah sie lächelnd an und küsste sie auf die Wange. Sie küsste ihn kurz auf den Mund, nahm seine Hand und kam mit ihm hinter den Tresen.

»Das ist Milan«, sagte sie. »Und das ist Helena.«

»Hallo, Helena«, sagte Milan, schenkte mir ein Räuberhauptmannlächeln und reichte mir die Hand.

»Hallo, Milan«, sagte ich so locker, als würden ständig fremde Männer hereinkommen und Britta küssen und von Britta geküsst werden. An manchen Tagen ist man den Überraschungen des Lebens einfach sehr gewachsen. Dies war anscheinend so ein Tag.

Er brachte belegte Bagels mit, und wir setzten uns um den Schreibtisch und aßen und tranken. Er hatte eine ruhige selbstbewusste Art, sah mich freundlich und Britta liebevoll an und sprach sein perfektes Deutsch mit dunkler Stimme und weichem Akzent.

Schließlich stand er auf, warf die leeren Tüten und Schachteln wieder in die Papiertüte und reichte mir die Hand: »Hat mich gefreut, dich kennenzulernen, Helena.«

Britta begleitete ihn hinaus und blieb eine Weile weg. Als sie zurückkam, blieb sie vor mir stehen: »Du wolltest wissen, warum ich fröhlich bin. Warum das Leben schön ist.«

»Er ist dein Geliebter, oder?«

Sie nickte.

»Und was ist mit Gernot?«

»Was soll mit Gernot sein?«

»Du betrügst ihn.«

Für einen Moment verzerrte sich ihr Gesicht. Dann nickte sie.

»Ja. Ich sage dir auch, warum.«

Das brauchst du nicht, wollte ich sagen, du musst dich nicht rechtfertigen, es geht mich doch gar nichts an.

Aber sie sprach schon weiter.

»Ich war achtzehn, als ich geheiratet habe. Gernot war vierzig. Er hätte mein Vater sein können. Mit neunzehn war ich schwanger. Als ich endlich aufhörte, schwanger zu sein oder zu stillen, Babys zu wickeln und Kleinkinder zu füttern, war ich über dreißig. Ich klage nicht. Es war ein gutes Leben. Ich liebe meine Kinder. Gernot ist ein guter Mann. Aber ich war viel zu früh erwachsen. Ich war nie jung, unbekümmert, leidenschaftlich. Das ist mir klar geworden, als ich in diesem Krankenhaus war. Da habe ich mir gesagt, das will ich haben, wenn ich hier wieder raus bin und die Bestrahlung hinter mir habe. Ich weiß, es ist nicht dasselbe wie mit achtzehn, aber etwas davon kann man nachholen. Und wenn ich mal wieder mit Krebs im Krankenhaus liege und mich vorm Sterben fürchte, dann kann ich sagen, ich hab's gehabt.«

Sie holte tief Luft.

»Und weißt du, was? Gernot geht's großartig dabei. Der merkt das gar nicht. Dem fehlt nichts, der hat ja alles. Mich, die Kinder, unsere Enkelkinder. Im Winter den Schachklub und den Rest des Jahres den Golfklub. Den vor allem. Der ist sowieso das Wichtigste in seinem Leben. Er freut sich wie verrückt auf den Frühling. Dann kann er wieder den ganzen Tag draußen sein und Bälle ins Grüne schlagen.«

»Und Milan?«

»Er ist von seiner Frau getrennt, und das ist nicht einfach. Das Taxiunternehmen gehört ihnen beiden. Sie wohnen sogar noch zusammen, damit ihre Kinder das Zuhause nicht verlieren. Jedenfalls nicht, bis sie erwachsen sind.«

»Und wo trefft ihr euch?«

»In Carolines Stadtwohnung im Flussviertel. Die kennst du doch. Da warst du mal im Sommer, oder?«

Nicht nur im Sommer, dachte ich. Die Erinnerung an Armin schnitt scharf in mein Herz. Der Neid auf Brittas Glück auch.

»Und stell dir vor«, sagte sie, »Milan fährt Motorrad. Er hat eine tolle Maschine. Ich freue mich auch so aufs Frühjahr. Er hat mir schon eine Montur bestellt.«

Ach verdammt, dachte ich. Noch mehr Lederklamotten und Lärmgeräte.

Sie brachte das Geschirr in die Küchenecke, kam zurück, setzte sich auf den Schreibtischstuhl, rollte zu mir rüber und nahm meine Hände.

»Es tut mir leid, Helena. Aber du hast gefragt. Und irgendwann hätte ich es dir sowieso erzählt.«

»Ist doch okay. Total okay. Es ist nicht dein Fehler, dass ich doof bin und du klug bist.«

Dass du zwei gute Männer hast und ich keinen, dachte ich.

Sie sah mich hilflos an.

»Ich gehe dann mal.«

»Was machst du jetzt?«

Ich hob die Schultern.

Zu Hause sitzen und dem anderen glücklichen Schmetterling beim Flattern zusehen, dachte ich. Immerhin ist Jakob nicht auch so glücklich. Er hat Angst vor der Klausur am Montag.

»Komm doch mit uns ins Kino«, sagte Britta. »Milan sieht so gerne Animationsfilme und Fantasyfilme. Aber seine Kinder sind zu groß und wollen nicht mehr mit. Die sind ganz ausgezeichnet, diese Filme. Manchmal richtige Kunst.«

Der Film, den Milan ausgesucht hatte, war ein Kinderfilm, aber auch wunderbar für Erwachsene. Ein Weihnachtsmann mit Tattoos und russischem Akzent kam darin vor, ein großer missgelaunter blauer Osterhase und der schwarze Mann mit Scharen schrecklicher schwarzer Pferde. Ich saß gebannt zwischen Britta und Milan, lachte und fürchtete und freute mich und vergaß alles andere.

Als wir aus dem dunklen Saal ins Licht des Foyers traten, war ich endlich mal wieder fröhlich. Ich küsste Britta und umarmte Milan überschwänglich.

»Freut mich sehr, dass es dir gefallen hat, Helena«, sagte er mit seiner warmen Stimme.

»Du kommst jetzt einfach immer mit«, sagte Britta.

»Ich hole mir einen Espresso. Prosecco für euch Mädchen?«, fragte Milan.

»Hallo, Armin«, sagte Britta.

Ich drehte mich um und blickte in seine dunklen Augen. Noch eine Begegnung der besonderen Art an diesem Tag der Überraschungen.

»Hallo«, sagte er.

Er war mit seiner Familie da. Neben der zierlichen blonden Angela erschien er noch größer und dunkler. Ihre Töchter waren elf und dreizehn, hatte er gesagt, aber sie wirkten schon sehr erwachsen und waren blond und hübsch wie ihre Mutter.

Die Eifersucht traf mich so hart und nahm mir die Luft, als hätte mir jemand in den Magen geschlagen.

»Hallo, Armin«, sagte ich atemlos, »hallo, Angela.«

Angela lächelte mir zu. Ihr Märchenprinzessinnengesicht war glatt und jung und schien sich in den letzten Jahren nicht verändert zu haben. Als würde sie nicht altern. Ich konnte mich nicht mal daran erinnern, ob sie älter oder jünger war als ich.

Wenigstens war ich nicht allein mit dieser zauberhaften

Familie. Auch neben mir stand eine hübsche blonde Frau und auf meiner anderen Seite ein großer dunkler Mann, nicht so groß wie Armin, aber schöner, mit seinem freundlichen Gesicht, der bräunlichen Haut, dem gepflegten Bart. Armin sah blass und angestrengt aus und hatte Bartstoppeln.

Wir sprachen über den Film, und ich gab mir Mühe, mich lebhaft und witzig am Gespräch zu beteiligen, damit er merkte, wie gut es mir ging. Erst als die beiden Mädchen immer ungeduldiger wurden, verabschiedeten wir uns, und Milan sagte: »Also, Prosecco für euch beide? Ich brauche einen Espresso.«

Ich trank nur einen Schluck vom Prosecco und wurde sofort sehr müde. Die Augen fielen mir immer wieder zu, und mein Kopf sank an Brittas Schulter.

Sie legte den Arm um mich: »Du musst nach Hause.«

Milan fuhr uns in seinem Taxi, und Britta brachte mich noch zur Tür.

»Du kommst jetzt immer mit uns ins Kino«, sagte sie. »Und wir suchen dir einen richtig netten Mann.«

»Lieber nicht. Ich will erst mal keinen. Es ist einfach zu anstrengend.«

»Wir finden einen. Ich kenne ein Café, gleich um die Ecke von Carolines Wohnung, da gibt's viele interessante Männer.«

»Da habe ich mal einen sehr guten Mann verloren«, sagte ich, »da will ich nicht wieder hin.«

Sie lachte.

»Du bist ja so müde. Schlaf dich aus. Bis Montag.«

Ich sah ihr nach, wie sie zum Taxi zurücklief und sich neben Milan auf den Beifahrersitz setzte. Sie fuhren jetzt wahrscheinlich in die Wohnung in der Fanny-Mandelbaum-Straße und gingen in das weiß gestrichene Bett in dem kleinen Schlafzimmer, durch dessen Fenster man auf das Dach gegenüber sehen konnte. Ach, verdammt.

Ich war froh, zu Hause zu sein. Jakob saß im Wohnzimmer und sah fern. Nicht weil er Lust darauf hatte, es war nur dringend nötig, um sein Gehirn zu entspannen, damit es wieder mehr Prüfungsstoff aufnehmen konnte. Sky hatte in ihrem Zimmer eine Weltkarte mit Klimazonen und Jahreszeiten aufgehängt und plante ihre Reise, für den Fall, dass sie in fünfzehn Monaten losfahren konnte. Papa lag auf seinem Sofa und las in dem Wälzer, der den Deutschen Buchpreis bekommen und den ihm Georg zu Weihnachten geschenkt hatte.

»Komm doch rein, Herzlein.«

Ich schüttelte den Kopf und ging wieder nach unten.

Sky kam aus ihrem Zimmer: »Ich habe Kartoffelsalat gemacht. Mit Frikadellen. Ich brate dir welche auf.«

»Brauchst du nicht, danke.«

Ich setzte mich zu Jakob aufs Sofa, aß Kartoffelsalat, sah ein paar Folgen der Sitcom mit den Wissenschaftlern und der Kellnerin und ging ins Bett. Schlaf dich aus, hatte Britta gesagt.

Ich hatte schon ziemlich lange geschlafen, als es klingelte. Ich dachte, es klingele in meinem Traum, und kümmerte mich nicht darum, aber es klingelte immer wieder. Ich wurde wach und sah auf die Uhr. Halb sieben.

Im Flur waren Stimmen zu hören. Es klopfte an der Tür, und Jakob streckte den Kopf herein.

»Papa fragt, ob er mit dir reden kann.«

»Papa? Du meinst Armin?«

Er ließ die Tür offen, und ich hörte ihn rufen: »Ist alles okay, Opa. Es ist bloß Papa … Ja … Nein. Er sagt, es ist kein Notfall, nur eilig.«

Armin tauchte im Türrahmen auf, in einer abgewetzten schwarzen Lederjacke, das Haar wirr, das Gesicht dunkel. Er sah aus wie der Bote der Finsternis. Ein Abgesandter der Mafia. Der Tag der besonderen Begegnungen war noch nicht vorüber.

Er blickte sich im Zimmer um, als erwarte er, noch jemanden hier zu finden.

»Bist du verrückt?«, fragte ich. »Was heißt das: kein Notfall, ist bloß eilig?«

Er kam herein und machte die Tür hinter sich zu.

»Ich wollte dich fragen, ob du mich noch willst. Ob du noch mit mir leben willst.«

»Wieso kommst du jetzt her und …«

»Erzähle ich dir gleich. Bitte sag mir erst …«

»Ja, verdammt. Ja!«

Sein Gesicht bekam Farbe und entspannte sich.

»Gott sei Dank. Ich dachte, dieser Kerl ist hier und …«

»Welcher Kerl?«

»Der Mann von vorhin. Im Kino. Du hast dich doch von Burkhard getrennt, hat Jakob mir erzählt. Ich dachte, das ist dein Neuer. Als ich den sah, ist mir klar geworden, dass ich dich verlieren kann und dass das nicht passieren darf. Dass es vielleicht schon zu spät ist. Dass ich sofort was tun muss. Ich habe mit Angela geredet. Die halbe Nacht. Fast die ganze. Ich habe ein paar Sachen gepackt und bin weg, um ins Hotel zu ziehen. Sie will das so. Kann ich gut verstehen. Auf dem Weg ins Hotel habe ich gemerkt, dass ich erst mit dir reden muss, weil ich's sonst nicht aushalte.«

Er setzte sich auf das Fußende meines Bettes und seufzte erleichtert.

»Bin ich froh, dass ich nicht zu spät komme. Der ist verdammt attraktiv, dieser Kerl.«

»Muss erst ein anderer Mann auftauchen, damit du merkst, wie wichtig ich für dich bin?«

»Das wusste ich vorher auch, aber – ich habe die Entscheidung nicht treffen können. Ich war feige, du hattest recht. Passiert mir sonst nicht so schnell. Ich hatte Angst vor dem Konflikt. Ich wollte niemandem wehtun, schon gar nicht Angela und den Mädchen. Ich habe einen Tritt gebraucht, um mich zu trauen. War eine verflucht schwache Aufführung, ich weiß, aber so ist es.«

Er hielt es immer noch kaum aus, dass auch er Fehler machte.

»Ach ja«, sagte ich, »nobody is perfect. Nicht mal Armin Seeger. Da wird die Welt aber enttäuscht sein.«

Er grinste schief.

Ich streckte ihm die Hand hin, und er nahm sie, so fest, dass es wehtat.

»Und nun?«, fragte ich.

»Ich muss gleich weiter. Mir ein Hotelzimmer nehmen,

ein paar Stunden schlafen und als Erstes mit den Mädchen reden.«

»Willst du hier bei mir wohnen?«

»Na klar. Ist doch wunderbar hier. Mit Jakob und deinem Vater und überhaupt. Das Haus, der Garten. Bloß nicht gleich. Das tue ich Angela nicht an. Ich suche mir eine Wohnung. Aber wir können uns ja immer sehen. Wann wir wollen. Und nicht mehr heimlich. Das ist doch schon mal was.«

»Okay«, sagte ich, »klingt gut. Küsst du mich, bevor du gehst? Das hat mir so gefehlt.«

»Mir auch. Nur wenn ich dich jetzt küsse, gehe ich nicht. Wir verschieben es. Auf heute Abend. Da bin ich spätestens wieder da. Ich rufe dich an, wenn ich weiß, wann ich komme.«

Ich konnte es noch nicht glauben, dass er ab jetzt immer da sein würde. Für den Rest meines Lebens. Es war wie ein unerwartetes riesengroßes Geschenk, über das man sich gar nicht so schnell freuen kann. Man ist erst mal nur überwältigt, dass man es überhaupt bekommen hat.

Ich stand auf, zog Stiefel über meine bloßen Beine und den Mantel über den Schlafanzug und ging mit hinaus. Draußen war es frostig kalt und weiß bereift, die Sonne stand schon ein Stück über dem Horizont und überzog alles mit einem rosafarbenen Schein.

Am Straßenrand parkte der hässliche schwarze Geländewagen, mit dem er im Sommer Jakob abgeholt hatte. Er öffnete die Tür, und an sie gelehnt küssten wir uns nun doch, so lange, bis die Kälte eisig unter meinen Schlafanzug zog und ich anfing zu zittern.

»Schnell rein mit dir«, sagte er, »bis nachher«, aber ich blieb stehen und sah dem Wagen nach, bis er an der Einfahrt zur Hauptstraße um die Ecke bog.

Ich ging ins Haus. Der rötliche Schimmer der aufgehenden Sonne lag auf seinen Mauern, ihr Licht spiegelte sich in seinen Fenstern, und es sah aus, als ob es lächelte.